Lenka Reinerová

Zu Hause in Prag – manchmal auch anderswo

Erzählungen

Aufbau Taschenbuch Verlag

ISBN 3-7466-1695-6

2. Auflage 2003
Aufbau Taschenbuch Verlag GmbH, Berlin
© Aufbau-Verlag GmbH, Berlin 2000
Einbandgestaltung Henkel/Lemme
unter Verwendung eines Fotos von Popperfoto/Bilderberg
Druck Elsnerdruck GmbH, Berlin
Printed in Germany

www.aufbau-taschenbuch.de

Zu Hause in Prag –
manchmal auch
anderswo

Wie sie wirklich heißt, weiß ich nicht. Aber als ich die junge Frau mit dem unwahrscheinlich weißen Gesicht in eine ziemlich saubere Decke gehüllt auf einem Treppenabsatz am Weg zur Londoner Royal Festival Hall kauern sah, still, ein bißchen abweisend, offensichtlich auf Almosen wartend, aber keineswegs (oder noch nicht?) bettelnd, fiel mir ein, sie könnte Virginia heißen. Vielleicht wegen einer gewissen Ähnlichkeit mit dem schönen, durchgeistigten Antlitz und den traurigen Augen der Schriftstellerin Virginia Woolf.

Ich liebe dieses Stückchen London am südlichen Ufer der Themse mit dem Blick auf den respekteinflößenden, von jahrhundertealter Geschichte imprägnierten Komplex des Parlamentes, vor allem aber mag ich den unruhigen Fluß mit seinem Auf und Ab von Ebbe und Flut, den geschäftig dahinziehenden Handelskähnen und Schleppern und den Dampfern mit laut in verschiedenen Sprachen plappernden Touristen. Hier rieche ich, schmecke ich geradezu schon die Nähe des Meeres, die Aufgeschlossenheit der Welt.

Während man diese Aussicht genießt, hat man eine Konzerthalle, Ausstellungsräumlichkeiten, Cafeterias, ein Filmmuseum, einen Buchladen und fliegende Kioske – auch solche mit Büchern – hinter sich. Auf der asphaltierten Flußpromenade rasen Kinder und Jugendliche auf Rollschuhen und ständig perfektionierten Rollplanken vorbei, während ihrer Mittagspause hetzen männliche und weibliche Jogger in sportlicher Aufmachung am Wasser entlang. An seiner Uferböschung sind in regelmäßigen Abständen Rettungsringe befestigt, mit dem strikten Hinweis, sie dürften nur im Notfall benützt werden. Im Notfall? Heißt das, wenn,

Gott bewahre, ein Dampfer strandet, oder sollten hier manchmal Menschen ...

Ich sehe Virginia vor mir, ihr weißes Gesicht, die traurigen Augen. Aber nicht nur sie. Auf den Stufen zur Waterloo-Brücke gehe ich oft an einem Mann vorbei, der hier meistens mit einem Hund sitzt und die Passanten um »Kleingeld« anbettelt. Oben auf der Brücke verkaufen Obdachlose ihre Zeitschrift »Issue«.

Dieses Nebeneinander, dieses Auf und Ab, Ebbe und Flut, in unser aller Leben zwingt zum Nachdenken. Seit ich auf der Welt bin, und das ist schon ziemlich lang, gibt es für viele Menschen keine Arbeit. Und als ob das nicht schon schlimm genug wäre, ist vor allem in den Jahren nach dem letzten großen Krieg in erschreckendem Ausmaß noch etwas neues Böses hinzugekommen: Obdachlose. Virginia in ihrer dünnen Jacke. Auch nachts?

Einmal mußte ich mich in London für die hiesigen Verhältnisse früh, das heißt kurz vor neun Uhr, zum Zahnarzt begeben. Auf der tagsüber pulsierenden Verkehrsader Strand im Zentrum der Riesenmetropole war es noch relativ ruhig. Fast geräuschlos und fließend glitten nur einige elegante Limousinen vorbei, die unbeirrbar an ihrer Tradition festhaltenden kastenartigen Taxis und zweistöckige Stadtbusse. Unter den großen Schaufenstern feiner Geschäfte mit zauberhaften Toiletten, vielversprechender Kosmetik und dem märchenhaften Angebot von köstlichen Früchten und Leckerbissen aus nahezu aller Herren Länder lagen und schliefen noch die Londoner Obdachlosen. In Decken eingewickelt, manche in Schlafsäcken, andere nur in Zeitungen und Plastikhüllen verpackt. Sie waren von Kopf bis Fuß vermummt, diese Menschengestalten unter den Schaufenstern des Überflusses, man konnte nur ungefähr ahnen, ob hier ein Mann oder eine Frau schlief. Als ich unwillkürlich stehenblieb, machte mich jemand darauf aufmerksam, daß diese Menschen oft auf Gittern lagen, durch die heißer Dampf aus den Heizanlagen hochstieg. Die Zentralheizung der Obdachlosen.

Gleich allen anderen Passanten setzte auch ich meinen Weg fort, blickte nur immer wieder bestürzt zu den abgelegten Paketen ähnelnden Häuflein unter den großen blitzenden Glasscheiben hin und machte dabei mit einemmal eine ganz persönliche überraschende Entdeckung. Wo immer ich gewesen bin, wohin mich auch meine unruhigen Geschicke verschlagen haben, stets und überall war ich mit einem Dach über meinem Kopf versehen. Sie waren zwar recht verschiedenartig, meine vier Wände auf dieser Welt, mitunter nicht gerade einladend, manchmal ein wenig kurios, aber selbst wenn sie keineswegs wohnlich waren, erklärte ich sie dennoch zu meinem privaten Winkel und – sei es auch nur vorübergehend – zu meinem freiwilligen oder auch aufgezwungenen Zuhause. Das konnte eine Freude sein oder wenigstens ein Spaß, notfalls ein letzter Rettungsanker.

Du hockst auf der Straße, Virginia. Wenn ich an dir vorbeigehe, schnürt mir etwas das Herz zu. Mitleid, Scham? Wer weiß. Dabei ist mir nicht einmal bekannt, ob das dein hartes Schicksal ist, ob es so sein muß oder ob du es gar so haben willst. Auch so etwas gibt es. Wie auch immer. Ich möchte dir von meinen verschiedenartigen vier Wänden erzählen. Denn so, wie ich mich geborgen fühle, wenn ich mich in Gedanken mit guten Menschen umgebe, unter denen ich mich einmal wirklich bewegt habe – neben all den neuen, die wunderbarerweise immer noch hinzukommen –, so will ich versuchen, für dich, obdachlose Virginia, aber auch für mich selbst manche der Haltestellen zu beleben, die es auf meinem Weg gegeben hat und die mich zweifellos ein wenig mitgeprägt haben.

Mein erstes Zuhause war in Prag. Ich habe es nicht gewählt, ich wurde dort hineingeboren. Und zwar in das Vorstadtviertel Karlín (Karolinenthal), in eine sehr lange Vorstadtstraße an der Grenze zu den Industrievierteln Libeň und Vysočany. Wir waren eine bürgerliche Familie, die Menschen ringsum waren es auch. In Libeň und Vysočany dagegen lebten vorwiegend Arbeiter. Wenn von ihnen die

Rede war, wurden sie oft als Proletarier bezeichnet. Darunter konnte ich mir nichts Richtiges vorstellen, fand das Wort jedoch fremdartig schön, versuchte es zu singen. Denn was eine Arie ist, das hatte mir meine musikliebende Mutter schon sehr bald erklärt; über Proletarier äußerte sie sich eher zurückhaltend. Die Erläuterung meines Vaters, der besser tschechisch sprach – aber »proletář« klang anders –, war dürftig und für mich keineswegs zufriedenstellend. Es handle sich um Männer und Frauen, die arbeiten, bemerkte er kurz. Ich staunte. Vater und Mutter arbeiteten doch auch, und sie bezeichnete niemand mit diesem sonderbaren Namen.

»Gilt das auch für die Frauen in der Sodawasser- und Keksfabrik hier im Hof?« wollte ich wissen.

»Ja, oder nein. Frag nicht soviel.«

Also fragte ich nicht mehr und hielt mich lieber an das musikalisch klingende deutsche Wort. (Daß es auch Arier gab, entging damals noch völlig meiner Kenntnis.) Die Nähe der Proletarierviertel machte sich allerdings von Zeit zu Zeit durchaus unmusisch, laut und ungestüm bemerkbar. Auf ihrem Weg zu Arbeitslosendemonstrationen im Zentrum der Stadt – und die gab es im Laufe der zwanziger und frühen dreißiger Jahre immer häufiger – oder zu den großen Manifestationen am Feiertag der Arbeit, dem 1. Mai, zogen Schulter an Schulter lärmende, wie mir schien, geradezu unbändige Menschenmengen, aus den Proletarierviertel kommend, an unserem Haus vorbei. Ich durfte sie aus dem Fenster betrachten, mußte aber den Mund halten, und wenn ich verstohlen, wie ich glaubte, denen dort unten begeistert zuwinkte, wurde mir das Fenster sofort energisch vor der Nase zugeschlagen. Die aufgebrachte Straße war für mich jedoch ungemein anziehend, um mein Leben gern wäre ich mit den krakeelenden Menschen mitmarschiert. Und weil man mir das zügellose Geschehen dort unten so gut wie nicht erklärte, versuchte ich schon als Kind über diese aufregend interessanten, überdies scheinbar eine unbestimmte und unbekannte Gefahr und unheimliche Kraft darstellenden Männer und Frauen mehr zu erfahren. Die Schule kam für solche Erkundungen nicht in Frage, das hatte ich bald heraus. Da hielt ich mich schon lieber an die Frauen aus der Sodawasserfabrik im Hof unseres Wohnhauses. Die waren immer sehr freundlich, steckten mir, wenn ich ihnen auf ihrem Heimweg begegnete, mitunter ein paar Kekse zu, und so entschloß ich mich eines Tages zu der Frage: »Bist du auch eine Proletarierin?«

Die so angesprochene Frau lachte. »Selbstverständlich«, sagte sie belustigt, »warum willst du das wissen?«

»Weil ich dich am ersten Mai vom Fenster aus gesehen habe. Warum singt ihr auf der Straße (Prolet-Arien?), tragt bedruckte Fahnen (damit meinte ich die Spruchbänder), haltet euch an den Händen und zieht alle irgendwohin?«

Sie lachte noch ein wenig, erklärte dann aber ganz ernst: »Weil wir um ein besseres Dasein kämpfen.«

Das war nun wieder einmal typischer Erwachsenenjargon. Ich war zwar ein bißchen stolz, daß die Frau mit mir wie mit einem Erwachsenen sprach, hatte aber kaum eine Vorstellung davon, was hinter diesen Worten steckte.

Und doch, so glaube ich heute, fing damals bei mir allerhand an. Ich begann nachzudenken. Denn daß da etwas mit dem Neben- und Miteinander der Menschen in meinem nächsten Umkreis nicht stimmte, fühlte ich. Es gab Dinge, Geschehnisse und Menschen in meiner Umgebung, die mir rätselhaft und somit verlockend erschienen und die ich kennen und verstehen wollte.

»Du bist keine Proletarierin?« fragte ich einmal meine Mutter.

»Um Gottes willen«, beunruhigte sie sich, »natürlich nicht. Warum fragst du danach?«

»So«, sagte ich kurz, denn manchmal kam ich auch mit meiner an sich verständnisvollen und klugen Mutter nicht zu Rande. Auch konnte ich nicht verstehen, warum unüberhörbar Angst in ihrer Stimme mitschwang.

»Macht nichts«, fügte ich deshalb noch beschwichtigend hinzu, »in unserer Klasse sind auch keine.«

Da lachte meine Mutti, und mir fiel ein Stein vom Herzen, weil ihre Angst wieder weg war.

Mancher vorerst unverständlichen Erscheinung konnte ich, als ich heranwuchs, auf den Grund kommen, anderen nicht. Geblieben ist mir die Unruhe.

Auch heute noch glaube ich, daß die Nähe dieser »um ein besseres Dasein« kämpfenden Menschen mir, obwohl ich wohlbehütet in einem Kinderzimmer mit gesticktem Tischtuch und guten Eßmanieren aufwuchs, offenbar von Kindheit an ihren Stempel aufgedrückt hat. Allmählich vermeinte ich, mehr zu wissen, erklärte mich, als ich heranreifte, mit den Wunschvorstellungen benachteiligter Menschen spontan solidarisch. Erst viel später mußte ich mir entgeistert und zutiefst verletzt eingestehen, daß mir die Kehrseite der angestrebten gerechten Sache allzulange verheimlicht und verschlossen geblieben war. Ich war in meiner Jugend schneller und lieber begeistert als sachlich und vernünftig abwägend.

Aber was ist dir widerfahren, Virginia? Hat dich Ungerechtigkeit oder Gleichgültigkeit aus der Bahn geworfen? Hast du dich mit einem bitteren Los resigniert abgefunden? Ist es über dich hereingebrochen, oder hast du etwa (dein so weißes Gesicht) selbst daran mitgewirkt? Sah ich doch manchmal einen glühenden Glimmstengel zwischen deinen dünnen zitternden Fingern. Gewiß, ich habe kein Recht, danach zu fragen, bin ja nur einer der hastig an dir vorübereilenden Passanten. Bist du jedoch imstande, dir selbst solche Fragen zu stellen? Kannst du das noch?

Meine Kindheit in der elterlichen Wohnung hat noch eine weitere ganz andersartige, zwar bedauerliche, aber nicht unbedingt schicksalhafte Spur an mir hinterlassen. Meine Mutter war, wie schon gesagt, musikliebend. Und so war sie froh, daß wenigstens eine ihrer drei Töchter, nämlich ich, diese Veranlagung von ihr mitbekommen hatte. Sie beschloß, mir Klavierunterricht erteilen zu lassen. Zu diesem

Zweck wurde ein gleichfalls musikalisch begabter entfernter Verwandter engagiert. Dieser junge Mann war mir – ich war damals ungefähr zehn, zwölf Jahre alt – von allem Anfang an herzlich unsympathisch. Ich fand ihn pedantisch, langweilig und ständig mißgelaunt. Auch war er ein bißchen plump und hatte für meinen Geschmack zu große Hände. Das Klavier meiner Mutter, ein Flügel, stand in unserem sogenannten Speisezimmer, das nur bei festlichen Anlässen benützt und ansonsten im Winter nicht beheizt wurde. Deshalb mußte ich zum Üben und zu den freudlosen Unterrichtsstunden wenigstens zwei Wolljacken anziehen, was ich weder schön noch bequem fand, weil ich, so ausgestattet, nur beschwerlich die Arme bewegen konnte. Da es in den Nachmittagsstunden in der Stube mit den massiven dunklen Möbeln bald finster wurde, befand sich auf dem Klavier eine kleine Tischlampe, um die Tasten und vor allem das Notenblatt zu beleuchten. Auch diese Lampe war dunkel, aus brauner Bronze, und sie besaß zudem die Eigenheit, jedesmal, wenn ich sie anknipste, meiner kalten Hand einen leichten elektrischen Schlag zu versetzen. Ich kam mir in dem unterkühlten Zimmer neben dem unfreundlichen Verwandten, der mir auch noch unentwegt mit dem Fuß klopfend den (seinen) Takt angab, in meine Wolljacken gepreßt und den elektrischen Schlägen der Lampe ausgesetzt, wie verwunschen vor. Im angenehm erwärmten Kinderzimmer konnten meine beiden Schwestern inzwischen lesen, spielen oder gar nichts tun. Während ich in dieser frostigen Einöde ...

Dem konnte meine Musikliebe nicht standhalten. Meine Mutter hielt meine Klagen für übertrieben, und so kam es, daß ich nie Klavierspielen erlernt habe.

Dein Kollege, Virginia, der Obdachlose mit dem schönen dunklen Gesicht auf der Waterloo-Brücke, zupft manchmal auf einer Gitarre Cowboy-Melodien. Du bist immer reglos und still. In ihm spürt man noch Leben, von dir geht uferlose Traurigkeit aus. Hast du schon alles aufgegeben?

Weil in unsere Karolinenthaler Wohnung auch noch meine inzwischen verheiratete ältere Schwester mit ihrem arbeitslos gewordenen Mann und einem kleinen Söhnchen einzog, wollte ich, kaum war ich achtzehn Jahre alt, diese übervölkerte Behausung tunlichst schnell verlassen. Mitbestimmend war dabei mein dringender Wunsch nach Selbständigkeit. Infolge der verschlechterten finanziellen Lage der Familie war ich bereits längere Zeit angestellt und somit für mein bestehendes und, wie ich hoffte, einmal auch »besseres« Dasein verantwortlich. Stand, wie man sagt, schon auf eigenen, wiewohl noch ein bißchen unsicheren Füßen. Überdies vollzog sich in meinem Leben gerade noch eine weitere grundlegende Veränderung: Ich erhielt meinen ersten journalistischen Posten in der aus Hitlers Drittem Reich in unsere Stadt emigrierten AIZ-Arbeiter-Illustrierten-Zeitung.

Auf der Suche nach eigenen vier Wänden, denn eine Untermiete kam nicht in Frage, da hätte ich ja gleich in der elterlichen Obhut bleiben können, zog ich kreuz und quer durch Prag. Eines Tages hatte ich dann endlich Glück. Mitten in der Altstadt, in unmittelbarer Nähe des geschäftigen Zentrums und nur wenige Schritte vom historischen Kern entfernt, fand ich in der Melantrichgasse Nr. 7 unter dem Dach eine winzige Mansarde mit fließendem Wasser und einem großen Fenster. Die Lage, vor allem aber dieses nicht auf die Straße, sondern nach hinten ins Freie ausgerichtete Fenster gaben den Ausschlag. Auch war das Zimmerchen so klein, daß ich die Miete dafür problemlos aufbringen konnte. Meine Einrichtung bestand aus einer schmalen Couch, die mir Freunde überlassen hatten, einem kleinen Schreibtisch, einem Stuhl, einem elektrischen Kocher und einem einflügeligen Kleiderschrank. Wollte ich diesen Kasten öffnen, mußte die Zimmertür zu sein. Wollte ich sie aufmachen, mußte der Schrank geschlossen bleiben. Mein Frühstück servierte ich mir auf dem Schreibtisch, die Toilette befand sich in einem Miniaturvorraum und wurde auch von meiner Nachbarin aus dem etwas größeren Zimmer zur Straße hin benützt. Der begegnete ich nur selten.

All das war gut, aber nicht allzu wichtig. Wunderbar war es, im Herzen der Stadt und nicht mehr an ihrer Peripherie in der endlos langen Vorstadtstraße zu wohnen. Und dann der Blick aus dem Fenster! Kaum war ich eingezogen, kaufte ich einen Blumentopf mit einer dunkelrosa blühenden Zyklame und stellte ihn auf den Schreibtisch. Nun war ich hier zu Hause.

Meine Übersiedlung in die Melantrichgasse fand im Frühling statt. Aus meinem Fenster über den Dächern, Giebeln und Türmen der Altstadt konnte ich bis zu den hellgrünen Hängen des einstigen Laurenziberges und nunmehrigen Petřínhügels blicken. Wenn man scharf hinschaute, konnte man die groben, zackigen Umrisse der sogenannten Hungermauer erkennen, die den Hang in zwei Teile trennt und von Karl IV., dem gütigen »Vater Böhmens«, errichtet wurde. Durch diesen Eingriff sollen der Prager Kleinseite etliche Weinberge zugefallen sein. Die gibt es leider längst nicht mehr, inzwischen ist der Petřín vor allem zum ersten Mai – aber durchaus nicht nur dann – zum gern und traditionell aufgesuchten Ort für Stelldicheins von Prager Liebespaaren geworden. Symbolisch muß dabei dem dortigen Denkmal des Dichters Karel Hynek Mácha ein Besuch abgestattet werden. Auch Václav Havel hat mit seiner Frau Olga an dieser Tradition festgehalten.

Auf dem Petřín duftete der Flieder, dort steckten die Kastanienbäume voll weißer und rosa Blütenkerzen, und die Rasenflächen waren mit unzähligen kleinen Sonnen des Löwenzahns gesprenkelt. So genau konnte ich all das aus meinem Fenster natürlich nicht wahrnehmen, aber ich wußte davon, und an lauen Abenden segelten die Duftwolken bis zu mir herüber; ich lag im Fenster, schaute in das Dämmerlicht und war ganz eingesponnen in meine Prager Traumwelt.

Das Haus Nr. 7, in dem ich wohnte, ist das schmalste in

der kurzen Melantrichgasse. Das gefiel mir, und dabei war ich froh, daß mich – was überraschend war – in dem alten Bau ein Aufzug bis hinauf zu meinem Dachzimmer transportierte. Wenn ich jedoch aus der kleinen Haustür trat und nach wenigen Schritten vor dem Altstädter Rathaus stand, tauchte ich manchmal, wie von unsichtbarer Hand gelenkt, in der Welt von Gestern und Vorgestern unter, in der Prager Judenstadt. Hier vermeinte ich geradezu das Rascheln langer Gewänder, auch das eilige Trippeln ständig um ihre Lieben besorgter, ausnahmslos mit einer Kopfbedeckung ausgestatteter Familienmütter zu hören. Dieses Bekleidungsstück besagte, daß die Frau verheiratet war und nur mehr ihrem angetrauten Gatten gefallen durfte. Porträts aus jener Zeit verraten allerdings, daß so mancher von ihnen das oft recht kunstvoll verzierte Häubchen außerordentlich gut stand und ihre Schönheit – gewollt oder ungewollt – verführerisch unterstrich.

Auch das unverständliche Raunen betender Männer aus den verschiedenen Synagogen schien hier auf mich einzudringen, all das Schwerverständliche, mit Mystik und Legenden, auch Verständnislosigkeit und bösen Verleumdungen behaftete, nur zum Teil enträtselte Geheimnisvolle, das in diesen engen Straßen in der Luft hing, als ob inzwischen nicht Jahrhunderte vergangen wären. Weiß denn heute überhaupt noch jemand, daß die jüdischen Bürger der Stadt im 17. Jahrhundert Ferdinand III. bei der Verteidigung Prags gegen die schwedischen Eindringlinge geholfen haben? Zum Dank widmete er ihnen eine Fahne, die mehrere Kriege und Regimes überlebt hat und die man nunmehr in der Alt-Neuschule besichtigen kann.

Ich betrat allerdings fast nie eine Synagoge, war dazu von Haus aus nicht angeleitet worden. Was mich jedoch faszinierte, waren die Spuren des Lebens, die ringsum verankert blieben, die Zeichen der Zugehörigkeit zur Gemeinschaft der Menschen, die nur auf diesem begrenzten Stückchen unserer Stadt hausen durften – und die hier nicht nur hausten, sondern so lebten, daß man ihrer noch heute mit Respekt, aber auch ein wenig erschaudernd, vielleicht sogar beschämt und betroffen gedenkt. Wie oft wurden die Bewohner dieser Gassen und Plätze nicht verfolgt, aus ihren Heimen verjagt und umgebracht.

Als ich Mitte der dreißiger Jahre in nächster Nachbarschaft des einstigen Prager Ghettos wohnte, bildete es noch keine Touristenattraktion und wurde nur sporadisch von Ausländern aufgesucht. Wenn ich den Alten Jüdischen Friedhof betrat, wo die Menschen schon in der ersten Hälfte des 15. Jahrhunderts bestattet worden waren, war ich zumeist ganz allein. Nur große schwarze Raben flogen laut krächzend von den Bäumen auf die Grabsteine nieder und dann wieder zurück in die dichten Baumkronen. Waren auch sie uralt? Was hatten sie hier schon gesehen, wen hatten sie schon begleitet? Kennen sie etwa das Geheimnis des an diesem Ort gleichfalls begrabenen Rabbi Löw, der den wandelnden Homunkulus Golem erschaffen haben soll? Haben sie später, in jüngster Vergangenheit, gesehen, was mit den Menschen aus ihrer Umgebung geschah? Sie stehen zu Recht unter Denkmalschutz, diese schwarzen Zeugen von einst, die von all dem nichts verraten.

Einmal schloß sich mir ein alter Mann an, der hier eine Art Wächter und Fremdenführer in einer Person darstellte. Da nur selten jemand kam, den er herumführen konnte, begann er wohl wenigstens mit mir ein kleines Gespräch.

»Bist du Jüdin?« fragte er und nahm seine Hornbrille ab, vielleicht, um mich besser betrachten zu können.

»Ja.«

»Wo wohnst du?«

Merkwürdige Frage. »In der Melantrichgasse.«

»Also in der Nähe. Kommst du öfters hierher, ich habe dich noch nie gesehen.«

»Nein, nur manchmal.«

»Warum?«

»So. Man geht nicht oft auf einen Friedhof.«

»Nein? Auch wenn er dir erzählen kann, was du sonst nicht erfährst?«

Ich stutzte. Verstand den unausgesprochenen Vorwurf, aber auch das blaß angedeutete Angebot.
»Ich weiß nur sehr wenig«, sagte ich in der Hoffnung, den alten Mann zum Erzählen anzuregen.
»Das habe ich schon erkannt«, bemerkte er trocken, »also hör jetzt zu.«
Er setzte die Brille wieder auf, strich ein paar weiße Haarsträhnen unter seinen runden schwarzen Hut, blickte gleichsam über mich hinweg und erklärte mir zuerst die Zeichen der verschiedenen jüdischen Stämme auf den verwitterten Grabsteinen: Hände für die Aron und Kohein, eine Kanne für die Löwi, für die Jehuda ein Löwe usw. Auch den Beruf der Verstorbenen könne man von den uralten Steinen ablesen, sagte er und blickte mich nun wieder an, selbst wenn die Zeichen oft erheblich verwaschen seien.
»Schau genau hin«, forderte er mich auf, »eine Schere besagt, daß hier ein Schneider ruht, ein Mörser deutet einen Apotheker an, eine Pinzette einen Arzt.« Nach diesen Ausführungen machte er eine Pause, hustete ein wenig, schneuzte sich gewaltig und fuhr dann fort:
»Merk dir«, er legte mir eine knochige, von blauen Adern durchwirkte Hand auf den Arm, »diese Menschen haben etwas Ordentliches vollbracht und können über ihren Tod hinaus darauf zurückblicken. Das sollten wir nicht vergessen. – Studierst du, oder hast du schon einen Beruf?«
»Ich arbeite in einer Redaktion.«
Er hielt in seiner Bewegung inne und musterte mich kritisch.
»Und da sagst du ganz ruhig, daß du nur wenig weißt? Eine Zeitung, liebes Kind, ist doch für viele gedacht. Also sieh zu, daß du nicht weniger weißt, sondern eher mehr als die Menschen, die dein Zeug lesen werden. – Und komm auch öfters hierher, damit du spürst, wohin du gehörst. Damit meine ich natürlich nicht unter die Toten. – Schalom.«
Mit diesem Gruß, der Frieden heißt, ließ er mich stehen

und stapfte gemächlich davon. Ich blieb wieder allein mit den Raben, lief noch ein bißchen zwischen den Grabsteinen mit den eingemeißelten, wie mir schien beschwörend erhobenen Händen umher, versuchte nun allein, die Zeichen von einst zu lesen, und verließ dann gleichfalls den Friedhof. Auf dem Heimweg in die Melantrichgasse kaufte ich mir ein Täfelchen Schokolade, um auf andere, fröhlichere Gedanken zu kommen.

Wohin gehörst wohl du, Virginia? Von irgendwo mußt du doch kommen. Was ist mit dir geschehen, was hat dich auf diesen Treppenabsatz am Weg zur Royal Festival Hall gebracht?
Du schweigst, blickst abweisend vor dich hin, verharrst in deiner bitteren Verschlossenheit. Da geht jemand an dir vorbei, eine Gestalt von Tausenden, das ficht dich kaum noch an. Die sollen ein paar Pennies neben dich fallen lassen. Mehr erwartest du nicht.

Das Jahr 1939 war für mich ein Scheidepunkt; ein Kapitel meines Lebens fand ein jähes Ende. Von einem Tag auf den anderen ging alles drunter und drüber. Prag war mit einemmal nicht mehr die Hauptstadt der Tschechoslowakei, die gab es nicht mehr, sondern eines »Protektorats Böhmen und Mähren« und mußte den triumphalen Blick des »Führers aller Deutschen« vom Balkon seiner stolzen Burg auf dem Hradschin ertragen. Aber das war nur der Anfang. Ich wage gar nicht, daran zu denken, was meinem klugen Begleiter auf dem Alten Jüdischen Friedhof widerfahren sein mußte. Hätte ich seinen Namen gekannt, würde ich ihn wohl unter den Tausenden finden, die nunmehr an den Wänden der Pinkas-Synagoge am unteren Ende des Friedhofs, den er liebte und hütete, angeschrieben stehen. Die Namen der Menschen aus unserem geradezu höhnisch »Protektorat« betitelten Land, die in giftigen Flammen aufgegangen sind.
Mir blieb dieses Schicksal wundersamerweise erspart.

Mein Los waren Jahre des Exils. Auch das klingt beinahe tragisch; was ich erlebt und überlebt habe, war jedoch vor allem dramatisch. Gewiß, mitunter auch tragisch, doch immer aufregend, neu und also im Grunde genommen bereichernd. Denn ich war jung und wurde sozusagen über Nacht in die große Welt versetzt. Zuerst landete ich in Paris.

Über das Exil in der französischen Hauptstadt hatte ich schon zu Hause allerhand gehört. Nach der Machtübernahme Hitlers im benachbarten Deutschland suchten zahlreiche Menschen in Prag Zuflucht. Es gab unter ihnen politisch Verfolgte und rassisch Verfolgte, Arbeiter und Studenten, Künstler und solche, die es erst werden sollten, manche waren schon im Dritten Reich verhaftet gewesen, andere konnten gerade noch der Festnahme entkommen. Für die bereits prominenten Schriftsteller, Künstler und Journalisten war meine Heimatstadt oft nur ein Umsteigplatz. Ihr endgültiges Ziel war Paris.

Das dortige Leben, von dem sie erwartungsvoll und für meine Ohren in schillernden Farben sprachen, versuchte ich mir in meiner Melantrichmansarde oft ein wenig vorzustellen. Die Cafés auf den großen Boulevards, wo man anscheinend auf Schritt und Tritt über Berühmtheiten stolperte, die Galerie Lafayette, die gar keine Galerie war, sondern angeblich ein riesiges Kaufhaus, den Eiffelturm, unvergleichlich höher als unser bescheidenes Eiffelchen auf dem Petřín, die vielen Museen und historischen Denkmäler, die eleganten Pariserinnen, das ganze tolle Geschehen in der französischen Metropole.

Und da wurde ich mit einemmal, ohne darauf vorbereitet zu sein, in diese sagenhafte Lichterstadt katapultiert. Jetzt war ich selbst Emigrantin.

Meine erste Nacht in Paris. Ich verbrachte sie in einem winzigen Hotelzimmer – hier wohnte man auch dauerhaft in Hotels – und keineswegs allein, obwohl niemand mit mir Tisch und Bett teilte. Die Katastrophe der Besetzung meiner Heimat durch Hitlers Wehrmacht hatte ich aus der

Ferne bei einem zufälligen journalistischen Kurzaufenthalt in Rumänien erlebt. Der zog sich etwas in die Länge, weil ich nicht mehr nach Hause zurückkehren konnte und infolgedessen allerhand Stempel, Bewilligungen, Fahrkarten besorgen und andere notwendige Gänge erledigen mußte. Erst dann konnte ich aufbrechen und landete nach einem längeren Umweg über Italien in Frankreich und in dem winzigen Pariser Hotelzimmer.

Ich warf mein bißchen Gepäck in den Kasten, hing meine Tasche, in der sich noch Reste meines Reiseproviants befanden, an die Klinke des ungewöhnlich hohen Fensters, fiel völlig durchgedreht und todmüde auf das französisch breite Bett und schlief wohl sofort ein.

Nach einiger Zeit weckte mich ein lautloses und zugleich doch geräuschvolles Rascheln, verbunden mit einem gewissen Luftzug. Erst lauschte ich ein wenig in der unruhigen Dunkelheit, ob nicht etwa ein bedrohliches Wesen um mein Bett strich, dann faßte ich mir ein Herz und knipste das Licht auf dem Nachttischchen an. Du meine Güte!

Meine Reisetasche schaukelte gewaltig hin und her (das hatte offenbar den Luftzug hervorgerufen, den ich verspürt hatte), und auf einer Leiste, die über die wildgemusterte Tapete bis zum Griff des Fensters führte, marschierten in beiden Richtungen munter, fast in geschlossenen Reihen, kleine und größere Mäuse. Sie schlüpften in die Tasche, dort piepsten sie ein bißchen, wahrscheinlich im Kampf um einen ordentlichen Brocken, dann erschienen sie wieder, manche noch mit einem Krümel zwischen den kurzen Barthaaren, und kehrten flink in ihre unsichtbaren Schlupflöcher zurück. Es hatte den Anschein, als ob die Mäuse aus dem ganzen Hotel bei mir zu Gast waren, denn so viele konnten kaum in dem kleinen Zimmer hausen.

So also sah meine erste Nacht in Paris aus. In der Mäuseresidenz blieb ich allerdings nur wenige Tage, wobei sich die folgenden Nächte dort schon ruhiger gestalteten, weil ja auch von meinem Reiseproviant nichts mehr übrig war.

Emigranten haben immer und überall ständig mit den

Behörden ihres Gastlandes zu tun. Oder genauer, sie werden ständig von seinen Behörden mit Verwarnungen, Vorladungen, Verboten und Anweisungen heimgesucht. Ich erhielt in Frankreich Aufenthaltsverbot im Departement Seine, in dem sich Paris befindet. Das war schlimm, denn wo in der Provinz hätte ich mich mutterseelenallein zurechtfinden und tunlichst auch noch einen Lebensunterhalt auftreiben können? Ganz abgesehen davon, daß ich, wenn schon hierher verschlagen, den Wunsch hatte, Paris auch auszukosten und zu genießen. Und nun wollte man mich aus dieser Märchenstadt verjagen. Jemand riet mir, im benachbarten Departement Seine-et-Oise um Aufenthaltsbewilligung nachzusuchen, da sei man schon weniger streng. Ich versuchte es, und – o Wunder! – es gelang. Man gab mir den ersehnten Stempel, und so konnte ich mich in Versailles etablieren, das eine elektrische Zugverbindung mit Paris hatte, die kaum eine halbe Stunde in Anspruch nahm. Überdies lebte dort mein Prager Freund und Nachbar aus der Melantrichgasse, der Rasende Reporter Egon Erwin Kisch, mit seiner Frau Gisl. Hier war ich nicht allein.

Das Hotel, in dem ich einzog, hieß Moderne, was es freilich bei weitem nicht war. Aber das bereitete mir keine Sorgen. Wiederum bekam ich eine Mansarde und hatte, wie in der Melantrichgasse, eine schräge Zimmerdecke über dem Kopf, was auf mich anheimelnd wirkte. Nur gab es hier kein großes, sondern eher ein recht kleines Fenster, und die Aussicht war ganz anderer Art als die zu Hause.

Was sich jetzt meinem Blick darbot, waren nicht Dächer und Türme wie in Prag, sondern das niedrige Gebäude des Ballhauses, das als Jeu-de-Paume in die französische Geschichte eingegangen ist. Dort haben in stürmischer Zeit die Abgeordneten des Dritten Standes am 20. Juni 1789 den Schwur geleistet, bis zur Schaffung einer Verfassung für ganz Frankreich gerade hier als Nationalversammlung auszuharren und zu funktionieren.

In der besonderen Atmosphäre von Versailles lernte ich nun einen neuen Egon Erwin Kisch kennen. Hier waren es nicht die Prager Legenden und Pariser Histörchen, die aus ihm hervorsprudelten, sondern wahre Begebenheiten, auch Anekdoten, aus der revolutionären Geschichte Frankreichs.

»Warst du schon im Ballhaus?« erkundigte sich mein Versailler Hausgenosse am zweiten Tag nach meinem Einzug.

»Aber Egonek, ich bin ja noch kaum da, muß mir vor allem einen Kocher besorgen.«

»Kocher ist wichtig, das sehe ich ein, aber Umschauen ebenso. Komm am Abend hinunter, die Gisl serviert uns ein Prachtmenü, und dabei sage ich dir, was du dir als erstes anschauen sollst und wohin wir dann zusammen gehen werden.«

Das Prachtmenü bestand aus Kartoffeln mit Ei, die Gisl Kisch unentwegt und unverdrossen für jede beliebige Anzahl von Gästen an jedem beliebigen Tag produzierte. In den nächsten Wochen wunderte ich mich, wie sie und Egon diese Speise überhaupt noch zu sich nehmen konnten. Aber in ihrem Emigrantenhaushalt mußte immer sehr gespart werden.

Viel später, etliche Jahre nach Kriegsende, las ich unter anderem Erinnerungsbücher der Gattin Franz Werfels und der Sekretärin Lion Feuchtwangers. Dabei erstaunte mich, wie relativ gut, sogar sehr gut die finanziellen Verhältnisse dieser Schriftstellerkollegen unseres Prager Egonek in der schwierigen Zeit im französischen Exil waren, wobei Kisch damals doch auch schon lange einen klanghaften Namen hatte, seine Bücher erzielten große Auflagen in verschiedenen Sprachen, aber Frau Gisl konnte neben den eleganten Damen in literarischen Kreisen bestenfalls durch ihre sprichwörtliche Bescheidenheit auffallen. Die kümmerlichen Verhältnisse der beiden im Versailler Hotel Moderne waren mir ein Rätsel. Aber auch solche Unterschiede bildeten einen Bestandteil der Emigration der »verbrannten deutschen Schriftsteller« in den bewegten und oft unüberschaubaren dreißiger Jahren.

»Warst du schon im Ballhaus?« wiederholte Kisch zwei Tage später seine Frage, und diesmal nickte ich. »Und hast du das Bild des Mannes rechts oben nicht übersehen? Das vom Arzt Doktor Guillotin, der das Fallbeil erfunden haben soll, nach ihm Guillotine benannt. Man bezeichnete es, weil es blitzschnell funktioniert, sogar als fortschrittliche Einrichtung. Für das 18. Jahrhundert mag das vielleicht gegolten haben, obwohl auch damals ... Aber heute, im zwanzigsten, ist es ein Verbrechen und eine Schande für uns alle, daß es die Nazis skrupellos gebrauchen. Schau ihn dir gut an, den Doktor Guillotin, wenn nun mal sein Porträt in unserer Gasse hängt. – Hast du übrigens schon einen Kocher?«

Den besaß ich bereits, und als ich ihn zum erstenmal – nach dem Vorbild Gisls – in Betrieb setzte, um Kartoffelscheiben zu rösten, bespritzte er mir die mit blauen und gelben Blumen besäte Tapete mit Fettflecken und rief damit meine andauernde Antipathie hervor. Das war zwar schade, aber nicht so arg. Schlimmer war, daß in dieser meiner zweiten Behausung in Frankreich keine hungrigen Mäuse meinen Schlaf störten, sondern die beunruhigende Vorstellung von Doktor Guillotin durch meine Alpträume geisterte. (Mein Nachbar ein Arzt, der das Fallbeil erfunden hat. Mein Gott!)

Du meinst, ein Ende mit Schrecken ist besser als ein Schrecken ohne Ende, Virginia? Sieht die Welt von deinem Treppenabsatz zwischen Konzertsaal und Bildergalerie so trostlos aus?

Nach und nach entdeckte ich in Versailles Stellen und Plätze, die mir lieb wurden. Im Schloßpark glaubte ich, besonders in Dämmerstunden, durch das kunstvoll zurechtgestutzte Buschwerk die Herrschaften von einst mit ihren Puderperücken und prächtigen Gewändern zu ihren Liebesabenteuern huschen zu sehen. Eines Tages fand ich auch eine Treppe, die aus der Parkanlage geradewegs in den

Himmel führte. Wenn man nämlich unten, sozusagen an ihrem Fuß stand, endete sie in blauem Nichts, und wenn ich dann hinaufstieg, war ich beinahe enttäuscht, auch auf diesem Weg nur in den königlichen Garten gelangt zu sein und nicht zum lieben Gott.

Kisch hielt sein Versprechen und nahm mich auf manche seiner Streifzüge durch die Versailler Cafés mit. Dort bot er mir dann an: »Willst du mit Danton an einem Tisch sitzen oder lieber mit Voltaire oder Robespierre?«

»Wie bitte?«

Er faßte nach meiner Hand und führte mich zu einem der Tischchen. Ein Metalltäfelchen auf seiner Marmorplatte gab Auskunft, wer von den erwähnten Persönlichkeiten hier einmal seinen Stammplatz gehabt hatte.

»Bleiben wir bei Danton«, schlug ich vor und ließ mich mit einem leichten Kribbeln im Rücken genau vor dem Täfelchen mit seinem Namen auf den Stuhl fallen. Einst saßen solche Größen hier, und jetzt nahm ich, die Lenka aus Karolinenthal und der Melantrichgasse, ihren Stammplatz ein!

»Gut«, meinte der Rasende Reporter, »bleiben wir hier, und das nächste Mal setzen wir uns zu Rousseau.«

Manchmal, ging es mir da durch den Kopf, manchmal war die Emigration gar nicht so schlecht.

Eine beinahe beschwingte Stimmung erfaßte mich, wenn ich am Morgen mit dem elektrischen Zug nach kaum einem halben Stündchen in Paris eintraf, ins lateinische Viertel lief, unterwegs an einem Kiosk alle erhältlichen Zeitungen aus dem Protektorat Böhmen und Mähren kaufte und mich mit ihnen bei einer Tasse Café crème an einem Tischchen auf dem Boulevard St. Germain niederließ. Ich hatte eine lose Zusammenarbeit mit der Agence France Presse erworben, für die ich die Protektoratszeitungen durchackern und Erwähnenswertes in Kurzberichte zusammenfassen sollte. Mein tägliches Pensum waren mindestens dreißig Zeilen, ich konnte aber auch mehr abliefern. Das Honorar betrug einen Franc pro Zeile. In meiner

Mansarde in Versailles hatte ich einen Papierstreifen an der Wand befestigt und notierte dort jeden Tag die produzierte Zeilenanzahl. So konnte ich am Samstag feststellen, wieviel ich in der eben beschlossenen Woche verdient hatte und was ich mir in diesen Tagen leisten oder nicht leisten konnte. Von der Kaffeehausterrasse aus war mir aufgefallen, daß manche Pariserinnen im Knopfloch ihres klassischen französischen Kostüms ein frisches Blümchen angesteckt hatten. Das fand ich ungemein chic und ahmte es – wenn bei Kasse – sofort nach.

»Du siehst ja schon toll pariserisch aus«, bemerkte Franz Carl Weiskopf, mein einstiger Chefredakteur, eines Tages anerkennend. So etwas hörte ich gern, zugleich versetzte es mir jedoch einen Stich ins Herz. Ich genoß Paris, während zu Hause ... Damals, kurz vor Kriegsanfang, war das Schlimmste zwar noch nicht ausgebrochen, aber schlimm genug war das Leben im besetzten Prag schon. Dessen war ich mir voll bewußt, wurde ja auch bei meiner Arbeit laufend damit konfrontiert. Jung, wie ich war, unterlag ich dennoch stets von neuem dem Charme und Zauber der lebensfrohen französischen Metropole.

Das gestaltete sich manchmal sogar ein wenig kurios. Ein amerikanischer Journalist, der die stürmische Entwicklung in der Tschechoslowakei vor dem sogenannten Münchner Diktat, die von Hitlerdeutschland aus dirigierten mörderischen Überfälle im Grenzgebiet Westböhmens und die gespannte, den Untergang bereits verspürende Atmosphäre in Prag in der zweiten Hälfte des Jahres 1938 miterlebt hatte, schaltete auf seinem Heimweg in die USA einen kurzen Aufenthalt in Paris ein und tauchte eines Tages bei mir auf.

»Wie geht es dir hier, und was hast du schon alles kennengelernt?« fragte er mich, als wir zusammen bei einer Tasse Kaffee im lateinischen Viertel in der Sonne saßen.

»Coca-Cola«, antwortete ich prompt, »die trinke ich gerade zum erstenmal.«

Vor mir stand ein großes Glas mit diesem Getränk. Er

holte seine Kamera hervor und knipste mich bei meinem »historischen ersten Schluck«. Diese Aufnahme sandte ich meiner damals noch in Prag lebenden Mutter, um sie zu beruhigen und vorzuführen, wie gut es mir im fernen Paris ging. Der Effekt war allerdings entgegengesetzt. Mutter hielt das hohe Glas mit dem dunklen Inhalt für eine Menge Alkohol und beschwor mich in ihrem nächsten Brief, derartigen Lastern in Frankreich unbedingt aus dem Weg zu gehen.

»Hast du auch schon etwas vom Pariser Nachtleben gesehen?« erkundigte sich mein amerikanischer Kollege weiter. Als ich verneinte, meinte er: »Dann müssen wir das schleunigst nachholen. Von der Mistinguette hast du schon gehört?«

Das hatte ich, denn diese Berühmtheit des Pariser Nachtlebens war auch in Prag berühmt.

»Gut, dann gehen wir heute abend ins Moulin Rouge, dort wirst du sie sehen und hören.«

Moulin Rouge, die Rote Mühle, das sagenhafte Nachtlokal. Toll, freute ich mich. Der Ted aus den USA war ein verläßlicher Begleiter, ein bißchen Sorge machte mir nur meine Garderobe, denn ich hatte keine Ahnung, was man für den Besuch eines solchen Etablissements anzieht. Da meine Auswahl jedoch recht beschränkt war, erschien ich wie meistens in meinem dunkelblauen Kostüm.

»Gut siehst du aus«, bemerkte Ted zufrieden, »also komm, ich habe für uns einen Tisch bestellt.«

Als ich an dem reservierten Tisch im Moulin Rouge Platz nahm, kam ich mir schon fast wie eine Weltdame vor. Dieses erhabene Gefühl verließ mich freilich bald, als mir der Kellner eine Weinkarte hinhielt, mit der ich nichts anzufangen wußte. Mein Begleiter bestellte eine Flasche Sekt. Dabei fiel mir die Kameliendame ein. Das ließ ich mir jedoch nicht anmerken und sagte nur: »Diesmal lieber keine Aufnahme für meine Mutter!«

Ted lachte, und da ging auch schon das Programm los. Ein Mann sang Chansons, ein anderer steppte. Beide erstklassig. Ich nippte gelegentlich an meinem Glas und begann, mich wohl zu fühlen. Dann kam eine Ballettnummer: zehn Mädchen in Flitterröckchen mit einem Straußenfederarrangement in Hüfthöhe und oben ohne. Ich riß die Augen auf; so etwas war damals auch in Paris noch nicht überall zu sehen. Danach erschien endlich die Mistinguette in einem hautengen, langen Abendkleid mit darauf abgestimmtem Kopfschmuck, elegant, nicht so hinreißend schön, wie ich sie mir vorgestellt hatte, aber verführerisch und beeindruckend. Sie sang, ich hörte aufmerksam zu, wollte Ted sagen, wie gut es mir hier gefiel, wandte meinen Blick von der Bühne – und blieb verdattert stumm.

Zwischen den Tischen, auch um unseren, liefen die zehn Mädchen oben ohne herum, begrüßten Bekannte, blieben stehen und scherzten mit den Gästen. Eine wandte sich gerade meinem Begleiter zu. Ihr Parfum stieg mir in die Nase. Ted wechselte mit der halbnackten Schönen ein paar freundliche Worte in seinem fließenden, amerikanisch verbrämten Französisch, und ich wußte nicht, wohin ich blicken sollte. Ich merkte, daß mein Freund die Be- und Entkleidung des Girls eindeutig zur Kenntnis nahm, dabei unterhielten sich die beiden jedoch ganz unbefangen. Ich aber schämte mich, wußte nicht richtig warum, konnte nicht verstehen, wieso sich die hübschen jungen Tänzerinnen nicht schämten. In Schwimmanstalten zeigte man sich damals nur in mehr oder minder hochgeschlossenen einteiligen Badekostümen, und nun so etwas!

»Was ist los?« fragte Ted belustigt. »Du scheinst ja auf einmal ganz verstört zu sein.«

»Das kommt wahrscheinlich von dem schweren Parfum, das hier plötzlich in der Luft ist«, sagte ich und bemühte mich, eine tunlichst gleichgültige Miene aufzusetzen, »die Mistinguette ist wirklich fabelhaft.«

Um nichts in der Welt hätte ich zugegeben, daß mich diese erste Begegnung mit dem »sündhaften Paris« ganz schön aus der Fassung brachte.

Komisch, Virginia? Eine harmlos lächerliche Episode? Gewiß, aber bedenke, daß sie sich in einer Zeit abgespielt hat, in der Alkohol und Zigaretten die schlimmsten Laster waren. Von Drogensüchtigen war in den europäischen Medien kaum etwas zu lesen und selbst auf den Straßen großer Städte nichts zu sehen. Sie waren noch keine Massenerscheinung. Obwohl an manchen Ecken und Enden der Welt, etwa im marokkanischen Casablanca – aber dorthin kommen wir erst.

Dann kam ein Tag, an dem wieder einmal eine grundlegende Änderung für mich eintrat. Ich zog um, verließ Versailles und die Kischs und wurde beinahe eine wirkliche Pariserin, zumindest was den Wohnort anbelangte.

Im Laufe weniger Wochen traf in der französischen Hauptstadt eine Reihe tschechischer und slowakischer Intellektueller und Künstler ein, mit der Illusion, hier ähnlich wie während des Ersten Weltkrieges die Zeit der aufgezwungenen Emigration zu verbringen und für die Neuerrichtung einer freien tschechoslowakischen Republik zu wirken. Ich wurde als verlassenes Prager Blümchen, als einziges junges Mädchen unter den zum großen Teil bereits arrivierten und bekannten Persönlichkeiten, geradezu liebevoll aufgenommen. Weil mit einem längeren Aufenthalt in Frankreich gerechnet wurde, wollte diese Künstlergruppe in Paris ein Haus mieten, denn in den bescheidenen Hotelquartieren fühlte man sich in seiner Tätigkeit eingeschränkt, und etwa vom Malen konnte man unter diesen Umständen bestenfalls träumen. So kam die Idee der Gründung eines Maison de la culture tchécoslovaque auf.

»Sowie wir etwas Anständiges gefunden haben, ziehst du mit uns ein«, sagte der Spiritus rector des ganzen Projektes, der Schriftsteller, Maler und hervorragende Zeichner – später auch Diplomat – Adolf Hoffmeister, der schon seit den zwanziger Jahren mit den Dadaisten und Surrealisten, Malern und Dichtern in Frankreich befreundet war. Ein lebensfroher, phantasievoller und liebenswürdig unruhiger Geist.

»Aber ich habe ja keine Aufenthaltsbewilligung für das Departement Seine«, beunruhigte ich mich.

Hoffmeister winkte großzügig ab. »Mach dir keine Sorgen, das schaffen wir schon irgendwie. Außerdem bricht der Krieg bald aus, und dann wird man auch hier andere Probleme haben.«

Diese Annahme erwies sich später in der Tat als durchaus berechtigt. Allerdings waren die Probleme, mit denen dann auch wir konfrontiert wurden, keineswegs sympathischer, sondern im Gegenteil bösartig.

Aber vorerst machte ich mir also keine Sorgen, und eines Tages wurde mir eröffnet, man habe endlich ein geeignetes Objekt gefunden.

»Auch für mich?«

»Auch für dich.«

»Wo ist es, und wie sieht es aus?«

»Phantastisch. Ein Haus, in dem ein Mord stattgefunden haben könnte«, sagte der bekannte Prager Karikaturist und Maler Antonín Pelc genüßlich. Mit seinem pechschwarzen Haar, großen dunklen Augen und kräftiger Nase sah er ein bißchen wie ein assyrischer Fürst aus. Als ich nach dieser Mitteilung erschrocken die Augen aufriß, fügte er beruhigend hinzu: »Vielleicht ist das auch noch nicht passiert. Jedenfalls ist es eine Villa auf dem Montparnasse, ziemlich heruntergekommen, aber sehr schön. Und es gibt dort richtige Ateliers! Bislang bewohnen sie Maler aus Spanien, die jetzt weiter nach Lateinamerika emigrieren, und sowie sie ausziehen, ziehen wir ein. Kannst schon packen, in ein paar Tagen ist es soweit. Du bekommst ein hübsches Zimmer unter dem Dach.«

Unter dem Dach, wo denn sonst, dachte ich und bereitete meine Habseligkeiten für den Umzug vor, was in Anbetracht meines knappen Besitzes nicht viel Zeit in Anspruch nahm. Den Kocher ließ ich stehen, wo er war.

Die Villa in der Notre-Dame-des-Champs Nr. 74 sah romantisch, jedoch nicht unbedingt einladend aus. Ein verwilderter kleiner Garten verstärkte noch ein wenig den düsteren Eindruck. Im Haus gab es geräumige Zimmer, zwei hohe helle Ateliers, im Erdgeschoß einen großen Eßraum, der mit der beinahe herrschaftlichen Küche im Souterrain durch einen Speisenaufzug verbunden war.

Hast du jemals in einer Gemeinschaft gelebt, Virginia? Oder nur in einer schlecht und recht zusammenhaltenden Familie, wie sie immer häufiger in Erscheinung treten? Hat dich jemand verlassen, oder bist du von jemandem fortgegangen? Ist dein andauerndes Hocken auf dem Treppenabsatz eine Notlösung oder ein trotziger Protest? Darf ich bei dir stehenbleiben, oder ist es dir lieber, wenn ich wegschaue?

Mein Dachzimmer in der tschechoslowakischen Enklave auf dem Montparnasse hatte ein Erkerfenster in das verwilderte Gärtchen. Man hatte mir einen kleinen Schreibtisch hineingestellt, ein Bett war von den spanischen Malern dageblieben. In den ersten Tagen meines französischen Exils hatte ich mir als Trost gegen die jähe Verlassenheit eine winzige blaue Vase angeschafft, die stellte ich auf den Schreibtisch und versuchte, mich in der neuen Behausung heimisch zu fühlen. Da klopfte jemand an meiner Tür.

Als ich öffnete, stand der böhmische Maler Maxim Kopf auf meiner Schwelle, ein Mann von wuchtiger Gestalt, und hielt einen ziemlich großen, mit Leinwand bespannten Rahmen in den Händen.

»Ich habe dir ein Bild gebracht«, sagte er zu meiner Überraschung, »das kommt hier über den Kamin und macht das Zimmer gleich freundlicher. Guck manchmal hin, das Bild wartet darauf. Und zurückgeben mußt du es mir erst nach dem Krieg.«

»Aber ...«

»Was soll hier ein Aber«, sagte er und tätschelte mir mit seiner großen Hand freundschaftlich die Wange, »so eine kleine Person kann man doch nicht ganz allein lassen.«

Damit verließ er mich. Was von da an bei mir über dem

Kamin an die Wand gelehnt stand, war eine Südseelandschaft, üppig grün, mit schönen, fremdartigen, weißgekleideten Frauen. Eine scheinbar sorglose, freie Welt.

Sorglos war das Leben in unserem Maison keineswegs, konnte es ja auch gar nicht sein. Trotzdem war unser Miteinander fröhlich, manchmal sogar richtig ausgelassen, dann wieder nachdenklich und ernst. Im Rahmen der zeitweisen Ausgelassenheit kam es vor, daß ich von einem meiner Mitbewohner mit dem Speiseaufzug aus der Küche in das Eßzimmer im Erdgeschoß expediert wurde, weil ich angeblich nicht mehr Platz brauchte als die große Suppenschüssel für uns alle. Jeder der zehn Einwohner (ich war der elfte und die einzige Frau) ging weiter seiner Arbeit nach, ungeachtet des allgegenwärtigen Drucks, dem sich kein politischer Emigrant entziehen kann. Unter unserem Dach wurden Plakate entworfen und Aufsätze gegen den Faschismus geschrieben, Pläne geschmiedet, Konzeptionen ausgearbeitet. In dem verdunkelten Paris versammelte sich bei uns jeden Abend eine zahlreiche, bunt zusammengewürfelte Gesellschaft tschechoslowakischer Exilanten: Politiker verschiedener Schattierungen, Generäle, Künstler. An manchen Tagen waren auch die beiden Kischs dabei, die weiterhin in Versailles wohnten, jedoch einen Umzug zu uns erwogen, ebenso wie etwa der Maler Alén Diviš, dem Hoffmeister erklärte, wir würden ihn völlig gratis und umsonst bei uns unterbringen. Manche dieser Persönlichkeiten wurden nach dem Krieg berühmt, andere haben ihn nicht überlebt, und die das fertigbrachten, mußten dann oft noch unerwartet weitere schwere Zeiten überstehen.

Wegen meiner Jugend und Unerfahrenheit war ich natürlich nicht imstande, in dieser ungewöhnlichen Gesellschaft einstiger und künftiger Politiker und Diplomaten die Rolle der Hausfrau zu spielen, und überließ diese Aufgabe mit großer Erleichterung dem quirligen Hoffmeister. Wenn mir aber einer unserer hochgestellten Gäste beim Abschied zu später Stunde mit einer Verbeugung galant die Hand küßte und an die Adresse der Dame des Hauses ein paar

Dankesworte murmelte, schenkte ich ihm gleichsam selbstverständlich ein elegantes Lächeln und imponierte mir selbst in dieser unvorhergesehenen Stellung. Kurz, ich war gut untergebracht und gestattete mir zum erstenmal ein gewisses Gefühl von Sicherheit im Exil.

In Prag hatte ich soliden Boden unter den Füßen, in Paris bot mir weder das Mäusezimmer, noch später in Versailles meine Mansarde, trotz der unmittelbaren Nachbarschaft zu den Kischs, einen festen Halt. Ständig fühlte ich mich umschwirrt von bekannten Namen, kannte mich in den politisch gefärbten Andeutungen ihrer Träger, Freunde oder Gegner, nicht aus, hatte für sie auch kein besonderes Interesse. Die Emigration aus der Tschechoslowakei begann in Frankreich erst Fuß zu fassen, vorerst überwogen in unseren Reihen Existenzprobleme.

»Von wem bekommst du eigentlich deine Unterstützung?« fragte mich mein einstiger Chefredakteur ungefähr eine Woche nach meiner Ankunft.

»Unterstützung?« wunderte ich mich. »Wieso?«

Nun wunderte er sich. »Ja, wovon lebst du hier eigentlich?«

»In meinen letzten Monaten in Prag wurden dank deiner Fürsprache ein paar Beiträge von mir in französischen Zeitschriften veröffentlicht. Die Honorare habe ich hier stehengelassen, und das kommt mir jetzt zugute.«

Weiskopf schüttelte den Kopf. »Du wurdest so blendend bezahlt, daß du davon leben kannst?«

»Vielleicht noch vierzehn Tage«, gestand ich kleinlaut.

Und so wurde mir empfohlen, und zwar nicht nur von ihm, bei einem jüdischen Hilfskomitee vorstellig zu werden. Die würden einem jungen Mädchen aus Prag bestimmt helfen. Obwohl ungern, weil mir die ganze Bittstellerei zuwider war, ging ich dennoch hin.

In einem kleinen Büro saßen zwei ältere Damen, schrillte beständig das Telefon, steckte dauernd jemand den Kopf aus der Tür zum Nebenzimmer, lagen auf den Schreibtischen und unter ihnen Stapel verschiedener Schriftstücke, aus einem Schrank, den man offenbar nicht schließen konnte, quollen Kleidungsstücke hervor, in einer Ecke häuften sich Schuhe.

Ich wurde freundlich empfangen, die Damen seufzten verständnisvoll bei der Erwähnung des besetzten Prag, schüttelten bedauernd den Kopf, als ich ihnen auf ihre Frage mitteilte, in Paris allein zu sein, und erkundigten sich dann wirklich interessiert, was ich am dringendsten benötige.

»Könnten Sie mir vielleicht eine Schreibmaschine leihen?« fragte ich und bekam dabei Herzklopfen.

»Eine Schreibmaschine leihen?«

»Ja, wenn es Ihnen nicht zuviel Mühe macht. Mit der könnte ich dann wahrscheinlich eine Arbeit bekommen.«

»Sonst nichts?« Die eine blickte mich an, als höre sie nicht richtig, die andere bemerkte in beinahe mütterlichem Ton: »Wir können Ihnen eine kleine finanzielle Unterstützung gewähren, Mademoiselle. Sie müssen doch auch essen, wohnen und so.«

»Nein, danke.« Ich schüttelte den Kopf. »Eine Schreibmaschine wäre mir lieber.«

»Bien«, sagten die beiden fast einstimmig, mußten darüber lachen, und das war ein Einbruch in die etwas gedrückte Stimmung. Eine von ihnen erhob sich und holte aus der unergründlichen Tiefe des unverschließbaren Kleiderschrankes eine gebrauchte, aber noch ganz ordentlich aussehende ältere Schreibmaschine hervor.

»Wenn Sie uns ein Leihabkommen unterschreiben, können Sie das Stück gleich mitnehmen. Sollten Sie jedoch Frankreich verlassen, müssen Sie uns die Maschine zurückbringen.«

»Ich bleibe jetzt hier«, warf ich schnell ein.

»Na ja«, die beiden blickten einander vielsagend an, sie wußten besser als ich, welchen Wert solche Erklärungen am Anfang des Jahres 1939 hatten. »Vorläufig bleiben Sie hier, ma petite, und wenn es mal ganz schlimm werden sollte, man weiß ja nie, dann kommen Sie ruhig wieder bei uns vorbei. Wir versprechen nichts, aber wenn es irgendwie geht, helfen wir. Na ja.«

Damit war ich entlassen, verabschiedete mich dankend von den beiden Damen und schleppte in einem Margarinekarton meinen kostbaren neuen Besitz gleich mit. Das war mein erster und letzter Besuch in einem Pariser Hilfskomitee, und er endete, wie man sieht, mit einem wirklich glücklichen Resultat. Die Schreibmaschine habe ich freilich niemals zurückgebracht, was keineswegs meine böse Absicht war, sondern die Schuld mir aufgezwungener Umstände. Das gehört jedoch in ein anderes Kapitel.

Neben diesen materiellen Angelegenheiten, denen ich keinen besonderen Wert beimessen wollte, obwohl sie natürlich von entscheidendem Wert waren, gab es auch zahlreiche andere Erfahrungen in meinem Emigrantendasein, die mich beeindruckten. Alles war neu für mich: in erster Linie Paris, in dem ich mich allmählich nicht mehr so fremd fühlte. Da gab es das Hotel Jacob in der Rue Jacob im lateinischen Viertel, in dem Hoffmeister und Pelc die ersten Wochen und Monate wohnten, bei denen ich oft vorbeikam. Gleich um die Ecke befand sich die Rue Bonaparte, wo im Haus Nr. 18 während des Ersten Weltkriegs Professor Thomas Garrigue Masaryk und Dr. Edvard Beneš die Gründung der Tschechoslowakischen Republik vorbereiteten. Nun lief ich durch dieselbe Straße mit dem kühnen Vorhaben, bei der Befreiung dieser Tschechoslowakei mitzuhelfen. Welch ein Gefühl! Meine beiden Landsleute aus dem Hotel Jacob machten ein billiges kleines Restaurant ausfindig, dessen Besitzerin einst eine russische Fürstin gewesen sein soll. Dorthin pilgerten wir oft zum Abendessen; manchmal war auch der Schriftsteller und Dramatiker František Langer dabei, der in Prag zu den regelmäßigen Diskussionsteilnehmern bei den Zusammenkünften mit Präsident Masaryk im Haus der Schriftsteller und Maler, der Brüder Karel und Josef Čapek, zählte. Und nun saß ich mit solchen Persönlichkeiten an einem Tischchen in dem etwas schmuddeligen, aber recht gemütlichen

Lokal einer einstigen russischen Fürstin! Und wurde von meinen älteren Tischgenossen liebevoll umsorgt und beinahe durchaus ernst genommen.

Manchmal besuchte ich auch die nach Paris übergesiedelte Emigrantenredaktion der »Deutschen Volkszeitung«, für die ich während ihres Asyls in Prag vor den Behörden als verantwortlicher Redakteur gezeichnet hatte. Deshalb fühlte ich mich ihr weiterhin verbunden. Bei einem meiner Besuche sagte Chefredakteur Lex Ende: »Fein, daß du gerade heute bei uns auftauchst. Wir beide gehen jetzt zusammen weg, ich kaufe unterwegs ein paar gute Zigarren, und die bringen wir gemeinsam dem Hermann Duncker, der heute fünfundsechzig Jahre alt wird.«

Bislang war Hermann Duncker für mich ein Name aus der Geschichte der deutschen Arbeiterbewegung, jemand, der am Anfang unseres Jahrhunderts mit Rosa Luxemburg und Franz Mehring in der Redaktion der »Deutschen Volkszeitung« (einer Vorläuferin »meiner« DVZ in Prag) gesessen hatte. Jetzt ging ich zu seiner Geburtstagsfeier. In Paris gab es so etwas eben. Daß jemand fünfundsechzig Jahre alt wird, kam mir mit meinen knapp zwanzig wie ein historisches Ereignis vor, ein wenig unwahrscheinlich und ungeheuer interessant. Als Teilnehmer an solchen Begebenheiten fühlte ich mich beinahe schon selbst wie ein Klassiker.

An das Lokal, in dem diese Feier stattfand, kann ich mich nicht mehr erinnern, nur daran, daß ich dort unter den Gratulanten auch den sozialdemokratischen Abgeordneten Rudolf Breitscheid kennenlernte, der später in Frankreich den deutschen Nazis in die Hände gefallen ist und von ihnen ermordet wurde. Er war ein sehr freundlicher, älterer Herr, plauderte ein wenig mit mir und meinte, ich solle einmal zu ihnen zu einem Mittagessen kommen, seine Frau würde sich darüber sehr freuen. Diese Einladung schmeichelte mir, schließlich war der Mann ein prominenter Politiker. Zu ihrer Verwirklichung ist es jedoch nicht mehr gekommen.

Hermann Duncker, der vor seiner Flucht aus Deutschland von den Nazis im Zuchthaus Brandenburg und in Spandau gefangen war, hielt eine kleine Rede, war in dem Freundeskreis und mit all den Glückwünschen offenbar ein wenig gerührt und sprach unter anderem einen Satz aus, den ich mir bis heute gemerkt habe: »Wenn ich meinen Erinnerungen nachhänge, gehe ich über einen Friedhof.«
Mir schien, was er da sagte, sehr traurig zu sein, aber bei einem fünfundsechzigjährigen Greis durchaus verständlich. Junge Menschen sind manchmal ein bißchen grausam.

Solange ich in Versailles lebte, nützte ich die Zugfahrt aus Paris oft dazu, die Erlebnisse des Tages noch einmal an mir vorbeiziehen zu lassen. Wenn ich meine Mansarde im Hotel Moderne erreichte, war dann schon meistens ein wenig Ordnung in meinem Kopf. Auf dem Montparnasse angesiedelt, entbehrte ich diese Besinnungspause.

Eines Tages brach dann wirklich der befürchtete Krieg aus. Fast jeden Abend gab es von da an Flugalarm. Unser kleines Haus besaß keinen Luftschutzkeller, überdies waren wir alle Ausländer, und das war ungewöhnlich und ein bißchen auffallend in der kurzen Straße. Deshalb wurde beschlossen, bei Alarm die Luftschutzeinrichtung im nahen Jardin du Luxembourg aufzusuchen. Unauffällig waren wir freilich auch dort nicht. Wir bedienten uns einer fremden Sprache, und unser Französisch war bestenfalls fremd klingend. Antonín Pelc wurde jedoch bald richtig beliebt, denn er malte für die verschreckten Kinder im »abri« lustige Tierchen und komische Figürchen mit Kohle an die häßliche Kellerwand. Dennoch ...

Eines Morgens saßen wir beim Frühstück und lauschten Bedřich Smetanas Tondichtung »Mein Vaterland«, die der französische Rundfunk gerade ausstrahlte, waren von den vertrauten Klängen tief berührt, als plötzlich das kleine Gartentor knarrte, im nächsten Augenblick die Haustür aufflog und einige Männer in unser Eßzimmer stürmten. Ehe ich einen Bissen hinunterschlucken konnte, waren wir verhaftet, wurden so, wie wir da saßen, in ein Polizeiauto geschubst und abtransportiert. Auf unsere Erklärung fordernden Fragen und heftigen Proteste gab es nur eine Antwort: »Im Namen des Gesetzes, Hände hoch!«

Aus war der Traum vom Zusammenleben einer produktiven Emigrantengemeinschaft, vom aktiven Beitrag für Frankreichs Kampf gegen den gemeinsamen Feind. In meinem Kopf ergab sich ein tolles Durcheinander. Kein Gedanke war imstande, mir vernünftig zu erklären, was da plötzlich los war (weil es ja auch völlig unvernünftig war). Man schaukelte uns gegen unseren Willen durch das morgendliche Paris, vorbei an den vollbesetzten Kaffeehausterrassen, vorbei an dem Blumenstand, wo ich mir manchmal ein paar Blumen kaufte, vorbei an dem Laden, in dem ich mit Hoffmeister Ziegenkäse für unsere ganze Belegschaft einholen ging. Ahnte jemand, wer da in dem grünen Kasten abtransportiert und im Polizeipräsidium abgeladen wurde?

Welche Erlebnisse waren für dich bestimmend, Virginia? Wer oder was hat dich gründlich aus dem Geleise geworfen? Aller Wahrscheinlichkeit nach würdest du solche Fragen von dir weisen. Aber wovon ich nun erzählen will, das könnte vielleicht dein Interesse wecken, denn ich weiß, was es bedeutet, ganz unten zu landen, und wie schwer es ist, sich aus diesem ganz Unten wieder aufzurappeln. Schau bitte nicht weg, Virginia, wenn ich dir manchmal zulächle. Ich tue es nicht aus Mitleid, eher aus einer Art Verbundenheit, so merkwürdig das auch klingen mag.

Gleich den einzelnen Fensterchen auf einem Filmstreifen ziehen in meinem Gedächtnis die fast ausnahmslos verblüffenden Szenen der ersten Stunden meiner französischen Haft vorbei. Die Nächte auf dem Polizeikommissariat Cherche-Midi mit dem ständig wachsenden Haufen auf den Straßen festgenommener Prostituierter, denen der amtliche Stempel auf ihrer gelben Karte fehlte. Dann die Nacht im Keller unter der Préfecture auf dem mit Zeitungspapier bedeckten Kohlenhaufen, wo ich mit meinen männlichen Hausgenossen ein ebenso herzliches wie kurzes Wiedersehen feierte. Die unsinnigen, geradezu kopflosen Verhöre bei einem nervösen Polizeikommissar und schließlich die demütigenden Aufnahmeprozeduren im Frauengefängnis La Petite Roquette. Dort wurde mir eine Zelle zugeteilt.

»Hier bleiben Sie jetzt«, und eine Tür fiel hinter mir krachend ins Schloß.

Hier mußte ich also vorerst bleiben.

Kann in einer aufgezwungenen Behausung überhaupt von Wohnen die Rede sein? Wohnt ein Vogel in seinem Käfig, selbst wenn der blitzblank geputzt in einer blitzblanken Küche steht? Wohnt ein Löwe in seinem nach allen Regeln fachlich ausgerüsteten und bemessenen Auslauf im Zoo? Kann man wohnen, wenn einem seine natürliche Freiheit genommen wurde? Manchmal muß man es, ob man will oder nicht. Ein Kanarienvogel kann sich darüber keine Gedanken machen, selbst Löwen dürfte das schwerfallen. Menschen sind jedoch offenbar dazu ausersehen, nachzudenken. Unter gewissen Umständen kann das eine verdammt schwierige Aufgabe sein.

Ich habe in Frankreich in einem Mäusezimmer, in der Nachbarschaft eines Königsschlosses, in einem Künstlerheim, schließlich auch in einer Gefängniszelle und in einem Lager gewohnt. Jawohl, gewohnt. Die Einrichtung der einzelnen Unterkünfte war recht unterschiedlich, was selbstverständlich auf mein Wohlbehagen oder Unbehagen nicht ohne Einfluß blieb.

Das Gefängnis in Paris, in das ich aus dem Maison de la culture tchécoslovaque auf dem Montparnasse so jäh umgesiedelt wurde, hatte schon den grausigen Praktiken während der Französischen Revolution gedient. Im Ersten Weltkrieg verbrachte hier die prominente Spionin, die Tänzerin Mata Hari, ihre letzten Wochen und Tage, ehe sie erschossen wurde, und im Zweiten Weltkrieg mußte ich an diesem Ort ein halbes Jahr in Einzelhaft verbringen.

Meine Zelle war für solch eine Behausung beinahe groß. Ihre Einrichtung bestand aus Tisch und Schemel, einem eisernen Bettgestell mit Strohsack, Strohkissen und grobem Bettzeug, das den Stempel Maison de St. Lazaire trug, was auf die historische Vergangenheit dieser Institution hinwies. In einer Ecke standen ein Eimer für Zwecke der Notdurft und ein großer irdener Krug mit Wasser für die tägliche Hygiene und den Durst. Es gab auch ein Fenster, richtig hell wurde es hier jedoch nie. Aber kalt! Aus dem großen Eisenofen im Korridor drang nur spärlich Wärme durch die vergitterte Öffnung über der mit einem viereckigen Guckloch versehenen Tür herein.

Konsterniert blickte ich mich nach meiner Einlieferung in der neuartigen Umgebung um. Werde ich lange dableiben müssen? Weil es keine Antwort auf diese Frage gab, versuchte ich, von dem mir zugewiesenen Lebensraum auf jeden Fall irgendwie Besitz zu ergreifen.

Meine winzige Vase hatte ich natürlich nicht bei mir, auch nicht die Postkarte mit der Reproduktion eines Bildes von Chagall mit einem schwebenden Liebespaar am samtblauen Nachthimmel, die ich über meinem Schreibtisch angenagelt hatte, ebensowenig wie die grüne Südseelandschaft Maxim Kopfs. Der kahle Raum war freudlos und unpersönlich frostig. Das viereckige Guckloch an der Tür, das in regelmäßigen Abständen auf- und zugeklappt wurde, trug auch nicht zu seiner Wohnlichkeit bei. Im Gegenteil, es belästigte mich und ließ sich nicht wegdenken, spürte mir in jede Ecke nach. Bis eines Tages ...

»Möchten Sie etwas lesen, Madame?«

Mit Madame wurde ich angesprochen, weil ich einen Trauring am Finger hatte, der allerdings nur ein spontanes Geschenk eines jäh abreisenden Freundes war. Aber nicht wegen dieser Anrede glaubte ich vorerst, mich verhört zu haben. Was wurde mir da angeboten? An der Zellentür, die quietschend aufgegangen war, stand eine Aufseherin auf der Schwelle, schob die schwarze Pelerine, die zu ihrer Uniform gehörte, ein wenig auseinander und hielt mir ein abgegriffenes Etwas entgegen, das sich als Katalog der Gefängnisbibliothek entpuppte. Mein Französisch war damals noch recht dürftig, dennoch griff ich eiligst nach diesem Wundergegenstand.

»Sie dürfen drei bis vier Bücher auf einmal ausleihen«, wurde ich belehrt, »wenn die ausgelesen sind, können Sie weitere bekommen.«

Musik, dachte ich, was ich da höre, ist keine Rede, das ist Musik.

Das erste Buch, das ich nun studierte, war dieser Katalog. Er enthielt vornehmlich Bücher über die Geschichte Frankreichs, ferner Belletristik seiner Klassiker und sogar eine kleine englische Abteilung mit Werken von Walter Scott. Als erstes wählte ich zwei Geschichtsbücher, Balzacs »Eugénie Grandet« und einen Band mit Erzählungen Scotts. Von Einsamkeit in der Einzelhaft konnte von da an bei mir keine Rede mehr sein.

Im Gefängnis liest man anders als im Alltag. In Balzacs Roman haben mich zwei durchaus unterschiedliche Stellen besonders berührt. Die eine berichtete, das Mädchen habe seinem geliebten Cousin am Morgen immer eine Schale (un bol) mit Milchkaffee zum Frühstück gebracht. Eine Schale mit Milchkaffee. Ein solches Getränk mag ich eigentlich gar nicht, aber jetzt konnte ich den Gedanken daran nicht loswerden. Eine Schale mit heißem, dampfendem und duftendem Milchkaffee.

Die andere Stelle war poetischer. Da erfuhr ich, daß der junge Mann seiner Eugénie Blumensträuße schenkte, die beredt waren, eine besondere Sprache enthielten. Jede Blüte brachte auf ihre Weise seine Zuneigung zum Ausdruck. Weiße und rosa zurückhaltend und scheu, rote leidenschaftlich, blaue versprachen Treue.

So einen Blumenstrauß hatte ich noch nie erhalten, oder hatte ich ihn nicht richtig zu deuten gewußt? Nun, nach dieser Lektüre sollte mir das nicht mehr passieren. Wenn ich jene Stelle bei Balzac las, duftete es geradezu in der dumpfen Zelle. Merci, cher Maître!

Von da ab nahmen die endlosen Tage einen Rahmen an. Vormittags las ich Geschichte, das ging ganz gut. Mit der Belletristik am Nachmittag mußte ich schon ein wenig kämpfen. Das schöne nuancenreiche Französisch ließ mich immer wieder stocken, rätselhafte Ausdrücke und Redewendungen versuchte ich so lange aus dem bereits Gelesenen zu kombinieren, bis ich verstand, mitunter vielleicht auch nur zu verstehen glaubte, was das bislang unbekannte Wort oder gar ein ganzer Satz bedeutete. Und seit auf dem Holztisch links die »Vormittagsbücher« und rechts die »Nachmittagsbücher« lagen, war ja auch schon etwas bei mir, das ich selbst gewählt hatte und hier haben wollte. Und das war sogar noch nicht alles.

»Könnte ich etwas zum Schreiben bekommen? Ich meine Papier und eine Feder«, fragte ich eines Morgens entschlossen beim Hinaustragen und Reinigen des Eimers und dem Holen frischen Wassers in dem irdenen Krug die diensthabende Aufseherin, eine dickliche ältere Person.

»Hier darf mit niemandem korrespondiert werden. Sie dürfen auch keine Post empfangen«, war ihr abweisender Bescheid.

»Ich will niemandem schreiben. Nur so für mich.«

Sie musterte mich überrascht, fast ein wenig erschrokken.

»Bien, bien«, sagte sie nach einem tiefen, einem Seufzer ähnelnden Atemzug, »jetzt bringen Sie erst einmal Ihr Zeug in die Zelle, schön vorsichtig, damit das Wasser nicht aus dem Krug schwappt. Haben Sie nichts mehr zum Lesen? Sie stecken doch immerfort in den Büchern.«

»Danke, zum Lesen habe ich genug, aber ich hätte gern Papier und Schreibzeug«, wiederholte ich hartnäckig.

»Bien, bien«, wiederholte nun auch sie und klappte energisch das Guckloch zu.

Als mich am Nachmittag eine andere Aufseherin vom Ausgang im Gefängnishof (dieser freudlose Trott wurde hier hochtrabend als »Promenade« bezeichnet) in die Zelle zurückbrachte, sagte sie: »Sie haben Papier und Schreibzeug verlangt. Morgen kriegen Sie etwas. Ihr Untersuchungsrichter hat es bewilligt.«

Der gute Capitain de Moissac! Der hat mir auch sonst geholfen.

Am nächsten Tag brachte man mir ein Heft, ein Tintenfaß und einen Federhalter mit einer Krakelfeder. Damit änderte sich meine Tageseinteilung. Am Vormittag schrieb ich, am Nachmittag las ich. Wenn ich dann beim Kommando: Licht aus! auf meinen Strohsack sank, belebte sich die Zelle, kaum daß ich die Augen schloß. Gepanzerte Ritter und ihre lieblichen Schönen tummelten sich in dem für sie völlig unpassenden Raum, dazwischen tollten ganz unbekümmert Prager Kinder, denn was ich am Vormittag schrieb, war ein Kinderbuch, eine Art Detektivgeschichte mit ganz jungen Helden, ein Kinderkrimi ohne Gewalt und Blut. In nächtlicher Stunde erschien in meiner Zelle auch die berühmte Schönheit und Geliebte Ludwigs XV., die Marquise de Pompadour, und ließ sich nicht nur von den gewohnheitsmäßig galanten Kavalieren, sondern auch offensichtlich amüsiert von den erstaunt gaffenden jungen Pragern bewundern, deren Fahrräder wiederum sie in Verwunderung versetzten. Das war doch etwas ganz anderes als die langsam dahinschaukelnden Sänften, in denen einem oft schwindlig wurde und wo man bei jedem überraschenden Stoß trotz der seidenen Polsterung womöglich einen blauen Fleck auf dem gepuderten Arm oder gar noch an einer anderen empfindlichen Stelle davontragen konnte. Die Kinder bestaunten die prachtvollen Gewänder der Herrschaften und mußten in den auf sie einströmenden Parfumwolken gewaltig niesen.

Kein Wunder, daß es mir leid tat, wenn plötzlich die Sirenen auf dem Dach des Gefängnisses aufheulten und meinen Traum mit dem sonderbaren Karneval in der Zelle schlagartig unterbrachen. Ich griff mechanisch, der entsprechenden Anordnung folgend, nach Gasmaske und Mantel, ließ mich noch ganz benommen in den verdunkelten Korridor schieben und mit den übrigen Insassinnen in den

Luftschutzkeller abführen. Erst dort, im trüben Licht der Notlampe und angesichts der bewaffneten Männer der Garde Mobile, die ihre Gewehre ganz überflüssigerweise auf das Häuflein der verschreckten gefangenen Frauen richteten, kam ich richtig zu mir. Die Traumidylle löste sich in Nichts auf.

In der Petite Roquette schrieb ich übrigens tschechisch, weil ich annahm, daß dies in einem Pariser Gefängnis eine verläßliche Geheimsprache war. Auch sonst blieb ja hier alles geheim: Mein Name, meine Herkunft, auch der Grund für unsere Verhaftung wurde eigentlich konsequent weiterhin geheimgehalten.

Wenn du jetzt glaubst, Virginia, daß die Einzelhaft in Paris allem Anschein nach ein ganz angenehmer Aufenthalt gewesen sein könnte, irrst du gewaltig. Gefangensein an sich ist schlimm, fast unerträglich. Ein Vogel im Käfig kann nie durch einen Wald fliegen, ein Löwe im Zoo niemals einer Gazelle nachjagen. Mit Menschen im Gefängnis ist es noch ein bißchen anders. Da kommt das quälende Bewußtsein hinzu. Nicht immer sind sie schuldig, nicht immer sind sie unschuldig. Davon weißt du vielleicht selbst ein Lied zu singen, Virginia. Gibt es für dich weder Recht noch Unrecht? Kann dir die ganze Welt mit ihrer Moral und Unmoral gestohlen bleiben? Aber wo besteht dann ein Ausweg oder wenigstens ein Notausgang aus deiner Verlassenheit?

Im Lager Rieucros, in das ich aus dem Gefängnis nach einem mehr oder weniger wertlosen Freispruch von seiten des Untersuchungsrichters und des III. Militärtribunals (ohne Anklage- noch Freispruchbegründung, also wiederum geheim!) transportiert wurde, versuchte ich gar nicht zu wohnen, da hauste ich nur mit dreißig bis vierzig weiteren Frauen in einer Holzbaracke. Weil man mich aus einem Gefängnis hierherbrachte, wurde ich zuerst in die sogenannte kriminelle Baracke eingereiht. Auf der Pritsche über mir schlief die Zigeunerin Kali, meine Nachbarinnen rechts und links waren Ladendiebinnen, Prostituierte, eine Geldfälscherin, eine Zuhälterin, die ihren Kunden nichtsahnende Dienstmädchen zuführte. Alle waren Ausländerinnen, viele unter ihnen Töchter arbeits- und brotlos gewordener polnischer, in Frankreich ansässiger Bergleute. Manchmal entbrannten in dieser Baracke richtige Schlachten, wenn die Angehörigen verschiedener Gruppierungen von Ladendiebinnen mit Kohlenschaufeln und Schürhaken aufeinander losgingen, weil sie nicht zugeben wollten, daß die konkurrierende Bande ein Pariser Kaufhaus erfolgreicher »bearbeitet« hatte als sie selbst. Wenn wir, zwei polnische »Politische« und zwei tschechische, einzugreifen versuchten, was nicht ganz ungefährlich war, konnten wir stets mit der tatkräftigen und geschickten Hilfe meiner Pritschennachbarin Kali rechnen. Sie riß die Mädchen auseinander, schalt sie laut in einer Sprache, die niemand verstand, und wenn dann wieder verhältnismäßige, aber erregte und tränenreiche Ruhe eintrat, pflegte sie sich zu mir zu setzen, und sprach ungefähr so:

»Dumm sind die. Schlagen sich selbst kaputt, hier, wo doch alle uns schlagen wollen. Du weißt das, ich sehe das an deinem Gesicht. Du bist ein bißchen wie ich, wirst es auch niemals leicht haben unter den anderen.«

»Unter welchen anderen, Kali?«

Sie schmunzelte, holte mit ihrer kräftigen, aber mageren Hand weit aus, als wolle sie die ganze »andere Welt« umfassen, und sagte bloß: »Du weißt schon, wir beide wissen es.« Damit erhob sie sich, ging zur Tür, blieb an der Schwelle noch stehen und rief mir zu: »Kali ist deine Freundin, merk dir das.«

Ich merkte es mir gut, auch nachdem ich in die »politische« Baracke überführt wurde. Da lag links von mir Aida, ein unschönes Mädchen aus Rumänien mit einem schönen Namen, gutherzig, freundlich und gegenüber den zahlreichen Härten des Lagerlebens völlig wehrlos. Auf der anderen Seite lag meine tschechische Freundin Tonka. Ich fühlte mich ziemlich sicher untergebracht. Auch in der politischen Baracke mußten Frauen verschiedenster Art miteinander auskommen, was nicht immer einfach war, selbst wenn hier keine Kohlenschaufelschlachten stattfanden. Aber die oft recht zugespitzten Wortgeplänkel – manchmal ging es bloß um eine Handbreit mehr auf der Holzpritsche – konnten gleichfalls ordentliche Gewitter heraufbeschwören. Noch schlimmer war es, wenn politische Differenzen bei der Beurteilung der Kriegslage oder wegen des Verhaltens gegenüber dem Lagerkommandeur mit wohlgezielten Wortspitzen ausgetragen wurden. Es verblüffte und befremdete mich, wie giftig diese Diskussionspfeile sein konnten. Tonka teilte meine Empörung. Vielleicht fühlten wir uns betroffen, weil wir erst seit kurzem im Exil leben mußten, während unsere Lagergefährtinnen schon durch viele Jahre in der Fremde ermüdet und gereizt waren. Wie auch immer, man apostrophierte uns beide häufig mit dem Satz: Naja, die Tschechinnen! Was wir gar nicht ungern zur Kenntnis nahmen. Bald begriffen wir jedoch: Hunderte Frauen auf felsigem Gelände in einigen primitiven Holzbuden zusammengepfercht, von bekannten und unbekannten Gefahren bedroht und absoluter Unsicherheit ausgesetzt, können im eintönigen Tagaus-Tagein nicht wohltemperiert und harmonisch zusammenleben. Illusionen waren hier fehl am Platz. Sowie freilich eine ganz konkrete Bedrohung aufkam, rückte man zusammen. Einzelne Ausnahmen – aus Angst, Feigheit, unbezwingbarem Selbsterhaltungstrieb oder sonst einer Schwäche – konnten daran kaum etwas ändern.

Für mich war es stets ein Lichtschein, wenn Kali plötzlich, in ihre bunten Tücher gehüllt, in unserer Barackentür auftauchte. Als es kalt war, kam sie mit ein paar getrockneten Grasbüscheln an.

»Tu das in deine Holzschuhe«, empfahl sie mir, womit sie die Holzpantinen meinte, die mit der Gefangenenkluft gefaßt wurden, »das wärmt die Füße.«

In der Hitze sommerlicher Hundstage, in denen die Baracke allmählich einem Brutofen glich, brachte sie mir einen glatten, kugeligen Stein, der überraschend kalt war und mit dem ich meine Fußsohlen und Hände kühlen sollte.

»Danke, Kali. Woher hast du dieses Wunderding?«

»Aus dem Bach«, teilte sie mir mit.

»Aber im Lager gibt es doch keinen Bach.«

»Nein«, ihr breiter Mund verzog sich zu einem noch breiteren Lächeln, »das sagst du richtig. Im Lager gibt es keinen Bach. Da mußte mir schon der liebe Gott verraten, wo ich einen schön gekühlten Stein suchen soll. Er meint es eben gut mit uns Zigeunern. Also merk dir: eine Weile unter die Fußsohlen, eine Weile in die Hände, und du bleibst frisch und kriegst kein Fieber und keine Leibschmerzen.« Damit nickte sie mir zu und verschwand. Jenseits des Stacheldrahtverhaus plätscherte ein eisiger Gebirgsbach.

Das felsige Gelände in Rieucros, das uns im Winter, festgefroren und mit einer Eiskruste bedeckt, schwer zu schaffen machte, hatte auch seine Vorteile. Mit uns war hier ein bißchen Natur gefangen. Über den Baracken, jedoch noch innerhalb des Stacheldrahtverhaus, befand sich ein stillgelegter Steinbruch. Ehe man dazu übergegangen war, in dieser öden Gegend Ausländerinnen zu internieren, hatte es hier ein Arbeitslager für Spanier gegeben, die nach der Niederlage ihrer Republik nach Frankreich geflüchtet waren. Die hatten uns (wußten sie, daß Frauen in ihre Behausungen einziehen werden?) ein Symbol zurückgelassen: In den hellen Sandstein waren zwei große Männerhände eingemeißelt, fest verbunden in kräftigem freundschaftlichem Druck. Er wirkte tröstend, war solidarisch, dieser Händedruck im Felsen über unseren Baracken. So deutete ich ihn mir wenigstens, und deshalb pilgerte ich gern zu ihm hinauf, hatte beinahe das Gefühl, von diesen Männerhänden gestreichelt zu werden.

Auf einem Felsbrocken hockend, schrieb ich in dem Steinbruch in die Hefte, die ich aus der Petite Roquette mitgebracht hatte; für mich selbst Märchen, in denen immer

Gut über Böse siegte, daneben auch lustige Liedertexte über die Misere und komischen Seiten des Lagerlebens, die dann bei Geburtstagsfeiern und ähnlichen Anlässen in unserer Baracke zum Vortrag kamen. Wenn sie die Frauen erheiterten, wenn die dann lachten, war ich froh. Daß mir die unverwischbaren schützenden Männerhände dabei halfen, wußte nur ich.

So »wohnte« ich in Rieucros, Virginia. Meine Erfahrung aus diesem unfreiwilligen, Tag und Nacht dauernden Zusammenleben ist zweifellos völlig entgegengesetzt zu deiner Absonderung auf dem windigen Treppenabsatz, wo ständig an dir Menschen vorbeieilen. Welche von uns beiden hat das schlimmere Los gezogen? Welche hatte eine konkretere Möglichkeit, es zu ändern? Meine Kali würde dir raten, in jeder Lebenslage etwas zu unternehmen, statt alles bloß hinzunehmen. Ich habe freilich gelernt, mit der Erteilung von Ratschlägen sparsam umzugehen.

Nach mehr als einjährigem Aufenthalt im Lager fand meine Pilgerfahrt durch das Exil eine weitere Fortsetzung. Eines Tages wurde ich nach Marseille verlegt, um von dort aus meine Ausreise aus Frankreich betreiben zu können, denn in der noch unbesetzten Zone des Landes waren die Behörden daran interessiert, ihre lästigen Ausländer tunlichst schnell loszuwerden. Aber ehe ich mich artig in Bewegung setzen konnte, gab es noch ein kurioses Vorspiel.

Als mich Anfang 1941 die Vorladung zu einem Konsulat in Marseille erreichte – überraschenderweise zu einem holländischen, mit dem ich weder vorher noch nachher in Kontakt kam –, was die Voraussetzung für die Überführung aus dem Lager in die Hafenstadt bildete, war es Winter und draußen bitterkalt. Meine ganze Garderobe bestand aus Rock und Bluse und einem Regenmantel. So war ich an einem warmen Herbsttag in Paris verhaftet worden, und sonst besaß ich nun nichts. Ich schrieb also an meine Freunde in Marseille, tschechische Spanienkämpfer, von denen die meisten aus verschiedenen Internierungslagern ausgebrochen waren, in welcher Situation ich mich befand. Prompt kam für mich in Rieucros ein Paket an, dem ich ein warmes Kostüm entnahm, das, o Wunder, sogar meine richtige Größe hatte, und einige Knäuel Wolle »für einen Pullover«. Mein Entlassungsschein trug das Datum des nächsten Tages. Mitgefangene kamen mir zu Hilfe. Eine strickte das Vorderblatt, eine andere den Rückenteil, zwei nahmen sich der Ärmel an, und die gutherzige Anni, die mit einem kranken Hüftgelenk durch die Emigration und Internierung hinkte, versah den Pullover mit einem kleinen Kragen, »damit du auch ein bißchen hübsch aussiehst«. Niemals habe ich Stricknadeln in solchem Tempo hin und her flitzen sehen. Die Frauen setzten eine »Stricknachtschicht« an, Aida wachte an der Barackentür, um eventuelle Kontrollposten rechtzeitig zu melden, und am nächsten Tag konnte ich warm vermummt mit einer Gruppe von Frauen, vornehmlich italienischen Antifaschistinnen, die Reise nach Marseille, vielleicht sogar in die baldige Freiheit, antreten.

Unsere neue Adresse war ein Hotel Bompard im Marseiller Hafenviertel. Dieses »Hotel« war ein Bordell, das einer alten Armenierin und ihrem allseitig tüchtigen Sohn George gehörte. Sein Verdienst war es, daß das Bompard zu einer Polizeiinstitution umorganisiert worden war und damit für Mutter und Sohn zu einem lukrativen Unternehmen.

Mit fünf Italienerinnen zog ich in ein Zimmer ein, das für uns sechs ein wenig eng war. Aber statt Strohsäcken auf dem Fußboden gab es hier Strohsäcke auf Bettgestellen, ein Fortschritt, den wir zu würdigen wußten. Die alte Armenierin, dank ihres vernachlässigten Äußeren und unfreundlichen Verhaltens bald »Hexe« genannt, hatte von der Polizei für uns Lebensmittelkarten gefaßt. Sie ließ uns freilich ganz ordentlich hungern, weil sie selbst mit diesen nicht allzu üppigen Zuteilungen auf dem Schwarzmarkt blühende Geschäfte trieb. Der einstige Bordellchef, Monsieur George, ein jovialer Vierziger mit einem brutalen Gesicht, strich ständig durch die Zimmer mit den nunmehr in seinem Etablissement internierten Frauen, griff sich die jüngeren heraus und versuchte, sie mit süßen Reden für seine Unternehmungen, eventuell auch für sich selbst, zu gewinnen. »Mit solchen Schultern könntest du leicht dein Glück machen.« Statt der schönen Schulter wurde ihm von allen nur eine kalte gezeigt, was er nicht verstehen konnte.

»Ich biete diesen elenden Vogelscheuchen eine Chance, und die werden auch noch frech, als ob sie weiß Gott wie schön wären. Dankbar sollten sie mir sein, aber wem nicht zu helfen ist ...« Und er stelzte gekränkt davon.

Das Bompard war eine amtlich unausweichliche, ansonsten jedoch völlig unwichtige Zwischenstation. Warum hätten wir uns dort auch nur im geringsten heimisch fühlen sollen? Marseille, die Stadt ringsum, war etwas ganz anderes. Mit ihrem Gewimmel von Flüchtlingen aus allen vom Dritten Reich besetzten Ländern, mit ihrer Panik und Angst, die in diesem Notausgang aus Europa wie eine schwere Wolke in der Luft hing, mit den Schiebern, welche mit dieser Panik Geschäfte machten, mit den Hilfskomitees, Polizeirazzien und vereinzelten Bombenangriffen war sie ein Kessel, in dem alles gebraut werden konnte.

Es gab in Marseille jedoch auch noch eine andere Welt, in der man den gehetzten Menschen unauffällig half, wo man konnte, und zugleich zielbewußt daranging, eine Untergrundbewegung in Frankreich aufzubauen. Meine tschechischen Freunde, die zuerst die rätselhafte holländische Vorladung und dann auch noch meine Einkleidung ermöglicht hatten, gehörten dazu. Sie waren der Ansicht, daß ich nach der langen Haftzeit ein bißchen herzhafter verköstigt werden sollte, »sonst kommst du in Übersee als Gerippe an und machst uns Schande«. Weil sie wußten, wie kümmerlich uns die Hexe und ihr prächtiger Sohn George ernährten, versahen sie mich wiederholt mit Lebensmittelmarken, deren Ursprung ich nicht nachforschte; je weniger man von solchen Aktivitäten wußte, um so besser war es für alle Beteiligten. Dennoch hatte ich eine konkrete Vorstellung vom organisatorischen Hintergrund dieser verdienstvollen Tätigkeit, denn der tschechische Spanienkämpfer, der mir einen Bogen mit Fleischmarken zusteckte, war von Beruf Drucker.

Bei meinen verschiedenen Wegen, um Visum, Ausreisebewilligung und Schiffskarte zu ergattern – zuerst mußte man im nächstliegenden Bistro die begleitende Polizeigarde loswerden, was ziemlich leicht gelang, wenn man einen Aperitif spendierte –, begegnete ich eines Tages den Eltern eines guten Freundes aus Prag, die hier nervös und ständig von Angst geplagt auf ihre Abfahrt in die Vereinigten Staaten warteten. Ihre Papiere waren in Ordnung, sie besaßen auch etwas Geld, aber die täglich neu aufkommenden alarmierenden Gerüchte hatten die beiden bereits völlig aus der Fassung gebracht. Sie kannten mich schon viele Jahre und freuten sich wirklich, einem vertrauten Menschen aus Prag in die Arme zu laufen. Eigentlich lief eher ich in ihre Arme, sie wollten mich gar nicht mehr loslassen, und ich mußte versprechen, mich von ihnen für den Abend zu einem »guten Essen« einladen zu lassen, auch wenn sie natürlich, wie sie bedauernd bemerkten, mit ihren Fleischmarken sehr sparsam umgehen mußten. Sie wußten ja nicht, wie lange sie noch in Marseille würden warten müssen. Als dann am Abend der Vater meines Freundes die Brille aufsetzte, seine Marken auf dem Tisch ausbreitete und sorgfältig Gramm zu Gramm zählte, ließ ich ihn erst ein bißchen daran arbeiten und sagte dann:

»Kann ich Ihnen helfen? Stecken Sie Ihre Marken getrost wieder ein, Sie müssen ja noch einige Tage damit auskommen. Ich habe zufällig ein paar zusätzliche gefaßt, die wollen wir jetzt zusammen genießen.« Damit legte ich meinen noch unberührten Bogen auf den Tisch. Die beiden alten Herrschaften erstarrten und blickten mich erschrocken an:

»Ja, aber – woher?« Das klang verängstigt, zugleich aber auch ein bißchen hoffnungsvoll.

»Vom holländischen Konsul«, sagte ich. Diese respektable Institution, die mir ganz unerwartet den Weg aus dem Lager geebnet hatte, schien mir die richtige Referenz zu sein. Das Prager Ehepaar beruhigte sich sofort, vergaß, daß die Niederlande schon längst von den Nazis besetzt waren, wir aßen uns richtig satt, und ich schenkte den beiden beim Abschied die Hälfte meiner Marken. Sie haben nie erfahren, daß es gefälschte waren.

Im Krieg ist so etwas möglich, Virginia, kleine Schwindel sind in bestimmten Lagen sogar notwendig. In ausweglosen versucht man, mit allen Mitteln einen Ausweg zu finden. Hast du – mit oder ohne Schwindel – schon versucht, deinen Standplatz auf dem Treppenabsatz zu ändern? Schau nicht weg, ich wäre froh, wenn du mir glauben könntest, daß es für uns alle Höhe- und Tiefpunkte gibt und dazwischen ein ganzes Meer von kleinen Wellen, von denen man einmal ein wenig gewiegt und dann wieder unsanft gerüttelt und gezaust wird. Geh nicht unter im grauen Meer des Alltags, Virginia: Blick von den Hosenbeinen, Schuhen, bestrumpften Waden und Rocksäumen lieber hoch zu den Augen der Menschen. Man muß nicht immer allein sein, Virginia, wenn man es nicht will.

Noch heute glaube ich manchmal das laute Tuten des Schiffshorns bei der Ausfahrt aus dem Marseiller Hafen vernehmen zu können, das Aufklatschen des Wassers, das Ankurbeln und erste Stampfen der Maschinen, die herzzerreißenden Rufe der auf dem Quai Zurückgebliebenen und der an Bord Abreisenden. Mit jedem Ruck entfernten wir uns von Europa. Meine Freunde unten im Vieux Port wurden immer kleiner. Prag, meine Kindheit, meine Familie entschwanden in verschleierter Weite, was einst war, zerrann in längst Gewesenes. Und gerade dieses Vorgestern beunruhigte mich, nahm erneut Besitz von mir. Als ob es das Gestern mit seinen hastigen Veränderungen und Enttäuschungen gar nicht gegeben hätte.

Jeder Wellenschlag brachte uns einem neuen, unsicheren und trotz allem auch verlockenden Schicksal näher. Mein nächster Wohnort? Wird es einen solchen überhaupt geben? Wann und wo?

Ich besaß einen gültigen Paß, ein gültiges Visum für Mexiko und eine gültige Schiffskarte. Geld hatte ich nicht, und die Aussicht, vorerst vier Wochen auf dem französischen Schiff unterwegs zu sein, schien mir gar nicht so schlecht. Gewiß, die Schlafstelle im Massenquartier für Frauen tief unten im Schiffsbauch war miserabel, das Essen knapp und gleichfalls miserabel, dennoch: All das gab es hier, man mußte dem nicht nachjagen. Vier ganze Wochen lang!

Nach kaum zehn Tagen war alles aus. Das Schiff ging in Casablanca unvorhergesehen vor Anker, niemand an Bord wußte warum, niemand für wie lang. Auf höfliche, verzweifelte oder gar empörte Fragen gab es nur eine Antwort: »Attendez! – Warten Sie ab!« Beinahe zwei Wochen nach der quälenden Zwischenlandung, die eigentlich keine war, weil niemand an Land gehen durfte, kletterten eines Tages die Mitglieder einer »Kommission« auf das Schiff, manche in französischer Uniform, andere in diskretem Zivil. Alle Passagiere wurden zusammengerufen, einer Prüfung unterzogen und aussortiert. Ich wurde in einen Transport eingereiht und mit vielen anderen in einen Zug verladen. Alles ohne ein Wort der Information. Der Zug fuhr los, durcheilte Afrika und machte erst halt, als das Geleise endete. Weiter gab es nur mehr Sand. Wir waren am Rande der Sahara angekommen. Vor uns flimmerte ein Barackenlager in der Sonnenglut; es hieß Oued-Zem.

Wieder einmal wies man mir einen Platz in einer Baracke an, nur war sie diesmal nicht aus Holz wie in Rieucros, sondern aus Wellblech. Ein Brutofen am Wüstenrand. Von hier mußt du so bald wie möglich weg, beschloß ich in meiner ersten von Schakalgeheul und dem Summen unbekannter Insekten erfüllten schlaflosen Afrikanacht. Dieser Beschluß verstärkte sich noch, als in den nächsten Tagen unter den geschwächten und entnervten Internierten eine beträchtliche Sterblichkeit um sich griff. Von hier mußte ich schnell fort, das war mir klar, aber wie? Tagelang suchte ich einen Weg, bis ich schließlich einen Einfall hatte. Ich ließ mich beim Lagerkommandanten, einem französischen Offizier, melden. Unter dem Vorwand, als Tschechoslowakin unter dem Schutz der – noch gar nicht konstituierten – tschechoslowakischen Exilregierung in London zu stehen, gelang es mir, von ihm einen Urlaubsschein für einen Aufenthalt von 48 Stunden in Casablanca zu erhalten. Wahrscheinlich ließ den Herrn Kommandanten völlig gleichgültig, ob er ein junges Ding aus einem der obskuren Länder irgendwo in Europa unter den zu vielen Flüchtlingen in seinem Lager hatte oder nicht – er gab mir das notwendige Papier.

»Achtundvierzig Stunden, Mademoiselle«, sagte er dennoch ein wenig bedrohlich, als er mir den Schein aushändigte, »verstanden? Mehr nicht.«

Mehr brauchte ich nicht.

Das sind die kleinen Schwindel in bestimmten Lagen, Virginia, die notwendig sein können zum Überleben. Nur dürfen sie niemals ein anderes Leben bedrohen.

Auf so tollen Umwegen geriet ich im Zuge des Kriegsgeschehens aus Prag-Karolinenthal nach Casablanca. Gleich in den ersten Stunden begegnete ich durch einen glücklichen Zufall auf der Straße einem Mitbewohner aus unserem Pariser Maison, dem katholischen Journalisten Šturm, einem jungen Mann, der solide war und in keinerlei Weise die Aufmerksamkeit auf sich zog. Dennoch ist auch er an jenem Morgen wie wir alle vom Frühstückstisch weg verhaftet und in das Männergefängnis La Santé eingeliefert worden. Nun begrüßten wir einander stürmisch.

»Wo wohnst du?« lautete seine erste Frage.

»Nirgends«, lautete meine erschöpfende Antwort.

Als er erfuhr, daß ich am Morgen aus dem Wüstenlager Oued-Zem angekommen war, in das ich nicht mehr zurückzukehren gedachte, meinte er:

»Ich wohne mit einigen Tschechen in einem leeren Bata-Haus. Komm mit, wir werden schon einen Platz für dich finden. Die Polizei hat uns dort zum Glück noch nie belästigt.«

Das klang aussichtsreich. Der tschechische Schuhkönig Bata hatte auf nahezu allen Kontinenten seine Zweigstellen. In der marokkanischen Hauptstadt war es, wenn ich mich richtig erinnere, ein zweistöckiges Haus, unten mit einem nun leerstehenden Laden, in den oberen Geschossen mit ein paar Wohnungen. Šturm brachte mich in »seine«, die er mit zwei jungen evangelischen Pastoren und einigen Fliegern teilte, die auf dem Weg zu ihrer tschechoslowakischen Militäreinheit in England vorübergehend hier gestrandet waren. Die Wohnung stand völlig leer, nur die Fußböden waren mit Matratzen bedeckt. Ich wurde sehr freundschaftlich aufgenommen, und nach einer kurzen Beratung brachte man mich im Badezimmer unter. Eine Matratze wurde in die Badewanne gelegt, und somit hatte ich eine geradezu komfortable Lagerstatt – ohne Insekten, Wüstengeräusche und Saharahitze – und zudem als die einzige Wohnungsinsassin (wiederum war ich *die* einzige) einen Privatraum, wenigstens nachts. Das war meine erste Unterkunft in Afrika.

Nach einigen Tagen war mir klar, daß ich vor der Möglichkeit meiner Weiterreise mit einem längeren Aufenthalt in Casablanca rechnen mußte, den ich nicht gut in dem Bata-Badezimmer verbringen konnte. Inzwischen hatte ich auch Kontakt zu zwei weiteren in der Stadt ansässigen Tschechen. Der eine, ein Herr Svoboda, bot mir an, solange ich hier sein mußte, für ihn auf der Schreibmaschine seine Geschäftskorrespondenz zu tippen.

»Sie verstehen sicher, daß im Krieg im Geschäft nicht viel los ist und ich Ihnen nur von Stück zu Stück ein bescheidenes Honorar zahlen kann. Aber etwas ist auf jeden Fall besser als nichts.«

Diese Weisheit war unanzweifelbar, und sein mageres Angebot eröffnete mir einen Ausweg. Ich zog los, ein Quartier zu finden.

Nach einigen mißglückten Versuchen fand ich ein kleines Hotel, das mir sofort interessant erschien, denn es hatte zwei Ausgänge, jeden in eine andere Straße. In meiner unklaren und amtlich ungeklärten Lage und bei den unkalkulierbaren und verrückten Zuständen in Casablanca ein unschätzbarer Vorteil.

Gleich hinter dem Eingangstor befand sich statt einer Portiersloge die winzige Wohnung der Hotelbesitzer, eines italienischen Ehepaares.

Ich stotterte meinen Eröffnungsspruch: Junges Mädchen aus gutem Haus, allein, aus der fernen Tschechoslowakei, sehr ordentlich, aber mit wenig Geld ...

»Deine Papiere sind in Ordnung?«

»In Ordnung, sogar mit einem gültigen Visum versehen, nur für Marokko ist noch nicht alles geklärt, aber auf gutem Wege.«

»Also keine Aufenthaltsbewilligung. Und dein Land mit dem sonderbaren Namen steht auf welcher Seite im Krieg?«

Ich holte tief Atem. Schließlich waren die Hotelbesitzer Italiener, und Mussolini ... Dennoch antwortete ich:

»Die Tschechoslowakei ist mit Frankreich alliiert.«

Die Frau schaute zu ihrem Mann, der zwinkerte ein bißchen mit einem Auge, dann wandte sie ihren Blick wieder mir zu und sagte:

»Va bene. Wir nehmen dich und machen dir auch einen Preis. Ab und zu gibt es Hotelkontrollen, komm mit, ich zeige dir, wo wir dich unterbringen können, damit es kein Malheur gibt, weder für dich noch für uns. Andiamo.«

In der Mitte des Hotels, zwischen dem Vorderhaus in der einen und dem Hinterhaus in der anderen Straße, gab es einen Lichtschacht. Dorthin führte mich die Frau.

»Wenn du einverstanden bist, daß wir hier ein Laken aufspannen«, sie zeigte mit der Hand ungefähr in die Höhe des Türpfostens, »kriegst du ein ruhiges Zimmerchen, kannst hinter dir die Tür zusperren. Die hat keine Nummer und wird deshalb bei eventuellen Razzien ausgelassen. Du verstehst? In der Ecke hast du eine Wasserleitung, Bett, Tisch, Waschbecken und auch einen Kasten«, sie maß mich mit einem fragenden Blick, »und was du sonst noch brauchst, stellen wir dir mit Achmed am Nachmittag herein. Wenn du willst, kannst du am Abend einziehen.«

Als ich am Abend mit meiner Tasche – warmes Kostüm und Pullover – eintraf, führte mir Achmed, ein flinker, magerer Araberjunge und offenbar Mädchen für alles in dem Betrieb, mein neues Quartier vor. Es war schon eingerichtet, die Zimmerdecke bildete ein weißes Laken, man hatte mir sogar ein Nachttischchen hereingestellt. Achmed knipste die kleine Lampe darauf an und sagte:

»Wenn Polizei im Haus, mach Licht aus, Madame!«

»Merci, Achmed.« Von diesem Augenblick an waren wir befreundet.

Meine erste Nacht in meinen eigenen vier Wänden in Afrika. Eigentlich waren es nur drei, denn über mir wölbte sich ein milchig-grauweißer Himmel, der ab und zu einen dumpfen Laut von sich gab und eine kleine Ausbuchtung zeigte. Zuerst konnte ich mir diese Erscheinung nicht erklären. Regnen konnte es doch nicht in dem überdachten Lichtschacht, zudem war ja die Regenzeit noch gar nicht angebrochen. Nach und nach begriff ich: wenn jemand in den oberen Stockwerken eine Apfelsinenschale, einen Zigarettenstummel oder sonst etwas einfach in den Lichtschacht warf, landete dieses Etwas über meinem Kopf auf dem Lakendach. Besser als Mäuse, besser als Schakalgeheul, tröstete ich mich. Solange mein weißes Dach standhält, bin ich hier ganz gut untergebracht, und die kleinen Geräusche über mir könnten bei etwas gutem Willen als einigermaßen ungewöhnliche Grüße meiner Mitmenschen gedeutet werden.

Wenn ich nachts an meiner Tür plötzlich ein leichtes Scharren vernahm und Achmeds leise Warnung: »Madame, Madame!«, hielt ich den Atem an und rührte mich nicht. Kurz darauf hörte ich im Korridor Männerstimmen, Klopfen an Zimmertüren, das nervöse glucksende Lachen unserer

Hotelbesitzerin. Sowie sich diese Geräusche entfernten, lockerte sich meine Spannung, und selbst als Achmed mit neuerlichem Scharren bekanntgab, daß die Gefahr diesmal vorbei war, knipste ich in solchen Nächten kein Licht mehr an.

Am Tage war alles viel leichter, da genoß ich meinen überraschenden Afrikaaufenthalt. In der Nähe des Hotels hatte ich eine Leihbibliothek entdeckt, in der ein älteres Fräulein waltete, das die Bücher und mich durch ein Lorgnon betrachtete. Je öfter ich kam, desto freundlicher wurde ich empfangen. Mademoiselle beriet mich und schenkte mir manchmal ein Rippchen echter Schokolade von ihrem offenbar unerschöpflichen Kriegsvorrat.

Ehe ich in der Märchenwelt des Araber- und Judenviertels, der Medina und Mellah, untertauchte, machte ich oft in einem kleinen Café halt. Dort hatte ein alter tschechischer General seinen Stammtisch, der einst mit seinen französischen Kollegen Expeditionen gegen Berber und andere aufständische Stämme unternommen hatte. Er trug im Knopfloch eine erstaunlich große Rosette der Ehrenlegion, wie ich sie an niemandem sonst gesehen habe, in Marokko hatte er sich für immer niedergelassen und litt an lähmender Langeweile. Wie er erfahren hat, daß ich aus Prag war, weiß ich nicht. Allein man bedenke: ein Prager Mädchen und in Casablanca! Das gab schon eine Abwechslung. Wann immer ich an dem Café vorbeikam, rief mich der Herr General herbei und lud mich zu einer Tasse schwarzen Kaffees ein. Schwarz, sogar sehr schwarz war das Getränk, das man dort servierte, von Kaffee war freilich nicht viel zu merken. Und wann immer ich mich an seinem Tischchen niederließ, erzählte mir der General dieselbe Anekdote.

»Wissen Sie, meine Liebe, was das Schlimmste an den Feldzügen auf diesem Kontinent war? Nein? Nun, das waren die Tse-Tse-Fliegen und die Damen vom Roten Kreuz. Ha, ha, ha!«

Ich lachte, wie erwartet, und danach besprachen wir die

neueste Kriegslage, und ich wurde darüber unterrichtet, was alles bislang von den Alliierten unternommen wurde und wie es nach Ansicht meines militärischen Landsmannes besser zu machen wäre. Unterdessen kam Ali vorbei, ein dünnes Bürschchen, das das Tagesblatt Le Petit Marocain verkaufte. Der Herr General erstand zwei Exemplare, eines davon für mich. Ich bedankte mich für den Kaffee, den guten Witz, die nützliche Belehrung und die Zeitung, wurde aufgefordert, mich recht bald wieder zu zeigen, und war entlassen.

Ich kam auch bald wieder, denn einerseits führte mein Weg an diesem Café vorbei, andererseits war das tschechische Morgengespräch, so eintönig und nichtssagend es auch war, dennoch wie ein Hauch aus der Heimat im bizarren afrikanischen Milieu.

In Casablanca gab es damals ein Quartier fermé, so hieß das Prostituiertenviertel, und ich brannte darauf, einmal dorthin gehen zu können, wußte allerdings, daß ich das nicht allein unternehmen konnte.

»Eine verrückte Idee«, meinte eine Gruppe von Pragern, die inzwischen auf den verschiedensten Um- und Fluchtwegen hier angekommen war, »dort sollte man nicht einmal vorbeigehen.«

»Ich bin aber Journalistin«, bemerkte ich selbstbewußt, obwohl ich diese Laufbahn kaum angetreten hatte und inzwischen längst wieder aufgeben mußte, »mich interessiert so etwas.«

»Also, wenn Sie durchaus darauf bestehen«, meldete sich unerwartet ein Advokat mittleren Alters, »dann bin ich bereit, mit Ihnen einmal auf einen Sprung hinzugehen, habe selbst so etwas noch nie gesehen.«

Mit Begeisterung nahm ich dieses Angebot an, das wohl auch mit der uneingestandenen Neugier des Juristen motiviert war.

»Die Sache ist nicht ungefährlich«, meinte ein anderer Herr aus der tschechischen Tischrunde. »Wer garantiert Ihnen, daß Sie dort auch wieder heil herauskommen?«

Ungeachtet dieser Warnung machten wir uns eines Abends auf den Weg ans andere Ende der Stadt. Eine Frau durfte das Quartier fermé nur in Begleitung eines Mannes besuchen. Wir liefen natürlich zu Fuß hin, die als Taxis fungierenden Pferdedroschken kamen für die finanziell bescheiden ausgestatteten Emigranten überhaupt nicht in Frage. Als wir unser Ziel erreichten, wurden wir an einer Art Schlagbaum angehalten. Mein Begleiter bekam einen Schein mit einer Nummer. Das war meine Nummer, und ohne mich, so wurde er belehrt, würde man ihn nicht wieder hinauslassen. Mich amüsierte diese Formalität, der Herr Rechtsanwalt aus Prag meinte, die ganze Angelegenheit sei doch ein bißchen unheimlich. Dennoch machte er weiterhin brav mit. Der Schlagbaum ging hoch, und wir durften das verbotene Viertel betreten.

Meine Phantasie hatte mir etwas von der Zauberwelt orientalischer Harems vorgegaukelt. Allein, was wir hier zu sehen bekamen, hatte nichts mit den Freudenvierteln gemein, über die man in Büchern lesen kann. Von Freude war in dem schmutzigen, leicht verwahrlost und eher elend wirkenden Gelände, in dem wir uns nun umsahen, nichts zu merken. Überall standen Frauen auf der Straße, manche waren auffallend schön, unter ihnen gab es auch ganz junge, kleine Mädchen. Und daneben ältere, unschöne und, wie uns plötzlich ein Mann zuflüsterte, sehr billige Prostituierte. Meine romantische Vorstellung vom Quartier fermé – Teppiche, sentimentale Musik, betörende Düfte und Schönheiten wie aus Tausendundeiner Nacht – zerstob in nichts. Was sich in den Häuschen zu beiden Seiten der zerstampften Straße abspielte, sahen wir natürlich nicht. Aber einladend, geschweige denn märchenhaft wirkten auch sie nicht, und was wir draußen zu sehen bekamen und nicht zuletzt auch riechen konnten, ließ uns sehr bald unseren Rückzug antreten. Als mein Begleiter am Ausgang meine Nummer zurückgab, ich in Augenschein genommen wurde und der Schlagbaum dann hochging, konnten wir in die »offene« Stadt zurückkehren.

Mit einemmal schien mir das Getümmel, der Lärm und die sonst ein wenig beängstigende Ruhelosigkeit in den Straßen geradezu wohltuend und beinahe anheimelnd zu sein. Ich bedankte mich bei meinem Begleiter, er bemerkte höflich, eine interessante Erfahrung gemacht zu haben, und ich begab mich auf den Heimweg in mein Lichtschachtquartier. Obwohl ich diesmal, wie schon gesagt, nur drei Wände als mein Zuhause bezeichnen konnte, fühlte ich mich dort dennoch schon, bescheiden, aber immerhin, ein bißchen geborgen. Das verdankte ich vor allem der gutherzigen Hausfrau und dem geräuschlos hilfsbereiten Achmed.

Am Wochenende, und nur am Wochenende, wurden in der Stadt Backwaren verkauft. Sie waren nicht sonderlich verlockend, auch nicht sonderlich schmackhaft, sahen ein wenig schwärzlich aus, aber sie waren süß und mundeten mir großartig. Ich erstand sie immer in demselben Laden, wußte gar nicht, ob es überhaupt einen anderen gab, und plauderte dabei mit der Besitzerin, einer kugelrunden Madame Zizou. Weil ich an den Wochenenden nichts anderes als diese sogenannten Kuchen verzehrte, kaufte ich stets eine Tüte voll, und Madame Zizou steckte mir oft unter herzlichem Gekicher ein Stück mehr dazu, »pour l'amitié, ma petite«. Diese l'amitié, ihre Freundschaft für mich, hat sie später nachdrücklich unter Beweis gestellt, als ich an einer schweren Gelbsucht erkrankte, noch dünner wurde und fast nichts essen konnte. Da holte Madame Zizou eines Tages aus irgendeiner unsichtbaren Vorratskammer ein großes Glas mit guter, mit echtem Zucker eingekochter Aprikosenkonfitüre hervor.

»Kauf dir Brot«, empfahl sie mir, »das weiße in unserer Medinah, und bestreich es ordentlich mit meiner Konfitüre. Das bringt dich auf die Beine. Steck dein Geld wieder ein, hast ja kaum welches, und dieses Glas schenke ich dir pour l'amitié.«

Daß ich fast ohne ärztliche Hilfe wieder gesund geworden bin, verdanke ich nicht zuletzt der Freundschaft dieser Afrikanerin.

Habe ich nur Gutes erlebt in Casablanca? Keineswegs. Ich lebte dort in ständiger Unsicherheit und wundere mich im nachhinein, wie ich mit dem klein bißchen Geld, das ich bei Herrn Svoboda verdiente, überhaupt auskommen konnte. Ich mußte mich wiederholt der Polizei stellen, wurde für einige Tage abermals in ein Lager abgeschoben, freilich nur nach Sidi-el-Ayachi, das am Meer lag, wurde schwerkrank und wußte nicht, wann und ob ich überhaupt von diesem ungewollten Zwischenaufenthalt wieder loskommen würde. Aber ich war in Afrika, in der weißen Stadt Casablanca, und das war abermals, vor mehr als einem halben Jahrhundert, ein seltenes Abenteuer und ein phantastisches Erlebnis. Die Farben, Gerüche, Geräusche, die vibrierende Atmosphäre in den übervölkerten Stadtvierteln, die Seltsamkeit der Natur, das fremdartige Gebaren der Menschen – all das hat sich dauerhaft in mir verankert, ist mit mir geblieben und erfreut und beglückt mich, wann immer ich mich daran erinnere.

Als in Deutschland Hitler mit seiner Millionengefolgschaft herrschte und dann auch noch der Krieg ausbrach, erfand jemand einen ironisch bitteren Witz: Join the Jews and see the world – Schließ dich den Juden an und lerne die Welt kennen. Wieder einmal waren diese Menschen auf der Flucht, nur zogen sie jetzt nicht durch die Wüste: um weiterleben zu können, mußten sie ihre Heimat in den meisten Ländern Europas verlassen, und die Glücklichen, denen das gelang, landeten oder strandeten auf fernen Kontinenten, in mehr oder minder exotischer Umwelt. Waren sie beneidens- oder bedauernswert? Wie etwa fand sich ein Lehrer aus Koblenz in Schanghai zurecht? Was konnte ein Professor und Doktor der Philosophie aus Wien mit seiner Wissenschaft in Honduras anfangen, ein Jurist aus Prag auf Curaçao? Es gab Menschen, deren Kraft dafür nicht ausreichte. Selbstmorde im Exil waren keine Ausnahme. Join the Jews and see the world – kein beneidenswertes, vielmehr ein hartes, bitteres Los.

Einmal wurde ich in Casablanca abends von einem Mann

auf der Straße überfallen. Es war kein Araber, kein Einheimischer, es war ein französischer Kolonialoffizier. Ich wehrte und erwehrte mich, kam bloß mit einem gewaltigen Schrecken davon. Sonst waren meine Erfahrungen in der weißen Stadt viel besserer Art. Neben europäischen Emigranten, die – was verständlich war – ängstlich und vorsichtig vor neuen Bekanntschaften eher zurückschreckten oder sie im Gegenteil aus derselben Angst nahezu unerträglich übertrieben, lernte ich in Marokko einige junge Leute kennen, die eine andere Hautfarbe hatten als ich, ganz anders gekleidet waren und denen wiederum ich leicht exotisch erschien. Dennoch verstanden wir einander ganz gut. Bei unseren regelmäßigen Zusammenkünften in einem winzigen maurischen Café (ein ungarischer Fotograf und ich waren die einzigen Europäer) empörten wir uns und schimpften einmütig über die gleichen Zustände auf der Welt und lachten gern und oft über dieselben Dinge und Menschen. So durcheinandergewürfelt lebte man damals, lebte ich gestrandet in Casablanca.

Kennst du das, Virginia, eine lose Gemeinschaft, die einem jedoch einen festen Rückhalt bietet? Das Miteinander von jungen Menschen? Es gab doch gerade auf der Southbank, wo du deinen Sitz hast, eine sonderbare Siedlung aus Pappkartonbehausungen. Einmal fand dort sogar eine kleine Ausstellung von Bildern statt, deren Maler zu den Bewohnern dieser einzigartigen Obdachlosenkolonie zählten. Inzwischen wurde sie geräumt. Wohin haben sich die jungen Leute zerstreut? Bist du eine von ihnen, Virginia?

Meine Hepatitis war noch nicht ganz ausgeheilt, meine Augäpfel schimmerten noch ein wenig gelblich, als ein Wunder geschah. Aus Portugal traf in Casablanca ein Schiff mit dem schönen Namen »Serpa Pinto« (Rosa Schlange) ein, auf dem ein Platz für mich gebucht war. Ich konnte aus meinem Lichtschacht ausziehen und von neuem die Reise über den Atlantik antreten. Mein Ziel war nach wie vor

Mexiko, und diesmal sollte ich es sogar erreichen. Aber vorerst mußte ich die Schiffsfahrt überstehen, vier Wochen auf hoher See. Ich schlief eingekeilt zwischen vielen Menschen auf dem Deck, stand Schlange vor dem Waschraum und der Essenausgabe, war den ständig aufkommenden Gerüchten ausgesetzt, konnte keine Minute allein sein, außer wenn es mir ganz früh oder spätabends gelang, in der Spitze des Schiffes oder an seinem Ende einen Platz an der Reling zu erwischen. Dort guckte ich dann Löcher in die Welt.

Nichts als Wasser und Himmel. Meistens war das Meer ruhig, klatschte friedlich an die Schiffswand, aber manchmal tobte es wild gegen sie an. In dieser Weite, in der unfaßbaren Unendlichkeit, die keinen Anhaltspunkt bot, in der nur ab und zu ein Delphin aus den Wellen sprang und schnell wieder untertauchte, versuchte ich mir meine nächste Zukunft auszumalen. Was wußte ich von Mexiko? Noch in Prag hatte ich den Film »Viva Villa« mit dem bärenhaften Wallace Beary in der Hauptrolle gesehen. Alle Männer in dem Streifen hatten riesige Strohhüte auf dem Kopf, alle, die guten und die bösen, schossen unentwegt und ritten zwischen stachligen Kakteen oder trabten durch elende Dörfer. Keine sehr ermutigende Erinnerung. Irgendwo hatte ich auch gelesen, daß in dem Land zahlreiche Vulkane existieren, sehr hoch und zum Teil noch tätig. Oft brechen dort Erdbeben aus. Es wird wohl nicht ganz einfach sein, fürchtete ich, sich in diesem Erdstrich zurechtzufinden.

Die »Serpa Pinto« ließ sich von den Wellen hochheben und hinabsenken, am Nachthimmel über mir glitzerten unzählige Sterne, ich aber sah mich in einer Kakteenwüste, zwischen feuerspeienden Bergkolossen, glaubte das Schnauben galoppierender Pferde und die wilden Rufe wilder Männer zu vernehmen – ein Film, der bald Wirklichkeit werden sollte. Was blieb mir da übrig? Allmählich begann ich, mich auf dieses neue Abenteuer einzustellen. Viva Villa – das klang schließlich gar nicht so schlecht.

Vielleicht war es die nur allmählich ausklingende Gelbsucht, gepaart mit der ständigen Spannung, die mit jedem einzelnen der gehetzten Passagiere an Bord gestiegen war, vielleicht das Ergebnis der wiederholten Todesfälle unterwegs – wie eine neue Erfahrung beschlich mich unfaßbare Niedergeschlagenheit. Was ist denn los, stellte ich mich selbst zur Rede, du bist doch gerettet, stehst vor einem neuen Anfang.

Schon wieder? Wie oft kann man neu beginnen? Jenseits der unendlichen Wassermenge tobt ein Krieg. Wird es auch dort nach all dem Unglück eines Tages dennoch einen neuen Anfang geben? Werde ich dann dabeisein oder mich irgendwo in unerreichbarer Ferne vor Sehnsucht nach meinem natürlichen Zuhause, nach Prag und seinen Menschen und Straßen und Häusern, verzehren?

Das Meer rauschte und wogte, ließ sich vom dunklen Nachthimmel berühren, wußte vielleicht von meiner unausgesprochenen Bangigkeit, schenkte mir jedoch keinen Trost. War seine Weite und einschüchternde Fremdheit der Preis für mein Gerettetsein?

Mit einemmal glitt etwas Helles lautlos über das schwarze Firmament, flog davon, kehrte zurück, ließ sich ein wenig herab. Jetzt konnte ich es erkennen: eine Möwe. Ein Vogel vom Festland! Unaufhaltsam näherten wir uns dem neuen Kontinent.

Gischt spritzte hoch, salzige Tropfen prickelten auf meinen Wangen. Tränen oder ein Willkommensgruß des Meeres? Ich hielt mein Gesicht hin und ließ mir vom Ozean die Verzagtheit und Trauer fortwischen.

Meine erste klangvolle Adresse auf dem amerikanischen Kontinent lautete: México Ciudad, Avenida Nuevo León. Die Hausnummer habe ich inzwischen vergessen, daß es abermals ein Dachzimmer war, kam mir nun schon selbstverständlich vor. Das Haus, in dem ich einzog, war modern, in jedem Stockwerk gab es zwei bis drei komfortable Wohnungen, auf dem flachen Dach dann die Dienstbotenzimmer, aufgesetzt wie weiße Würfel. Je zwei mit einer

Dusche und Toilette. Die Emigranten aus aller Herren Länder, die für die Dauer des Krieges das großherzige Asylrecht der Vereinigten Staaten Mexikos genossen, hatten bald heraus, daß sich ihnen hier eine billige und selbständige Wohnmöglichkeit bot, und die Mieter in den einzelnen Stockwerken, zum Teil gleichfalls, allerdings schon länger im Lande ansässige Europäer, waren nicht abgeneigt, von diesen unverhofften Untermietern ein bescheidenes Nebeneinkommen zu kassieren – ein Arrangement zu beiderseitiger Zufriedenheit.

Als ich zum erstenmal das große Fenster in meinem kleinen Dachzimmer aufstieß, hielt bei mir ein Wunder der Welt in seiner ganzen Schönheit Einzug. Majestätisch erhaben, wie eingeschnitzt in einen tiefblauen Himmel, bot sich mir die Aussicht auf die beiden größten Vulkane dieses Erdstrichs, den Macho Popocatepetl und die Jungfrau Ixtaccihuatl, von ewigem Schnee bedeckt, scheinbar bewegungslos, obwohl es in ihrem Innern ständig brodelte. Wenn ich jedoch tief unter mich hinuntersah, verhüllten vier Palmenreihen den Betrieb in der breiten Straße, dämpften ihre Geräusche. All das war unwirklich schön und wirkte auf mich nach den elenden Monaten unterwegs wie ein kräftiger Schluck Wein.

Jemand lieh mir ein Bett, jemand anderer einen Schrankkoffer, der mir als Kleiderkasten diente; ein Tischchen, ein Stuhl, ein Kocher stellten sich gleichfalls ein. Das war alles, und mehr hätte auch nicht Platz gehabt. Im Nebenwürfel wohnten eine spanische Dichterin und zwei deutsche Emigrantinnen. Ein paar kurze Monate nur wohnte ich in der Nuevo León mit dem einzigartigen Ausblick. Dann trat in meinem Leben eine entscheidende Änderung ein. Eigentlich zwei.

Die eine bestand darin, daß ich nach der Aufnahme diplomatischer Beziehungen zwischen Mexiko und der tschechoslowakischen Exilregierung in London in der erneuerten Gesandtschaft angestellt wurde. Das war für mich ein doppelter Glücksfall. Arbeitsbewilligung hatten zwar alle europäischen Flüchtlinge in Mexiko – damit zeichnete sich seine Regierung gegenüber vielen Ländern aus –, aber Arbeitsmöglichkeiten waren für diese Menschen selten und schwieriger zu gewinnen. Nur die größte Gruppe der Emigranten, die mehrere tausend republikanischen Spanier, war nicht von der Sprachbarriere betroffen. Dagegen mußten die Deutschen, die Ungarn, die Polen und vielen anderen erst einmal Spanisch lernen. Doch selbst wenn sie imstande waren, sich mit Müh und Not zu verständigen, konnten sie in dem fremdartigen Milieu kaum eine Anstellung finden, es sei denn im Rahmen der politischen und kulturellen Emigrationsaktivität, die hier, wiederum dank der Großzügigkeit des Gastlandes, außerordentlich breit war und immerhin eine Reihe von Menschen beschäftigen konnte.

Bei diesen Exilproblemen ergaben sich auch einige interessante Ausnahmefälle. So besann sich ein deutscher Exulant, der sich seit Jahren ausschließlich der Politik und antifaschistischen Tätigkeit gewidmet hatte, nun darauf, daß er von Beruf etwas ganz anderes, nämlich Tischler, war. Er begann, Liegestätten zu bauen, die er selbstbewußt als Couch anbot. Sie waren aus Holz, statt Sprungfedern oder anderem elastischen Material versah sie der Meister mit einer Art Gitter aus Holzleisten. Es gelang ihm auch, ein paar Stück zu verkaufen. Als dann einige seiner Kunden über Rückenschmerzen und die Härte ihres Lagers klagten, versicherte ihnen der Tischler mit beachtenswerter Überzeugungskraft, diese Härte sei eine gesundheitliche Vorkehrung, kräftige die Muskeln, unterstütze die Wirbelsäule und übe auch einen heilsamen Einfluß auf das Nervensystem aus, kurz, seine Couch stelle eine neue, noch ungenügend bekannte Erfindung dar. Sie sollten froh sein, erklärte er kühn, bereits die Anwendung dieser neuen Methode genießen zu können. Und so räkelten sich seine Abnehmer geduldig, sogar beinahe überzeugt, weiterhin auf den knarrenden Holzlagern und betrachteten eventuell auftauchende blaue Flecken als bedauerliche Nebenerscheinung ihrer Festigungskur.

All das kannte ich nur vom Hörensagen. Ich hatte wieder einmal Glück, bekam eine solide Anstellung mit einem zwar den Umständen angemessenen sehr bescheidenen, aber immerhin festen Gehalt. Entscheidend und mehr als nur willkommen war dabei für mich die Tatsache, daß ich eine Beschäftigung hatte, die zwar nur lose, aber dennoch mit dem Kriegsgeschehen, mit dem Kampf meiner unerreichbaren Heimat, mit Prag, in Zusammenhang stand, daß ich am anderen Ende der Welt mein winziges bißchen dazu beitragen konnte.

»Eines Tages wird man in der Melantrichgasse staunen«, bemerkte Kisch zufrieden und ein wenig väterlich stolz, »daß aus der Mansardenbewohnerin in Nr. 7 eine Diplomatin geworden ist.«

»Beinahe eine Diplomatin«, korrigierte ich ihn, »das ist schon gut genug.«

Das also war die eine entscheidende Änderung. Die zweite war rein persönlich. Als die »Serpa Pinto« in der mexikanischen Stadt Veracruz anlegte und ich nach der langen Fahrt ein bißchen unsicher in dem fremden Land von Bord ging, stand im Hafen neben Gisl Kisch ein Mann, mit dem ich mich schon in Prag angefreundet hatte. Er war von dort aus nach Spanien gegangen, Arzt der französischen internationalen Brigade La Marseillaise geworden, bis zum bitteren Ende an seiten der spanischen Republik geblieben und wurde dann von den Franzosen im Lager Le Vernet interniert. Wir hatten, soweit es möglich war, die ganze Zeit in Verbindung gestanden, aber eben nur in brieflicher und gelegentlich. Schon während meiner ersten mexikanischen Stunden stand fest, daß das nun anders werden sollte.

»Mein Dachzimmer ist größer als das deinige«, sagte der jugoslawische Arzt und deutschsprachige Schriftsteller Theodor Balk, um den es hier ging, nicht sehr lange nach meiner Ankunft in der Hauptstadt, »komm es dir anschauen, ich glaube, wir hätten dort beide Platz.«

War das etwa ein Heiratsantrag? Den hätte ich mir allerdings ein bißchen anders vorgestellt. Und so beschloß ich, dem nicht gerade stürmischen Angebot erst einmal nachzugehen.

Die Straße, in die mich Balk in dieser Weise einlud, hieß Aguascalientes, warme Wasser. Von Wasser war dort allerdings keine Rede, die Aguascalientes war verstaubt und trocken. Aber ihre Ränder säumten zwei Reihen stattlicher, duftender Mimosenbäume. So etwas sah ich zum erstenmal. Balks Zimmer war in keinerlei Weise einladend, besaß nur ein kleines Fenster, das auf das Dach davor führte. Ich blickte beiläufig hinaus und sah einen Käfig mit offenstehendem Türchen, vor ihm auf einer kurzen Stange saß ein ziemlich großer Papagei mit prächtigem blaugelbem Gefieder.

»Ist der immer hier? Das ist ja ein toller Vogel«, rief ich begeistert aus. In dem Augenblick öffnete der tolle Vogel seinen kräftigen Schnabel und rief kreischend:

»Cómo te va, hombre?« Wie geht es dir, Mann? Rief es einmal, zweimal, pausenlos. »Cómo te va, hombre?«

»Macht er das oft?« fragte ich ein wenig verunsichert.

»Ja«, gab Balk kleinlaut zu, »den ganzen Tag. Einmal wäre ich beinahe zum Mörder geworden, hätte ihn am liebsten vom Dach gestoßen.«

»Und hier soll ich einziehen?« Ich schüttelte nur den Kopf.

Von Heirat war vorerst keine Rede.

Aber dann kam meine Anstellung, und ich erhielt ein Gehalt. Wir konnten eine richtige Wohnung suchen.

Diese Aufgabe fiel Balk zu, denn einerseits verbrachte ich meine Tage auf der Gesandtschaft, während er zu Hause arbeitete und frei über seine Zeit verfügen konnte. Andererseits war bei ihm auch noch ein Tick im Spiel: Er war ungewöhnlich geräuschempfindlich, und deshalb überließ ich es ihm, eine Wohnung in tunlichst ruhiger Umgebung zu finden. Bald meldete er mir voller Freude, er habe »das Richtige« entdeckt. Wir gaben unsere beiden Dachzimmer auf und hielten Einzug in unserer ersten gemeinsamen Wohnung. Nach kaum einem Monat stellte sich leider heraus, daß es doch nicht »das Richtige« war, als in die bis dahin verhältnismäßig ruhige Straße zwei Buslinien verlegt wurden.

Die Busse in der mexikanischen Hauptstadt, in den vierziger Jahren das einzige öffentliche Verkehrsmittel, waren ganz besonderer Art. Sie bewegten sich in einem losen Transportnetz, man konnte sie beinahe an jeder Straßenecke mit erhobener Hand anhalten und gemütlich einsteigen. Zumeist waren es verdienstvolle Veteranen, die einen aufnahmen, mit verschlissenen, oft nur mit Stricken notdürftig zusammengehaltenen Sitzen; die meisten Busse schepperten gewaltig, schaukelten wie Kamele in der Wüste, und ihr Motor schnaubte, ächzte, knatterte und erschreckte die Umgebung mitunter mit einem gewaltigen die Luft verpestenden Knall. Häufig stiegen ziehende Sänger zu, einer klimperte auf der Gitarre, ein zweiter sang eine der gerade beliebtesten Schnulzen. Immer fanden sich Fahrgäste, die mitsummten oder auch mitgrölten, und man hatte Mühe, sich mit dem Ruf: »Esquina!« (Ecke), das hieß, man wollte an der nächsten Straßenecke aussteigen, Gehör zu verschaffen. Wenn es gelang, machte der Bus auch wirklich an der nächsten Ecke halt, wartete, bis man ihn verlassen hatte und rasselte dann fröhlich weiter. Zwei solche Linien zogen eines Tages durch unsere Straße, und wir zogen daraufhin aus.

Unser nächstes Zuhause befand sich in der Avenida Industria, in der zufällig auch Anna Seghers mit ihrer Familie ein kleines Haus bewohnte. Wir mieteten eine Wohnung mit einem größeren und einem kleineren Zimmer, die nicht besonders schön, jedoch ruhig war und dazu den Vorteil hatte, nicht weit von meiner Gesandtschaft zu liegen. Warum die Avenida gerade Industria hieß, haben wir nicht herausgefunden (was den Reporter Theodor Balk beunruhigte und seinen Freund Egon Erwin Kisch zu ständigen Witzeleien anregte). Es gab hier nicht einmal einen Laden, geschweige denn irgendeine Industrie.

Eines Abends gingen wir von einer Veranstaltung des

Heinrich-Heine-Klubs oder aus dem Kino, das tut nichts zur Sache, in später Stunde heim. Da merkte ich, daß uns jemand folgte. Als ich mich brüsk umwandte, sah ich zwei Jungen, der eine konnte etwa vierzehn, der andere knapp zwölf Jahre alt sein, beide waren Indios, barfüßig und in zerlumpter Kleidung.

»Was gibt es?« fragte ich.

»Nichts«, sagte der größere.

Wir setzten unseren Weg fort, die beiden folgten. Vor dem Haus sagte Balk: »Da, nehmt ein paar Pesos und gute Nacht.«

Die beiden nahmen das Geld und rührten sich nicht von der Stelle. Auch wir blieben mit dem Schlüssel im Schloß der Haustür unschlüssig stehen.

»Wo seid ihr zu Hause?« fragte ich. Wahrscheinlich eine müßige Frage. Der größere schüttelte auch nur den Kopf, der jüngere zog eine Grimasse und ballte seine kleine Faust.

»Wir können sie nicht mit in die Wohnung nehmen«, flüsterte mir Theo zu, »das geht einfach nicht. Dem älteren guckt übrigens ein Messer aus der Hosentasche.«

Das hatte ich auch bemerkt. Dennoch sagte ich, weil ich mir auf der nächtlichen Straße keinen Rat wußte: »Aber sie sind doch noch Kinder. Wo werden sie schlafen?«

Schließlich nahmen wir sie mit hinauf, gaben ihnen zu essen, machten ihnen aus Decken und Polstern vor unserer Wohnungstür ein Lager zurecht, entlockten ihnen jedoch außer einem gemurmelten »Gracias, Señora« auf alle unsere Fragen kein Wort.

Ich konnte in jener Nacht kaum schlafen. Als ich früh aufstand und vorsichtig die Wohnungstür öffnete, waren die beiden nicht mehr da. Auch ein Kissen fehlte.

Am nächsten Tag erzählte ich Kisch von dieser Begegnung, um mein Gewissen zu erleichtern, vor allem aber, um für eine mögliche ähnliche Lage einen Rat von ihm zu bekommen. Er ließ seine Brille auf die Nasenspitze rutschen, blickte mich fast liebevoll an und sagte:

»Sei nicht so zimperlich. Du weißt doch, was hier nachts, und nicht nur nachts, auf der Straße los ist. Sei froh, daß nur ein Polster futsch ist und ihr beide in Ordnung seid. Casablanca hast du Gott sei Dank überlebt, also mach jetzt keine Dummheiten in Mexiko.«

Die Avenida Industria war mir jedoch seither ein bißchen vergällt.

Dann kam eine Nacht, in der ich aufwachte, weil ich ein unangenehmes Sausen im Kopf fühlte, Beklommenheit ... und in demselben Augenblick ratterte ein dutzendfacher Trommelwirbel in unserer Küche, in der nach mexikanischer Art an der Wand Haken für Töpfe, Pfannen und sonstiges Geschirr angebracht waren. All das krachte mit einemmal zu Boden, die Wände knisterten und schwankten.

»Ein Erdbeben«, rief ich aus und schüttelte den schlafenden Balk.

Er rappelte sich hoch und langte mechanisch nach den Pantoffeln. Sie segelten aber gerade ans andere Ende des Zimmers, und als er mich, immer noch schlaftrunken, verblüfft anschaute, kamen sie auch schon wieder zurück. Das Haus bebte wie auf hoher See.

»Wir müssen auf die Straße.« Jäh war mein Mann hellwach.

Die Treppe hob und senkte sich, war wie aus Gummi, gewährte den Füßen keinen Halt. Als wir endlich, es waren gewiß nur Sekunden oder Minuten, auf der Straße waren, herrschte ringsum tiefschwarze Nacht, weil das Elektrizitätswerk den Strom abgeschaltet hatte. In den Händen von auf dem Straßenpflaster knienden Indiofrauen flackerten Kerzen, Kinder weinten, und alle Tiere, Hunde, Katzen, Vögel, ein einsames Pferd, schrien vor Entsetzen. Baumkronen berührten den Boden. Häuser wankten, und im Inneren der Erde tief unter uns donnerte es. Wird sie bersten und uns alle verschlingen? In den Kirchtürmen gerieten die Glocken in Bewegung und schlugen dumpf an. Ich hatte in Mexiko schon einige Erdbeben überstanden, aber dieses, mitten in der Nacht, war besonders schauderhaft. Es gebar auch einen Vulkan.

Kisch und Balk machten sich zwei Tage später auf den Weg, um die vulkanische Neugeburt in Augenschein zu nehmen. Ich blieb an meinem Schreibtisch auf der Gesandtschaft. Aber in der verläßlich ruhigen Avenida Industria wollte ich nicht mehr wohnen. Sie hatte keine Schuld an meinem Abenteuer mit den jungen Straßenvagabunden und schon gar nicht an dem Erlebnis des großen Erdbebens, hatte mich jedoch zweimal schonungslos fühlen lassen, daß ich hier fremd war. Das konnte ich ihr nicht vergessen und wollte weg aus dieser Straße. Wir zogen auch wirklich erneut um, fanden eine viel hübschere, keineswegs größere Wohnung in der nahen Calle Irapuato. Das kleine Haus, in dem wir uns vom ersten Tag an wohl fühlten, sollte unser letztes Zuhause in Mexiko sein.

Du wunderst dich über diese Empfindlichkeit, Virginia, für dich ist die Straße dein wahres Zuhause. Aber darin besteht ja gerade der Unterschied. Mich und eine unübersehbare Menge von Menschen haben damals unerbittliche Umstände, die Frage, ob Leben oder Tod, zur Auswanderung gezwungen. Auch in deiner Umgebung leben Männer, Frauen und ihre Kinder, die das gleiche oder ähnliche Schicksal getroffen hat. Glaube mir, selbst wenn man sich im Exil zurechtfand und beinahe normal leben konnte, normal war es dennoch nie. Weil man entwurzelt war, fortgerissen vom Ort, den Menschen und der Vertrautheit seiner natürlichen Umwelt. Dieses Fortgerissensein war es, das einem auch in Augenblicken des Frohseins in der Fremde, unterdrückt und verwunschen, still auflauerte und den Menschen mit uferloser Traurigkeit überschwemmte.

Ich will versuchen, es dir an einem kleinen Beispiel zu erklären, Virginia.

Das Gebäude der Gesandtschaft stand in einem kleinen Garten mit vielen Rosen. Die blühten in prächtigen Farben das ganze Jahr hindurch, auch im November und in der Weihnachtszeit. Auf meinem Schreibtisch stand immer ein Glas mit frischen Rosen, in allen anderen Räumlichkeiten des Hauses dufteten sie gleichfalls überschwenglich. Wenn Gäste empfangen wurden, gab es Rosensträuße für die Damen. Allmählich wurde ich dieser nie absterbenden Rosenpracht überdrüssig.

Meine komplizierte Heimreise ins Nachkriegseuropa führte unter anderem auch über Kanada. Am Tag nach meiner Ankunft in Montreal erblickte ich in einem Park auf einer Rasenfläche einen sonnengelb schimmernden Löwenzahn und ein paar Gänseblümchen – und brach in Tränen aus.

Aufgezwungenes Exil ist wie ein Fluch. Man lebt in einem Land und wird zugleich mit tausend unsichtbaren Fäden in einem anderen, unerreichbaren festgehalten.

Als der Krieg zu Ende ging und Hitlerdeutschland besiegt war, wurden die europäischen Emigranten in Mexiko von großer Unruhe erfaßt. Vor allen stand die Frage: Was nun? Zurückkehren in die verwüstete Heimat, in das Nachkriegselend und die Wirrnis der Verhältnisse? Oder in der Fremde bleiben, die für die von ihrem Schicksal hierher verwehten Einwanderer trotz aller Gastlichkeit und Schönheit eine Fremde bleibt? Eine beklemmende Frage. Und doch: Endlich war man wieder einmal an einen Kreuzweg seines Lebens gestellt und konnte über die Richtung, die man einschlagen wollte, selbst entscheiden. Welch eine Gelegenheit!

Theodor Balk und mir fiel diese Entscheidung nicht schwer. Hatten wir doch all die Jahre des Exils diesem Tag entgegengefiebert. Wir wollten beide so bald wie möglich zurückkehren. Für mich ergab sich allerdings eine neue Schwierigkeit. Mein Mann hatte ganze sechzehn Jahre fern seiner Heimat verbracht, nun konnte er Jugoslawien wiedersehen. Ich war seine Frau und ging mit ihm. Mitbestimmend war dabei vielleicht meine uneingestandene Angst vor dem Wiedersehen mit Prag ohne die Menschen, die für mich untrennbar zu dieser Stadt gehörten. Überdies, so tröstete ich mich, war es ja von Belgrad nur ein Katzensprung in meine Heimatstadt, und Jugoslawien mit seinem respektgebietenden Partisanenkrieg gegen die Okkupanten schien mir zudem ein anstrebenswertes Ziel zu sein. Außerdem war es phantastisch, im Unterschied zu unseren Freunden, sozusagen gleich nach Europa zurückkehren zu können. Ich zögerte keinen Augenblick und begann zu packen.

»Grüß Prag von mir«, trug mir Kisch beinahe jeden Tag auf.

»Aber Egonek, ich fahre doch nach Belgrad.«

»Weiß ich. Aber guck auf die Landkarte: ein paar Zugstunden und du bist zu Hause, während ich am anderen Ende der Welt hocke. Ohne Geld und ohne eure phantastische Chance.«

Unsere phantastische Chance war ein jugoslawischer Frachter, der in Montreal vor Anker lag und dessen Kapitän bereit war, uns bei der Heimfahrt nach Jugoslawien mitzunehmen.

Der kleine Frachter namens Perast erinnerte mich eher an die Ausflugsdampfer auf der Moldau, als der Vorstellung eines Ozeanschiffes nahezukommen. Mein Mann und ich waren die einzigen Passagiere, ich war noch dazu die einzige Frau an Bord. Der Frachter durfte jedoch keine Reisenden befördern, und so mußte uns Kapitän Ante, der uns aus Freundschaft für seinen Landsmann Balk mitnahm, irgendwie in seine Besatzung eingliedern. Bei Doktor Balk gab es keine Probleme: Er wurde als Schiffsarzt registriert. Mit mir, zudem im fünften Monat schwanger, war das beträchtlich schwieriger. Nach einigem Kopfzerbrechen wurde ich als »Hilfsköchin« eingetragen. Ehe man aus Montreal auf das offene Meer gelangt, muß man etwa achtundvierzig Stunden – die kleine Perast konnte das auf keinen Fall schneller schaffen – auf dem St. Lawrence River absolvieren und dabei einen kanadischen Lotsen an Bord haben. Heute, mit all der Computertechnik, ist das wohl schon anders, aber damals im Jahr 1945 und nur wenige Wochen nach Kriegsende war das die einzige Möglichkeit.

Der Kanadier, der das Schiff sicher durch den mächtigen, vielfach gewundenen Fluß steuerte, war ein älterer, schweigsamer Mann. Er aß natürlich am Tisch des Kapitäns. Und obwohl er kaum etwas sagte, drückte sein Gesicht und die Art, wie er uns während der Mahlzeit musterte, doch recht unverhohlen seine Verblüffung und auch Mißbilligung aus. Eine Hilfsköchin, obendrein offensichtlich guter Hoffnung, am Tisch des Kapitäns! Hat man so etwas jemals gesehen! Das allein sprach schon Bände über die Zustände, die jetzt in Europa und insbesondere in seinen östlichen Staaten herrschen mußten. Unser Lotse leerte wortkarg seinen Teller, schlürfte geschwind den Kaffee und verließ so schnell wie möglich die unglaubliche Tischrunde.

Als er uns endgültig verlassen hatte und das Schiff in offene See stach, tauchte zur allgemeinen Überraschung ein bisher unbekannter Mann an Bord auf, ein sogenannter blinder Passagier. Er entpuppte sich als ein Italiener namens Oreste Gnudi, vor Mussolinis Machtantritt sozialistischer Bürgermeister der Universitätsstadt Bologna. Als der Krieg aus war, konnte er es in der aufgezwungenen Emigration nicht mehr aushalten und erledigte die nicht enden wollenden bürokratischen Schwierigkeiten bei der Beschaffung aller notwendigen Stempel und Papiere für die Heimkehr mit einem jähen Beschluß auf seine Art. Er schlich sich in die Perast ein. Zwei Tage hatte er sich im Kohlenschuppen des Schiffes versteckt gehalten. Jetzt zeigte er sich zum Entsetzen unseres jungen Kapitäns. Dessen dalmatinische Heimat war im Laufe des Krieges von Italien besetzt und malträtiert worden. Und nun brachte er auf seinem Schiff ausgerechnet einen Italiener nach Hause mit. Man wird ihn in allen Dörfern an der adriatischen Küste als Dummkopf auslachen, wenn nicht gar mit Schimpf und Schande verjagen.

Oreste Gnudi beruhigte ihn. Nichts dergleichen werde

geschehen, er habe durchaus nicht die Absicht, nach Jugoslawien einzureisen. Beim ersten Halt in einem italienischen Hafen werde er das Schiff verlassen. Die Überfahrt wolle er im übrigen, da er kaum Geld habe, unterwegs mit Arbeit bezahlen. Und so sah ich diesen älteren Mann Tag für Tag mit einem großen Pinsel hantieren, und wäre die Perast kein so schäbiger, überalterter und vom gefahrvollen Dienst in den alliierten Konvois vor allem in den Gewässern vor Neufundland gebeutelter Kahn gewesen, sie hätte unter seinen Händen zu neuer Schönheit erblühen können.

Diese beiden unterschiedlichen Begebenheiten in den ersten Tagen an Bord, der angewiderte Lotse und der entschlossene Heimkehrer, bildeten eine Art Auftakt für unsere wochenlange Reise. Diesmal hauste ich nicht an Deck wie auf der Fahrt von Marseille nach Casablanca und von dort nach Mexiko, sondern schlief bequem in der Kajüte, die uns der junge Kapitän großmütig überließ. Sein eigenes Lager schlug er auf der Kommandobrücke auf.

Die Männer der Perast-Besatzung, die für den gefährlichen Seedienst während des Krieges gut bezahlt wurden, hatten vor ihrer Abreise aus Kanada tüchtig eingekauft. Nun führten sie Nähmaschinen, Kühlschränke, Haushaltsgeräte, Asbestrollen, Nägel und Draht mit und was man sonst noch braucht, um ein halb zertrümmertes Haus wieder bewohnbar zu machen. Sie hatten auch Säcke mit Getreidesamen und getrocknetem Viehfutter, Bleistifte und sonstigen Schulbedarf für ihre schlimm ausgeplünderten Familien und Dörfer dabei, neben Kinderkleidern, Zahnbürsten und Spielsachen. All dies war in der geräumigen Kapitänskajüte untergebracht, sorgfältig in ihrer Mitte aufgestapelt und lose, aber verläßlich auf Seemannsart mit Seilen umspannt. Vor dem Einschlafen betrachtete ich gerührt die Menge dieser liebevoll, klug und zweckmäßig zusammengetragenen Geschenke. Die Kabine an sich war nicht gerade einladend. Es gab hier nur eine Schlafkoje, normalerweise wahrscheinlich auch einen Tisch und eine Sitzgelegenheit. Bei dieser Reise hatte jedoch die gesamte übrige

Einrichtung dem umfangreichen Mitgepäck weichen müssen. Gerade die ungewöhnliche Reisefracht machte sie mir aber vertraut.

Einige Tage ging alles ganz glatt. Eines Morgens erschreckte mich unerwartet das plötzliche Aufziehen einer pechschwarzen Wand, die sich am Horizont sehr schnell vom Himmel bis auf das Wasser herabzusenken schien. Wollte uns Neptun oder der liebe Gott die Rückkehr ins verwüstete Europa verweigern? War das ein bösartiges oder gnadenvolles Vorhaben?

»Offenbar ein Unwetter, das von keiner Station vorgemeldet wurde«, bemerkte Kapitän Ante besorgt auf meine Frage, was die schwarze Wolkenwand bedeuten könnte. Sein Steuermann fügte trocken hinzu: »Und kein geringes!«

»Müssen wir da durch?« erkundigte ich mich einfältig.

»Wir wollen versuchen, dem Schlimmsten auszuweichen, den Sturm ein wenig zu umgehen.« Das war wohl nur zu meiner Beruhigung gesagt, denn in diesem Augenblick begannen die ersten gigantischen dunklen Wellen auf uns zuzurollen. Ich wurde angewiesen, in die Kajüte hinunterzusteigen, mich hinzulegen und in liegender Lage zu verharren, bis wir durch den Orkan hindurchgekommen sein würden.

»Aber«, wollte ich einwenden, da fegte jedoch schon der erste Stoß über uns hinweg, das kleine Schiff wurde hochgeschleudert, legte sich auf die Seite, rollte hinab, tanzte in alle Richtungen. Ich tastete mich unter Deck und verkroch mich verängstigt auf mein Lager.

Dort angelangt, schloß ich die Augen, aber da wurde alles noch viel schlimmer. Mein Kopf sauste, doch leider nicht im gleichen Rhythmus wie das hin und her geworfene Schiff. Als ich erneut versuchte mich umzublicken, segelten gerade die Kisten und Bündel und Kartons aus der Mitte der Kajüte unaufhaltsam auf mich zu. Werden sie mich erdrücken? Nein; in derselben Sekunde schob sich das Ganze wieder knarrend und unheimlich zischend in die entgegengesetzte Richtung zurück. Wie lange der Sturm tobte und der Perast arg zusetzte, kann ich nicht sagen. Ich weiß nur, daß der Geschenketransport in den verschlungenen Seilen allen Stößen standhielt, immer wieder auf mich zukam, jedesmal jedoch rechtzeitig kehrtmachte, und als sich das Wetter endlich beruhigte, war ich völlig zerrüttet, die Ladung in meiner Reichweite dagegen durchaus in Ordnung.

Nach ungefähr fünf Wochen landete die Perast in Šibenik, nicht wie ursprünglich vorgesehen in Split, weil dort der Hafen noch stark vermint war. Unterwegs hatten wir wiederholt solche gefährlichen Minen in unmittelbarer Nähe des Schiffes im Wasser entdeckt.

Oreste Gnudi hatte uns, wie beabsichtigt, in Brindisi verlassen. Jetzt waren wir an der Reihe, von Kapitän Ante und seinen Männern Abschied zu nehmen. Es gab Umarmungen und beiderseits viele gute Wünsche. »Dobro došli! Willkommen zu Hause!« klang es uns nach. Balk war aufgeregt, ich auch und dazu noch ein bißchen traurig. Willkommen zu Hause ...

Meine ersten Schritte auf dem von jahrelangem Mord und Totschlag befreiten heimatlichen Kontinent. So hochtrabend dachte ich, als ich in Šibenik über die schlammige Landstraße stolperte, die zerfurcht, aufgeweicht und mit kleineren und größeren Felsbrocken bedeckt war. Ein Mann, der im Krieg einen Arm verloren hatte, bot uns in seinem Häuschen Nachtquartier an. Es umfaßte zwei Stuben, in der einen schlief er mit seiner Mutter. Dort fehlte ein Stück Seitenwand. In der anderen, die er uns überließ, funkelten nachts zahllose Sterne auf dem schwarzen Himmel über unseren Köpfen. Eine Bombe hatte einen Teil der Zimmerdecke weggerissen. Ich lag auf dem Rücken, konnte den Blick nicht von dem, wie mir schien, freundlich glitzernden Nachthimmel wenden und versuchte vergeblich, meine Gedanken einzufangen. Das Heimweh war noch nicht vorbei, ich war ja weiterhin in der Fremde, meinem Prag nur wesentlich näher gekommen, und fühlte einen

Stein im Herzen. Die Vorstellung der Rückkehr in die für mich nun leere, aller Wärme und Vertrautheit beraubte Stadt, ohne Mutter und Geschwister, ohne die kluge und gutherzige Großmama mit ihren einzigartigen Sprüchen – war das noch verlockend? Wollte ich das überhaupt? – Ich wollte es, trotz allem, mit sämtlichen Fasern meines Seins – auch mit all meiner Angst.

Hör mir jetzt gut zu, Virginia, und wende den Kopf nicht weg, wie du das meistens tust, wenn dich jemand freundlich grüßt. Ich weiß nicht, was dich auf diesen Treppenabsatz verstoßen hat, Unrecht, Not oder etwa deine Verachtung für ein geläufiges menschliches Dasein. Ich will dir nicht das Herz schwermachen, will dir nur sagen, was einem das Leben bringen und daß es mitunter sehr schlimm und dann wieder ganz leidlich, ja sogar schön sein kann.

Fünf Wochen waren wir von Kanada nach Jugoslawien unterwegs. Eine Woche dauerte unsere Reise aus Šibenik an der adriatischen Küste in die Hauptstadt Belgrad. Als wir dort endlich ankamen und im Vorort Zemun den Zug verließen, weil die Brücke über den Sava-Fluß noch zerstört war und die provisorische Pontonbrücke keine Eisenbahn tragen konnte, bot sich mir ein sonderbares Bild.

Vor dem kleinen Stationsgebäude saß ein Häuflein serbischer Bauern auf merkwürdigen länglichen Metallbehältern. Die Männer plauderten miteinander, manche aßen Brot und schnitten mit ihren Messern dünne Speckscheiben darauf.

»Worauf sitzen diese Leute?« frage ich den jungen Fuhrmann, der sich erboten hatte, uns mit seinem Leiterwagen ans andere Ufer, nach Belgrad, zu befördern.

»Auf Särgen«, sagte er sachlich, und als er mein bestürztes Gesicht sah, fügte er hinzu: »Sie haben die Gebeine ihrer Söhne, Väter oder Brüder in den Partisanenwäldern gesucht, um sie in serbischer Erde begraben zu können. Sie hoffen, sie auch gefunden zu haben, was nicht immer wahr sein muß. Jetzt warten sie auf eine Zugverbindung, um mit ihnen nach Hause zu fahren.«

Jugoslawien, dachte ich erschrocken, Belgrad, hier werde ich jetzt wohnen.

Wir ließen unseren Leiterwagen vor dem ersten Hotel anhalten, das sich uns in der Stadt zeigte, und bekamen zu unserer Erleichterung sogar ein Zimmer. Dabei fiel mir auf, daß durch fast alle Fenster des Hauses Ofenrohre nach außen durchgesteckt waren. Das Zimmer, das man uns zuteilte, hatte allerdings ein unversehrtes Fenster und keinerlei Heizung. Bald stellten wir fest, daß wir die einzigen zivilen Bewohner des Etablissements waren, alle anderen waren Offiziere der Roten Armee. Sie hatten ihre eigene, etwas ungewöhnliche Beheizung, eine eigene Holzzufuhr und somit auch warme Zimmer. Es war Ende Oktober, und wir froren gehörig im von eisigen Winden durchwehten Belgrad, besonders nach unserem mehrjährigen Aufenthalt im sonnigen Mexiko. Balk saß in seinem Flanellpyjama im Bett, den Wintermantel über den Rücken gestülpt, auf den Knien die Portable-Schreibmaschine, und tippte nach sechzehnjährigem Exil seine ersten literarischen Beiträge in serbischer Sprache. Ich lag im Bett und schimpfte: Den Herren Offizieren schien es entgangen zu sein, daß in ihrer unmittelbaren Nachbarschaft zwei Menschen, davon eine schwangere Frau, vor Kälte mit den Zähnen klapperten. Ein Öfchen und ein paar Scheite Holz hätten sie uns zweifellos ohne Mühe überlassen können. Aber sie waren hier die Herren und übersahen geflissentlich die beiden zivilen Personen von nebenan. Damals wußte ich noch nicht, daß so etwas nun zu meinem Leben gehören würde.

Nach ein paar weiteren Wochen – ich arbeitete bereits im Belgrader Rundfunk, mein Mann im serbischen Filmbetrieb – wurde uns endlich eine Unterkunft zugeteilt. Sie bestand aus einem Zimmer in Untermiete in einer großen Wohnung, in der wir die Küche überhaupt nicht und das Badezimmer nur einmal am Tag benützen durften. Dennoch fiel uns, vor allem mir, ein Stein vom Herzen, denn demnächst sollte mein Kind auf die Welt kommen. Ein Freund Balks, wie er Arzt und Spanienkämpfer und nunmehr Chef des Sanitätsdienstes der jugoslawischen Armee, ließ uns aus seinem Spitalvorrat zwei Betten, einen Tisch und zwei Stühle zuteilen. Als ich zaghaft von der Notwendigkeit eines Wickeltisches murmelte, kam noch ein Tischchen hinzu. Auf einer Kiste, der wir einige unserer Bücher entnommen hatten, bauten wir unseren elektrischen Kocher auf. Wenn ich durch die zerbombte Stadt ging, hatte ich das Gefühl, ganz anständig untergebracht zu sein.

Und dann wurde meine Tochter geboren. Die Babyausstattung hatte ich aus Mexiko und Kanada mitgebracht, das meiste war allerdings unterwegs verlorengegangen. In einem Land, in dem es gar nichts gab, war das nicht allzu verwunderlich. Aber jetzt merkte ich, daß allerhand, das wir dringend brauchten, fehlte. Zudem erforderten unsere Wohnverhältnisse, daß wir in unserem Zimmer auch Windeln waschen und trocknen mußten. Das bereitete mir beträchtliche Sorgen. Bis ich eines Tages auf der Straße eine tolle Entdeckung machte.

Die Schaufenster der nicht sehr zahlreichen erneut in Betrieb genommenen Läden im Belgrad am Anfang des Jahres 1946 waren meistens leer, stellten statt Waren Porträts von Marschall Tito oder Plakate aus, etwa mit der Parole »Terst je naš! Triest gehört uns!« Damit konnte ich freilich meine Babyausstattung nicht ergänzen.

Auf den Märkten war immerhin allerhand zu haben. Jemand verkaufte ein Paar getragener, aber noch durchaus tragbarer Schuhe, ein anderer bot einzelne Stücke Tongeschirr an, ein Junge hielt den Vorübergehenden Reisigbesen unter die Nase, ein alter Mann ... bei dem blieb ich stehen. Der hatte verschiedenartiges Holzgerät vor sich auf dem Pflaster ausgebreitet, darunter eine kleine Scheibe, an der etliche flache Stäbe festgemacht waren. Mit einem bestimmten Griff konnte man diese Stäbe fächerförmig ausbreiten.

»Zum Wäschetrocknen, drugarica«, erklärte mir der

Alte, als er meinen fragenden Blick auffing. »Kostet nur ein paar Dinar.«

Zufrieden erstand ich diesen weiteren Einrichtungsgegenstand für unseren erst im Entstehen begriffenen Haushalt.

»Zum Wäschetrocknen?« wunderte sich Balk. »Und wo willst du diese sensationelle Erfindung des 20. Jahrhunderts in unserem Gemach befestigen?«

Eine berechtigte Frage. Ich schaute mich forschend um und fand eine Lösung. Ich machte das Ding an der Lehne des Sessels meines Mannes fest, es spreizte gehorsam seine Holzstäbe, und auf jeder hing eine Windel zum Trocknen.

»Du siehst wie ein Pfau aus«, bemerkte ich dabei zufrieden. In der Tat: der hochgewachsene Balk saß aufrecht auf seinem Stuhl, vor ihm auf dem Tisch stand die Schreibmaschine, und von seinem Rücken wehte ein halbes Dutzend weißer Windeln.

Wir hatten häufig Besuch in dem Zimmer, in dem wir nun zu dritt hausten. Zwischen Bett, Wickeltisch und Kocher machten es sich manchmal auch Generäle der Partisanenarmee bequem, z. B. der Außenminister und einstige surrealistische Dichter Koča Popović, dem mein Pfauenarrangement so gut gefiel, daß er sich nur auf diesen Stuhl setzen wollte. Auch der schon erwähnte Chef des Sanitätsdienstes kam vorbei, um zu sehen, wie wir in unserer Einzimmerbehausung zurechtkamen, und mit ihm weitere Freunde Balks, die wie er im spanischen Bürgerkrieg auf seiten der Republik ärztliche Hilfe geleistet hatten. Alle bewunderten meinen Erfindungsgeist, und das beflügelte mich zu weiteren Expeditionen auf den Belgrader Straßenmärkten.

Bei einem dieser Rundgänge fiel mein Blick auf einen kleinen Holzbottich, dessen einzelne Teile mit zwei Metallbändern zusammengehalten wurden. Wenn man da eine Windel hineinlegt, um den rauhen Holzboden zu bedecken, erwog ich, könnte man mein Kindchen besser baden als bislang in der großen Blechschüssel. Diesmal war es eine alte Frau, die eine beträchtliche Auswahl hölzerner Kochlöffel verschiedener Größe vor sich ausgebreitet hatte und dazwischen als einziges Paradestück eben den kleinen Bottich.

»Was kostet das Ding?« erkundigte ich mich.

»So gut wie nichts«, lautete die Antwort, »hundert Dinar.«

»Na, na«, warf ich ein, denn ich hatte inzwischen gelernt, daß man auf balkanischen Märkten niemals den erstgeforderten Preis zahlen durfte, »zwanzig kriegen Sie von mir, nicht mehr.«

»Zwanzig!« schrie die Frau beinahe. »Willst du, daß ich mit meinen Kindern verhungere, drugarica?«

»Keineswegs, meine Liebe, nennen Sie einen vernünftigen Preis, und wir einigen uns.«

Sie sagte siebzig und überließ mir den Bottich schließlich für fünfzig Dinar.

»Beim erstenmal mußt du ihn einseifen, drugarica«, instruierte mich die Händlerin, »dann läßt er keinen Tropfen Wasser durch. Wirst ein Fußbad wie im Hotel Majestic haben.«

Das nur teilweise beschädigte und verhältnismäßig gut funktionierende Hotel Majestic war im damaligen Belgrad der Inbegriff von Luxus und Eleganz.

»Ich will in dem Bottich nicht meine Füße, sondern mein Kindchen baden.«

»Ma nemoj!« rief die Frau aus und klatschte auch noch in die Hände. »Was du nicht sagst! Wenn ich das gewußt hätte, ich hätte dir gleich einen billigen Preis gesagt. Wie gut, daß du den Bottich fast umsonst bekommst. Und meine besten Wünsche für deinen kleinen Sohn dazu.«

»Ich habe ein Töchterchen.«

»Auch gut«, meinte sie und fügte mit einem leichten Seufzer hinzu: »Bist jung, kannst auch noch einen Sohn auf die Welt bringen.«

In Serbien, das wußte ich bereits, mußte man vor allem einen Sohn haben. Das ging soweit, daß weibliche Wickelkinder oft mit »sinku«, Söhnchen, angesprochen wurden, wohl um die Schande ein wenig zu verheimlichen. Zunächst verblüffte mich das, ärgerte mich dann bald, so daß ich auf solche Vortäuschungen gern mit den Worten reagierte: »Wir sind so froh, ein kleines Mädchen zu haben!« Das verblüffte dann wiederum unsere serbischen Mitbürger.

Als ich mit meiner neuesten Errungenschaft zu Hause ankam, machte Balk nur ein skeptisches Gesicht, sagte jedoch nichts. Ich traktierte den Bottich mit einem Stück echter kanadischer Kernseife, so daß er bald vielversprechend glänzte. Dann bedeckte ich seinen Boden mit einer Windel, holte einen Topf mit warmem Wasser vom Kocher und schüttete es in das künftige Kinderbad. Etwas begann zu knistern und zu knacken. Dann zuckten die einzelnen Holzplanken, schwankten ein wenig und blätterten sich gleich einer Lotosblume auseinander, was ganz hübsch aussah, auf dem Fußboden allerdings eine Überschwemmung zur Folge hatte.

Und so wurde unsere kleine Anna weiterhin in der Blechschüssel gewaschen, bis mir eines Tages jemand aus Prag eine Kinderwanne mitbrachte.

Diese unsere erste Behausung in Belgrad befand sich in einem Eckhaus, dessen eine Front auf den Hauptplatz Terazije ausgerichtet war. Das Fenster in unserem Zimmer führte jedoch in die abzweigende Seitenavenue. Am 1. Mai, dem Feiertag der Arbeit, der in Titos Jugoslawien groß gefeiert wurde, nahm Balk mit seinem Filmbetrieb am Aufmarsch teil. Ich blieb mit meinem noch keine zwei Monate alten Töchterchen zu Hause. Um sechs Uhr früh, die Feier auf dem Terazije-Platz war für zehn Uhr angesetzt, polterte jemand an unserer Zimmertür, und noch ehe ich nachsehen konnte, was denn los war, ging sie auch schon auf. Ein Mann in Uniform trat ein und gebot mir, mit dem Kind den Raum zu verlassen. Ich fragte überrascht, warum, er sagte, Befehl ist Befehl, und ich solle mich beeilen. Ich erklärte, ich bleibe, wo ich bin, rührte mich nicht von der

Stelle und wollte wissen, warum man von mir etwas so Unsinniges verlange. Meine Aussprache machte deutlich, daß ich Ausländerin war, wohl deshalb erschien auch noch ein Offizier. Der teilte mir mit, es handle sich um eine undiskutable Sicherheitsmaßnahme; man erwarte den Marschall bei der Kundgebung auf dem Terazije-Platz.

»Ja gut, aber unser Fenster geht doch in die andere Straße«, ich staunte, »und welche Gefahr stellen wir dar, mein Wickelkind und ich?«

Die beiden Uniformierten waren durch mein Verhalten nicht weniger verblüfft als ich durch das ihre. Sie flüsterten miteinander, dann verschwand der eine und kam gleich wieder mit einem weiteren Soldaten zurück, der eine Maschinenpistole umgehängt hatte.

»Der Genosse bleibt bei Ihnen«, eröffnete mir der Offizier. »Sie können hierbleiben, aber nähern Sie sich keinesfalls dem Fenster. Das gilt auch für das Kind.«

Mein Kind, sechs Wochen alt, krähte vergnügt im Wäschekorb, in dem es sein Nest hatte, hielt die Eindringlinge anscheinend für liebe Besucher. Ich setzte mich zu ihm, der Soldat mit der Maschinenpistole postierte sich mit dem Rücken zum Fenster, seine Waffe war auf uns gerichtet, und so verging der ganze Vormittag. Von der Straße drang lebhaftes Skandieren zu uns herauf: Živeo drug Tito! Es lebe Genosse Tito! Dagegen hatte ich nichts, aber bestimmte Gefühle begannen an jenem Tag in mir zu rumoren. So sah meine erste Maifeier im befreiten Europa aus. Ihre Absurdität schrieb ich den noch chaotischen Zuständen kurz nach Kriegsende zu, »begreiflichem Mißtrauen und notwendiger Vorsicht«, wie ich allseitig als Begründung für die wahnwitzige Maßnahme zu hören bekam. Schließlich auch den für mich fremden und ungewohnt rauhen Lebensgewohnheiten auf dem Balkan.

Auf Unverständliches stieß ich hier immer wieder. Im Rundfunk, meiner Arbeitsstätte, ersuchte ich einmal einen Kollegen, mir in sein Manuskript Einblick zu gewähren, das Angaben enthielt, die ich für einen Kommentar brauchte.

»Du findest es im ersten Schubfach links in meinem Schreibtisch«, sagte er, »entnimm ihm, was du brauchst.«

Als ich in seinem Arbeitstisch das erste Schubfach links öffnete, lag kein Manuskript, vielmehr neben einem Lederetui ein schwarzer, wie mir schien, sehr großer Revolver vor mir. Erschrocken stieß ich das Fach gleich wieder zu und beschloß, meinen Kommentar ohne die gesuchten Angaben zu beenden.

»Warum hast du in deinem Schreibtisch einen Revolver?« fragte ich den Kollegen am nächsten Tag so beiläufig, wie ich es fertigbrachte.

»Und warum nicht?« erwiderte er.

Nun ja, warum nicht.

Was hast du getan, ehe du dich auf dem Treppenabsatz hinter der Royal Festival Hall etabliert hast, Virginia? Irgendwie mußt du doch deine Tage verbracht haben. Kann bei dir alles schon vom Anfang an verfahren gewesen sein, oder ist erst später eine Pechsträhne über dich hereingebrochen? Hast du früher einmal gern gelesen, bist du manchmal ins Kino gegangen, oder hast du irgendwo vor dem Bildschirm gehockt? Weißt du, wie London ausgesehen hat, als du hier auf die Welt gekommen bist, ist das anderswo gewesen, oder ist dir das alles ganz egal? Ich frage danach, weil meine Erfahrungen ja nur ein Ausschnitt aus unserer Zeit sind und weil ich glaube, daß solche kleinen Erlebnisse vielleicht die großen Ereignisse, die fatalen Irrtümer, die Hoffnungen und Enttäuschungen, das ganze Chaos in unseren Köpfen nach der Kriegskatastrophe verständlicher machen können. Manchmal war es sehr schwer, sich mit dem Geschehenen zurechtzufinden, aber so wie sich durch ein verdunkeltes Fenster an jedem Morgen das Tageslicht durchzwängt, so gab es selbst bei den schlimmsten Vorkommnissen auch Lichtblicke. – Du drehst den Kopf weg, glaubst nicht an Lichtblicke. Vielleicht hast du recht, Virginia, vielleicht habe ich recht. Wer kann das entscheiden?

Im Herbst 1946 waren wir endlich Besitzer einer Bescheinigung, daß uns in der Uzun Mirkova Nr. 5 eine Wohnung zugeteilt wurde. Diese Adresse kann ich nicht vergessen, denn ich habe sie meinem Kind ungezählte Male vorgesagt und später auch wiederholen lassen. »Wo wohnst du?«, und sie plapperte mit einem stolzen Lächeln, weil sie es wußte: »Uzun Mikowa pet.« Denn meine in Belgrad geborene kleine Anna mußte zuerst serbisch sprechen können.

Als wir die Uzun-Mirkova-Wohnung besichtigen kamen, stellte sich heraus, daß es sich nur um zwei Zimmer in einer Vierzimmerwohnung handelte. Einen der beiden übrigen Räume bewohnte ein junger Universitätsprofessor der Mathematik, den anderen ein Partisanenehepaar. Uns hatte man zwei Zimmer zugesprochen, weil wir ein Kind hatten. Auch die Küche stand uns zur Verfügung. Das Badezimmer mit einem Heizofen für warmes Wasser, der aber nicht funktionierte, war für alle Bewohner gemeinsam.

Immerhin – zwei Zimmer und ein benützbares Bad! Wenn sich am Morgen mein Mann, der ehemalige Partisan und Professor Nenad gemeinsam im Badezimmer rasierten und dabei, um sich in dem kalten Raum ein wenig zu erwärmen, laut sangen, fürchtete ich, das nach einem Bombeneinschlag ziemlich beschädigte Haus würde im nächsten Augenblick einstürzen. Aber es war ein solides Haus und bot auch dieser leichtsinnigen Bedrohung die Stirn.

Einst war das stattliche vierstöckige Gebäude mit einem Aufzug ausgestattet worden. Der war auch noch da, baumelte aber wie ein verletztes Ungeheuer mit gähnend offener, völlig unbrauchbarer Kabine schief in seinem Schacht. Um den Kinderwagen nicht immer in die zweite Etage hinaufschleppen zu müssen, machte ich ihn im Erdgeschoß am Aufzugsgitter wie ein Fahrrad mit einer Kette fest.

»Praktisch, nicht?« heischte ich um Anerkennung für meine Vorkehrung. Mein Mann war skeptisch.

»Das wird sich erst herausstellen«, meinte er trocken.

Einige Wochen lang ging alles sehr gut. Bis ich eines Tages mit dem Kind auf dem Arm hinunterkam und mit einer nicht ungeahnten, dennoch bestürzenden Erfahrung konfrontiert wurde. Die Kette mit dem kleinen Schloß war noch da, der Wagen fehlte. Ich hatte ihn vorsorglich aus Kanada mitgebracht, jetzt mußte ich mir einen der unförmigen, größtenteils aus Holz hergestellten und somit schweren und polternden hiesigen Kinderwagen besorgen und froh sein, daß ich überhaupt einen ergatterte. Das Wohnen in der Uzun Mirkova Nr. 5 stellte sich als nicht gerade eintönig heraus.

Mit der kleinen Arche Noah, wie wir unser neues Transportmittel benannten, fuhr ich mein Töchterchen gern im nahen und schönen Kalimegdan-Park spazieren, und diese Nähe söhnte mich mit meiner neuesten Wohnung so ziemlich aus. Bis dann eines Tages ...

Eines Tages ließ mich ein undefinierbarer Lärm aus meinem Stuhl am Schreibtisch hochfahren. Im Treppenhaus quiekte, kreischte, fluchte, krachte, schnaufte und rumpelte etwas. Etwas oder jemand. Ich war allein mit Anna zu Hause, holte erst einmal tief Atem, beruhigte das aus dem Schlaf gerissene Kind und ging schließlich entschlossen nachsehen, was sich vor unserer Tür so geräuschvoll abspielte.

Zuerst erblickte ich zwei Männer, die ein sich wild sträubendes, laut protestierendes und strampelndes riesengroßes Schwein an zwei Stricken über die Treppe hochzerrten. Dann sah ich zwei weitere, die das böse fauchende Tier an seinem Hinterteil hochstemmten. Ihr Ziel war offensichtlich die Wohnung über uns im dritten Stockwerk.

Ich wollte meinen Augen nicht trauen. Ein Mastschwein, das drei Treppen hoch steigen mußte! Was wird es dort oben anfangen? Das stellte sich freilich ziemlich bald heraus. Über unseren Köpfen trampelte und polterte es, unser Nachbar, das Schwein, raste grunzend aus einer Ecke in die andere, quiekte erbost, wurde ermahnt, angeschrien, verflucht. All das bei Tag und auch in der Nacht.

Nach einigen unglaublich turbulenten Tagen war es oben

mit einem Male ganz still. Ich wurde nervös. Hatte man das Tier wieder weggebracht?

Auf dem länglichen Balkon vor unserem Küchenfenster – in Prag wäre von einer »Pawlatsche« die Rede – baumelte an jenem Tag wie fast an allen anderen Kinderwäsche zum Trocknen über dem Hof. Als ich sie holen kam, machte ich eine gräßliche Entdeckung: die Jäckchen, die Höschen und Söckchen waren blutrot gefärbt. In der Wohnung unserer montenegrinischen Nachbarn in der dritten Etage war über unseren Köpfen ein Schlachtfest im Gang.

Jugoslawien ist ein schönes Land, seine Bewohner haben sich im Weltkrieg heroisch mit den deutschen und italienischen Okkupanten geschlagen. Sie hatten meine Bewunderung und meinen Respekt. Aber Tag für Tag sehnte ich mich mehr nach meinem Prag.

Als ich dann endlich zurückkehrte in meine Heimatstadt, war es kein freudiges Wiedersehen. War ich hier überhaupt noch zu Hause? Ich mußte mich an Prag erst wieder allmählich herantasten. Die Burg und die Kirchen, die Häuser und die Brücken standen zum Glück noch wie einst und je da, sogar ziemlich unversehrt, ohne klaffend aufgerissene Lücken wie in Belgrad. Das war tröstlich. Aber die Straßen mit den vielen Menschen schienen mir fremd. Mein Blick wanderte von Gesicht zu Gesicht, keines war mir vertraut.

Die Königsstraße, in der ich aufgewachsen war und die nun Sokolovská hieß, mied ich. Warum sollte ich an meinem Geburtshaus vorbeigehen, das für mich jetzt ein Totenhaus war? Auch die engen Gassen in der einstigen Judenstadt waren ausgestorben. Ihre Bewohner sind nicht im Krieg gefallen, sie wurden zuerst in Kasernen und dann hinter Stacheldrahtverhauen zusammengejagt, mit ihren Frauen und Müttern und auch den ganz kleinen Kindern. Nur die Toten auf dem Alten Jüdischen Friedhof durften dableiben und die schwarzen Raben, die sie bewachen.

Im Bärenhaus in der Melantrichgasse fehlte Egon Erwin Kisch. Als er uns, kurz nach seiner Rückkehr nach Europa, in Belgrad besuchte, sagte er mir, als wir uns trennten:

»Es ist nicht leicht, von jemandem Abschied zu nehmen, wenn man nicht weiß, ob man ihn je wiedersieht, was?«

»Egonek«, protestierte ich erschrocken, »was redest du da?«

»Die Wahrheit«, bemerkte er, umarmte mich, strich mir zärtlich über das ganze Gesicht und ging.

Zwei Jahre später, ich lebte noch in Jugoslawien, war er tot.

Wer jetzt in meiner Mansarde in der Melantrichgasse Nr. 7 wohnte, wollte ich gar nicht wissen.

Zu Hause in Prag?

Doch, doch. Aber ehe ich hier zur Ruhe kam, ehe wir einander wieder verstanden, die Stadt meiner Kindheit und suchenden Jahre und ich nach der bewegten Wanderung durch das Exil, wurde ich abermals gezwungen, wiederholt mein Quartier zu wechseln.

Du meinst, Virginia, ein Dach über dem Kopf ist entscheidend, und mit der Stadt, die einem Unterschlupf gewährt, muß man eben zurechtkommen. Gegenseitige Vertrautheit? Wenn man erst einmal ein paar Nächte auf der Straße geschlafen hat, versagt man sich derartige Feinheiten.

Als wir in Paris in unserem Haus der tschechoslowakischen Kultur lebten, erklärte einmal der Maler Antonín Pelc nach einer Nacht, die wir im abri, dem Luftschutzkeller unter dem Jardin du Luxembourg, verbracht hatten, beim Frühstück: »Wenn ich nach Prag zurückkäme und der Hradschin wäre nicht mehr da, kehrte ich sofort wieder um.«

Nun, das ist uns erspart geblieben. Die Burg hieß die Heimkehrer willkommen und auch alle Brücken und zahlreichen Kirchen. Ich bin dem Schicksal dankbar, uns diese verläßlichen Anhaltspunkte bewahrt zu haben. Daß ich eines Tages auch in meiner Heimatstadt vorübergehend fremd und ausgestoßen sein könnte, habe ich zum Glück nicht geahnt, nicht ahnen können. Als es dann geschah und die schwärzeste Wolke endlich wieder zögernd von meinem Horizont abzog, mußte ich Prag vorerst für geraume Zeit entbehren. Auch das ging eines Tages vorüber.

Der Zufall wollte es, daß ich meine endgültige Prager Wohnung am linken Ufer der Moldau erhielt, im lauten Industrieviertel Smíchov-Košíře, zu meiner Freude gegenüber einem kleinen Park, der Klamovka heißt und einst der große Garten eines Schlößchens der Grafen Clam-Gallas war. Auf unserer Seite des Flusses liegt die Kleinseite und die Insel Kampa. Ganz in der Nähe meiner Wohnung befindet sich noch ein Schlößchen, eigentlich eine Residenz mit dem wohlklingenden Namen Bertramka, so benannt nach ihrem ursprünglichen Besitzer, einem Herrn Bertram. In dieser ansprechenden Kombination von Villa und kleinem Palais lebte im 18. Jahrhundert der Musiker Franz Xaver Dušek mit seiner Frau, der begabten und schönen Sängerin Josefine. Hausgast der beiden war oft Wolfgang Amadeus Mozart. Josefine hat ihn mit ihrer kristallreinen Stimme und ihrem persönlichen Liebreiz bald in ihren Bann gezogen, und so kam er gern und immer wieder. In der Bertramka komponierte er die Oper »Don Giovanni«, und es heißt, daß sie erst ganz kurz vor ihrer Uraufführung im Prager Ständetheater im Jahre 1787 fertig geworden ist. Die Ouverture schrieb Wolfgang Amadeus tatsächlich im letzten Moment. Sie wurde von den Musikern sozusagen noch warm, jedenfalls vom Blatt (Notenblatt) ohne vorangegangene Probe gespielt – und erntete beim Prager Publikum jubelnden Beifall. Auch Mozarts berühmte Arie »Bella mia fiamma« entstand in der Bertramka für die bezaubernde Josefine.

An dem Haus, in dem ich wohne, haftet nichts Idyllisches oder Romantisches. Hier sausen ungezählte Autos vorbei, unter meinem Balkon schrillt die Straßenbahn, zerreißen Sirenen von Ambulanzwagen die Luft. Aber wenn ich mein breites Fenster an der Hofseite öffne, und in der hohen Pappel davor zaust der Abendwind das Blättermeer in ihrer Baumkrone und schüttelt die Stare und Spatzen aus dem

Schlaf, dann vermeine ich manchmal in besonderer Stunde, die weiche Stimme von Violinen zu hören und eine glockenklare Frauenstimme. Mozart ist in meiner Nähe geblieben.

In Prag kann man noch immer mit offenen Augen träumen.

Zu den Möbeln in meinen beiden Zimmern und in der Wohnküche habe ich keine besondere Beziehung. Stammt doch kein Stück von meinen Großeltern oder von meiner Mutter. Aber ich habe mich an sie gewöhnt und sie sich wohl auch an mich, und wir kommen recht gut miteinander aus. Einen Gegenstand gibt es allerdings, mit dem ich mich besonders verbunden fühle: das ist meine alte, vorsintflutlich anmutende Continental-Schreibmaschine, längst schon ein Museumsstück, allein noch immer mein verläßlicher und geduldiger, verständnisvoller Arbeitskollege. Kurz nach meiner Heimkehr aus dem Exil hat mir ein Freund, der inzwischen gestorben ist, das liebe Ding »einstweilen« geliehen. Er meinte fraglos, ehe ich mir etwas Besseres anschaffen würde. Das ist nun schon gute fünfzig Jahre her. Man bedenke, wirklich ein halbes Jahrhundert! Meine Continental hat mir die ganzen Jahre der sogenannten Normalisierung nach der Niederschlagung des Prager Frühlings 1968 brav bei meinen Übersetzungsarbeiten gedient, ich tausche sie für keinen Computer ein und habe auch dieses Manuskript auf ihr getippt. Man hat mir schon beachtliche Beträge für mein kurioses Instrument angeboten. Aber einen Freund verkauft man doch nicht.

Neben der Schreibmaschine ist es die Bücherwand, mit der ich gleichfalls in persönlicher Beziehung stehe. Bücher haben die Eigenschaft, sich selbsttätig zu vermehren. Sie kommen mit der Post, jemand bringt sie mit, sie werden einem bei verschiedenen Gelegenheiten geschenkt. Dazu gesellen sich dann noch die von Streifzügen durch Buchhandlungen und Antiquariate, für die man freilich schon persönlich verantwortlich ist.

In meiner Bücherwand stehen Bände, die in meinem Kopf den gemeinsamen Titel »die Prager« haben. Die meisten von ihnen sind tschechisch geschrieben und werden von mir auch so angesprochen. Denn mit meinen Büchern plaudere ich mitunter.

Nicht ganz leicht fällt mir so ein Gespräch mit einem der prominentesten Autoren der dreißiger Jahre, mit Karel Čapek. Der leichte und dabei so kunstvolle Ton seiner Bücher sagte mir zu, flößte mir zugleich eine gewisse Scheu ein. Wie kann man bloß alles so einfach und dabei so treffend sagen! In den Krisenjahren kurz vor dem Krieg sah ich im Nationaltheater Čapeks »Weiße Krankheit« und »Die Mutter«. Dieses Stück sogar zweimal, denn es wurde auch im Prager Neuen Deutschen Theater aufgeführt, mit der aus dem Dritten Reich emigrierten wunderbaren Tilla Durieux in der Hauptrolle. Und als Čapeks Herz Ende 1938 der Hetze gegen ihn persönlich und unsere Tschechoslowakei unterlag, nahm ich an seinem Begräbnis teil und berichtete darüber für die deutsche Version der Monatsschrift Internationale Literatur in Moskau.

Nach Adolf Hoffmeisters Büchern greife ich gern. Seine lebhafte und witzige Schreibweise ruft bei mir die Erinnerung an das vielversprechende und so jäh beendete gemeinsame Leben in unserem Pariser Maison de la culture wieder wach.

Und so spricht mich jedes Buch anders an. Zum Beispiel die Reihe mit Norbert Frýd, einem Jugendfreund, der Dachau überlebt hat und nach dem Krieg tschechoslowakischer Kulturattaché in Mexiko wurde, auf der Gesandtschaft, wo ich als Emigrantin gearbeitet habe.

Begegnungen vor der Bücherwand mit meinen tschechischen Landsleuten könnte ich noch lange fortsetzen, wobei die neuzeitlichen und neuzeitlichsten hier eigentlich fehlen, weil ich sie fast alle in London bei Tochter und Schwiegersohn unterbringe. Dort stehen die Hrabal und Vaculík, Klíma und Kohout, Topol und Holubová, und wie sie alle heißen.

Eines meiner Regale ist polyglott. Hier reihen sich französische Bücher neben amerikanischen, englischen und

– seltener – spanischen. Von da lächelt mich auch das schöne Gesicht der Simone Signoret auf dem Einband ihrer ehrlichen und aufschlußreichen Autobiographie an. Zudem gibt es bei mir eine Abteilung meiner »Spanier«, die umfaßt Werke zum spanischen Bürgerkrieg 1936–1939 und wird von einem Bändchen »Traum und Lüge Francos« mit Graphiken von Pablo Picasso eingeleitet.

Mit deutschen Büchern bei mir hat es eine besondere Bewandtnis. Da stehen Kisch, Kafka, Weiskopf, Rudolf Fuchs, Max Brod bis hin zu meinem langjährigen Freund und Zeitgenossen Eduard Goldstücker und anderen lieben Pragern neben- und übereinander. Sie bilden aber nur eine Insel im Meer der »Emigranten« und meiner »Mexikaner«, die bemerkenswert schreibfreudig waren und somit auch recht zahlreich vertreten sind. Da strahlt mich »Das wirkliche Blau« der Anna Seghers an, ergreift mich jedesmal von neuem Kischs Andacht unter den jüdischen Indios in seinen »Entdeckungen in Mexiko«, zieht mich Bodo Uhses »Träumerei auf der Alameda« in ihren Bann. Die kurzsichtige Anna hat mit ihren ständig leicht zugekniffenen Augen vielleicht am meisten von uns allen von der magischen Schönheit Mexikos erfaßt. Mit dem Rasenden Reporter aus Prag war das anders. Die Menschen, ihre Arbeit, ihr mühsamer und dabei so bunt schillernder Alltag, das war es doch, Egonek, dem du vor allem nachspüren wolltest. Doch mit der Zeit hat dich das Wüten im zivilisierten Europa immer mehr bestürzt. Dein Großvater hat noch auf dem Alten Jüdischen Friedhof in Prag seine Ruhe gefunden. Du hast deinem Schmerz über den gewaltsamen Tod von zwei deiner Brüder in den Vernichtungslagern der Nazis unter deinen indianischen Glaubensgenossen am Rande des Dschungels freien Lauf gelassen.

Wenn ich vor meinen Büchern stehe, kommt all das beinahe greifbar auf mich zu. Hole ich dann den einen oder anderen Band aus der gedrängten Reihe hervor, so gerate ich oft in eine ganz besondere Stimmung. Da summt es mit einemmal um mich. Dann sind sie, Tod und Leben zum

Trotz, auch wieder alle bei mir, meine Freunde aus Mexiko, mit ihren großen Hoffnungen und einstigen Vorhaben, auch mit der stillen Angst: Werden wir überhaupt je zurückkehren können und endlich wieder zu Hause sein? Das gelang ihnen nach der Überwindung verschiedenster Schwierigkeiten und Hindernisse. Aber ihre Hoffnungen und Vorhaben? Der Freude der Heimkehr folgte viel Bitterkeit und Enttäuschung. Wenn Bücher schreien könnten ...

Neben, über und unter diesen Schriften steht, liegt und drängt sich die »Literatur von heute«, die durchaus nicht nur von heute ist, aber in diesen Jahren und in dieser Zeit zu mir kommt.

Wie viele Plagen und glückliche Augenblicke, wie viele Sehnsüchte, erreichte und unerreichte Ziele, wie viele Wagnisse, Überraschungen, Erfolge und Niederlagen enthalten die berühmt gewordenen oder auch längst in Vergessenheit geratenen Bände in meinem Wohnzimmer. Und auf wie viele Fragen bleiben sie mir für immer ihre Antwort schuldig.

Unter den tschechischen Büchern aus jüngster Zeit befindet sich auch ein autobiographischer Roman von Eva Kantůrková, »Das Haus der traurigen Frauen«. Sie berichtet darin über ihre Haftzeit im Prager Ruzyně-Gefängnis während der sogenannten Normalisierungsperiode in den siebziger Jahren. Das Buch wurde für das Fernsehen bearbeitet. Und so saß ich eines Abends auf der Couch in meiner behaglichen Wohnstube und blickte wie gebannt auf den flimmernden Bildschirm. Denn ungefähr zwei Jahrzehnte früher, in den schlimmen fünfziger Jahren, war ich Gefangene in Ruzyně. Aber jetzt, in diesem Fernsehfilm, sah ich die berüchtigte Strafanstalt zum erstenmal. Obwohl ich dort mehr als ein Jahr verbringen mußte, habe ich niemals den Korridor vor meiner Zelle gesehen, kannte die verschiedenen Gittertore nur dem Klang nach: Aufkreischen, Rasseln und Zukrachen. Denn ich wurde mit verbundenen Augen eingeliefert, mit verbundenen Augen zu den Verhören abgeführt, mit verbundenen Augen zur wöchentlichen Dusche und zum Zahnarzt eskortiert. Mit verbundenen Augen wurde ich auch entlassen. Nur mit Hilfe eines kleinen Tricks sah ich manchmal einen winzigen Teil meiner Mitgefangenen. Wenn ich mit verbundenen Augen in den Aufzug geschoben wurde, um in irgendein oberes Stockwerk zum Verhör gebracht zu werden, senkte ich den Kopf und konnte, weil das Handtuch über meinen Augen auch über die Nase gezogen war und dort ein wenig abstand, die nackten Fersen der Häftlinge rings um mich für die Dauer des Aufzugstransportes betrachten. Rauhe Fersen der schon länger Einsitzenden, starke männliche und dünne, gebrechlich anmutende Frauenfersen. Mehr nicht. Das war mein einziger Kontakt mit Mitmenschen. Aufseher und Untersuchungsbeamte gehörten einer anderen Kategorie an.

Und nun saß ich bei mir zu Hause, auf den Polstern meiner Couch, mein Herz flatterte, und meine Augen standen weit offen. Erst jetzt lernte ich die Rundgänge und Gitter und Gatter in Ruzyně kennen, die Außenseiten der mit Metall beschlagenen Zellentüren, den ganzen unmenschlichen Mechanismus des Zuchthausbetriebes. So also sah es dort aus. Merkwürdig, ich hatte mir doch wirklich die ganze Zeit nicht vorgestellt, in einem klassischen Zuchthaus zu sitzen, in solch einem Unding, wie man es normalerweise nur aus Filmen kennt. So ahnungslos oder naiv war ich damals.

Ab und zu wandte ich den Kopf vom Bildschirm, blickte mich in meinem Zimmer um, wurde mir der Absurdität meiner Konfrontation mit dieser vorgetäuschten Wirklichkeit bewußt, die meine steinharte Wirklichkeit gewesen war.

Als der erste Teil des Films zu Ende ging und das Programm gewechselt wurde, schaltete ich das Gerät ab. Das Zimmer war still, unten fuhr eine Straßenbahn am Haus vorbei, jemand lachte, aus der Nebenwohnung klang Rockmusik zu mir herüber. In meinem Kopf wollten die Ruzyněgeräusche nicht zur Ruhe kommen. Ich saß im warmen Schein meiner Stehlampe und vermeinte, das kalte Licht der nackten Glühbirne gegenüber der Pritsche, auf der ich gelegen bin, auf meinem Gesicht zu spüren. Die ganze Nacht dieses kalte Licht. Da zerteilte plötzlich wie ein aufblitzender Strahl ein Gedanke den Tumult in meinem Inneren. Allerhand in dem Film war doch schon anders, fiel mir ein, keine verbundenen Augen, Besuche von Angehörigen, Verteidiger, eine Frauen- und eine Männerabteilung ... Na und? fragte ich mich selbst. Entscheidend ist doch das Gefangensein, der Freiheitsentzug, vor allem Unschuldiger, das weißt du doch. Ja, das wußte ich.

Schließlich rappelte ich mich auf, holte aus meinem Schallplattenvorrat die »Kleine Nachtmusik« hervor und ließ mir von Nachbar Mozart die Seele streicheln.

Mit meiner Prager Wohnung, mit meinem Zuhause, in dem ich mich endlich geborgen fühle, ist untrennbar auch ein Morgen verknüpft, an dem mich nach Jahren wieder einmal grausiges Erschrecken heimsuchte.

Am Abend zuvor hatte ich erst spät das Licht gelöscht und schlief fest. Da schrillte das Telefon. Ich konnte nicht gleich wach werden; es schrillte anhaltend. Endlich durchzuckte es mich: Das Telefon! Zu so ungewöhnlicher Stunde! Ich rannte bloßfüßig zum Apparat. Ein Freund rief mir ein paar verrückte Worte zu. Die kühle Nachtluft erbebte. Ich legte mechanisch auf. Hob mechanisch wieder den Hörer, wählte mit zitternder Hand eine Nummer. Rief Freunden ein paar verrückte Worte zu. Dann lief ich auf den Balkon. Der Himmel war schwarz, aber voll roter Augen. Der Himmel dröhnte. Ein Mann rannte durch die leere Straße und schrie etwas. Hinter den Fenstern der schlafenden Häuser ging jäh das Licht an. Der Mann schrie: Wacht auf, Leute, sie besetzen uns! Es waren die frühen Morgenstunden des 21. August 1968. Das Telefon klingelte. Ich sagte: Ja, ja, ich weiß schon. Als ich auf den Balkon zurückkehrte, wurde der Himmel allmählich blasser. Riesige schwarze Vögel mit roten Augen zogen noch immer bedrohlich krachend über den Himmel.

Wenn ich die Augen schließe, sehe ich noch heute dieses Bild.

Kurz vor sechs Uhr früh trat ich an jenem Morgen auf die Straße. Fast jeder Mensch hatte ein Transistorgerät im Arm, am Ohr. Man wartete noch auf die Straßenbahn, aber die kam nicht mehr. Ruhe, flehte eine vertraute Stimme im Transistorgerät, Freunde, bewahrt um jeden Preis Ruhe. Ich hielt ein Auto an. Der Mann am Steuer öffnete bereitwillig die Wagentür. Als wir losfuhren, sagte er tonlos: Wir sind ein kleines Land. Auf dem Klárov-Platz blieb er stehen, konnte nicht weiterfahren. Auf dem Rasen zwischen der alten Trauerweide und den Sträuchern mit den korallenroten Beeren stand in dieser frühen Stunde ein Monument. Zumindest hatte ich das, was da vor meinen Augen aufgepflanzt war, den metallenen Koloß und die reglose Gestalt im langen Mantel und mit einer Maschinenpistole vor der Brust, bislang in unseren Städten und auf unseren Plätzen nur als Monument gesehen. Ein Soldat der Befreiungsarmee. Aber jetzt? Dieser hier war doch lebendig und ...

Wenn ich die Augen schließe, sehe ich sie wieder, diese reglose Gestalt.

Dann vergingen einige Tage oder tausend Jahre. Jemand sagte damals von den Pragern, sie gingen an dem bedrohlichsten Kriegsgerät wie an Bäumen vorbei. Wie an Bäumen, mag sein. Wenn die Luft von kurzen Stößen flimmerte, hoben sie die Köpfe, setzten ihren Weg fort oder begaben sich ruhig in den Schutz des nächsten Hauses. Viele Prager Häuser zeigten seither jahrelang kleine runde Einschußwunden.

Auf dem Altstädter Ring hatte jemand dem steinernen Magister Jan Hus inmitten des eingebrochenen Rüstungsarsenals barmherzig die Augen verbunden. Beim Grabmal des Unbekannten Soldaten standen viele Gläser mit frischen Blumen. Jemand wies mit der Hand auf den Torso des Altstädter Rathauses und sagte: Vor dreiundzwanzig Jahren zerschossen. Im Krieg und vom Feind. Irgendwo in der Nähe grollte es in der Luft. Am Gittertor zum Alten

Jüdischen Friedhof war ein graues Pappschild befestigt mit der Aufschrift: Sie schweigen. Sie wissen das Ihre.

In der Straße, in der ich bis heute wohne, waren die Bordsteine wie von gigantischen Drachenzähnen zerklüftet. Dort waren die Panzer der »Bruderarmeen« durchgekommen. Über den Haustoren und an den Straßenecken gab es tagelang blinde Stellen. Die Hausnummern und Straßenschilder fehlten. Die Eindringlinge sollten ihren Weg nicht finden. Irgendwie hatte ich das Gefühl, der Schmerz, der wie ein Stein in mir lag, habe auch die Schienenstränge der Straßenbahn verbogen und vielleicht auch die fürchterlichen braunroten Flecken verursacht, die selbst mehrfache Regenschauer nicht von den Pflastersteinen spülten. Wie konnte all das bloß geschehen?

Als ich am ersten Tag der Niederwalzung des Prager Frühlings am Abend nach Hause kam, war an unserer Wohnungstür ein neues Namensschild festgemacht. Dubček stand darauf in dicken schwarzen Lettern. Ich blickte mich um, sah an der Tür bei meinen Nachbarn denselben Namen. Ein junges Mädchen hatte in unserem Haus von unten bis oben an allen Wohnungen diese Namensänderung vorgenommen. Niemand hatte dagegen protestiert, obwohl die Wohnungsinhaber sehr unterschiedlicher Anschauung waren. Aber in jenen Tagen war das überfallene Volk einmütig.

Es sind recht verschiedenartige Erlebnisse, die sich mit mir in meinen Prager vier Wänden angesiedelt haben und manchmal eindringlicher, manchmal eher flüchtig auf mich einwirken. Zu ihnen zählt auch die Abendstunde, da ich mit meinem Mann gespannt und atemlos auf dem Bildschirm die ersten Menschen über die holprige Oberfläche des Mondes halb schweben, halb stapfen sah. Plötzlich sagte Balk: »Schau mal schnell aus dem Fenster.« Ich blickte hin, und hinter der Glasscheibe stand auf dem dunklen Nachthimmel über den Häusern von Prag mild glänzend der runde goldgelbe Mond.

»Dort wandern in diesem Augenblick zwei Menschen«,

mein Mann flüsterte in seiner Erregtheit, »und wir sitzen gemütlich zu Hause und sehen ihnen dabei zu.«

Diese Mondwanderung im Rahmen meiner Prager Wohnung in loser Nachbarschaft mit der einstigen Residenz von Wolfgang Amadeus Mozart hat in mir auf einmal einen frühen Jugendtraum wiedererweckt. Der war freilich, wie das bei jungen Leuten natürlich ist, nicht der Vergangenheit, sondern der Zukunft zugewandt. Als es noch völlig phantastisch und verrückt schien, hatte ich den immer wieder aufkommenden Wunsch, eines Tages mögen Besucher von einem anderen Planeten auf unserer Erde landen, und ich könnte sie sehen, mich am Ende sogar mit ihnen verständigen. Ich malte mir das wie ein lebendig gewordenes Märchen aus, ohne eine Spur von Angst, diese fremdartigen Lebewesen von anderswo könnten uns Menschen ein Leid antun.

Inzwischen erwägen Wissenschaftler durchaus sachlich die Möglichkeit einer annähernden Verwirklichung meiner kindlichen Utopie. Was sie nicht wissen, ist, daß ich mich jetzt in meinen reifen Jahren manchmal, wenn es hier auf Erden allzu wüst zugeht, wenn sich Menschen Untaten zuschulden kommen lassen, die bislang unvorstellbar waren und mit unserem Verstand nicht zu begreifen sind, daß ich in solchen Stunden erneut hoffe, von irgendwo könnten Lebewesen auftauchen, die klüger und wissender und also besser sind, als es unsere Menschengattung fertigbrachte.

In Prag kann man noch immer mit offenen Augen träumen.

Seit vielen Jahren wohne ich nun schon allein in der Wohnung in der Nähe von Mozarts Bertramka und gegenüber dem kleinen Klamovka-Park, in dem Egon Erwin Kisch das damalige Tanzlokal von Dienstmädchen und Soldaten frequentierte und – wie denn auch nicht – mit Lust, Phantasie und Kenntnis darüber berichtete. Ein Bierlokal gibt es dort weiterhin. Jetzt sind seine Gäste vornehmlich junge Leute, die neben einigen bierseligen Košířer Stammgästen auch den Sportplatz vor dem Gebäude benützen.

Die älteren Herrschaften aus den umliegenden Straßen wandeln in regelmäßigen Stunden mit ihren vierbeinigen Hausgenossen, Hunden und Hündchen edler und augenfällig unedler Rasse an den Rasenflächen entlang, bleiben wiederholt stehen, besprechen die jeweils aktuelle politische Lage, wüßten, wenn man sie nur befragen wollte, für alle Probleme die richtige Lösung.

Es ist mir schon mehrmals passiert, daß ich, um schnell einmal ein bißchen Luft zu schnappen, gerade zu solch einer Stunde durch die Klamovka gelaufen bin. Die Blicke, mit denen ich dabei traktiert wurde, waren keineswegs sehr freundlich oder entgegenkommend. Rennt da eine wie verrückt an uns vorbei, macht unsere Lieblinge nervös und hat selbst keinen Hund dabei! Ein Benehmen haben die Menschen von heute ...

All das, die Klamovka und die Nachbarschaft mit Wolfgang Amadeus Mozart, die lärmende Straße unter meinen Fenstern und der Blick über die Dächer hinweg auf die wechselnden Farbschattierungen naher und ferner Baumkronen, die der Großstadtverunreinigung trotzig standhalten, das Wissen um die Nähe der Burg auf dem Hradschin und der Altstadt mit dem Alten Jüdischen Friedhof und der kurzen, mir so vertrauten Melantrichgasse – all das ist mein wirkliches Zuhause. Das ändert nichts an meiner selbstverständlichen Verbundenheit mit der großen Welt und den Menschen, die überall leben. Ich hatte und habe immer noch das Glück, andere Länder, andere Städte und ihre Bürger kennenzulernen, und genieße die Freude gegenseitigen Verständnisses mit ihnen. An verschiedenen Orten unseres Erdballs kann ich mich wohlfühlen und habe das auch wiederholt ausprobiert. Aber zu Hause, das weiß ich verläßlich, richtig zu Hause bin ich in Prag.

Wenn ich jetzt neben dir hocken würde, Virginia, um dir das alles zu erzählen, würdest du mir zuhören, mir glauben und versuchen, mich zu verstehen, oder würdest du gelangweilt, sogar angewidert den Kopf wegwenden? Aber es könnte doch auch geschehen, daß du mir zuhörst, daß du staunst über diese Begebenheiten vom anderen Ufer des Lebens. Vielleicht würde ein Fünkchen in dir aufglühen, Virginia, Unruhe, Neugierde, Sehnsucht nach bisher Unbekanntem, was weiß ich. Vielleicht gar die erste zaghafte Willensbewegung, das trostlose Herumsitzen auf dem Treppenabsatz vor der Royal Festival Hall nicht weiter als unabänderlich hinzunehmen, sich nach einer Änderung umzusehen.

Mit solch einer unwahrscheinlichen Vorstellung machte ich mich an einem regennassen, windigen Londoner Morgen entschlossen auf den Weg. Heute werde ich sie ansprechen, meine Virginia, vielleicht wird es mir gelingen, sie zu einer Tasse Tee in der Festival-Cafeteria einzuladen, bei diesem Wetter auch für mich eine verlockende Aussicht. Der Mann, der mir auf der Waterloo-Brücke die Obdachlosenzeitschrift »Issue« verkauft hat, sagte ja auch, man müsse diesen Menschen oft einen ersten Anstoß geben, bei ihm selbst habe das so funktioniert. Die meisten von ihnen könnten irgendwie untergebracht und halbwegs versorgt werden, behauptete er, falls sie es allerdings selbst so wünschten. Gerade das wollte ich heute mit Virginia versuchen.

Es nieselte, und von der Themse blies ein kalter Wind. A cup of tea, freute ich mich, ein heißer Tee, das ist heute das richtige. Ich beschleunigte meinen Schritt, rannte ein bißchen und erreichte atemlos den feuchten Treppenabsatz. Virginia war nicht da. Auch nicht am nächsten und übernächsten Tag. Ich habe sie nie wiedergesehen.

Mein Hausengel

Ich habe einen Hausengel. Ein Schutzengel ist etwas anderes, der ist das gütige Wesen in wallendem Gewand, das ein kleines Geschwisterpaar über einen schmalen Steg hoch über einem wilden Sturzbach sicher ans andere Ufer geleitet. Mein Hausengel würde anders vorgehen. Der würde mich dazu ermuntern, einen gewagten Schritt erst einmal selbst zu versuchen, den unsichtbaren Stier an den Hörnern zu fassen, der Gefahr nicht auszuweichen. Er ähnelt auch nicht den lieblichen Gestalten von Botticellis Bildern oder den pausbäckigen Engelchen mit lockigen Köpfchen auf Glückwunschkarten und in Bilderbüchern. Mein Hausengel zeigt sich übrigens eher selten, aber er ist da, wenn er merkt, daß er gebraucht wird. Fast immer ist er in solchen Augenblicken spürbar zugegen. Schlimm wird es, wenn ihm das von irgendeiner einfältigen Übermacht verweigert wird. Auch das hat es schon gegeben.

Es ist wohl kein Zufall, daß mir in diesem Zusammenhang immer wieder eine kleine Begebenheit in den Sinn kommt, die, so unbedeutend sie war, unverlöschlich in meinem Gedächtnis haftenblieb und sich bei verschiedenen Gelegenheiten gern in Erinnerung bringt.

Vor vielen Jahren, als man im böhmischen Karlsbad noch orthodoxen jüdischen Kurgästen, vornehmlich aus Polen, begegnen konnte, fiel mir eines Tages auf einem der Parkwege, wo in noch früheren Jahren Johann Wolfgang Goethe, Karl Marx, Zaren, Kaiser und Sultane mit einem Trunk aus den Heilquellen ihre Gesundheit stärkten, ein Junge in einem streng schwarzen Mäntelchen auf, der bewegungslos dastand und gespannt vor sich auf den mit Kies bestreuten Weg blickte. Es war ein milder Herbsttag, ringsum glühten die Berghänge in bunter Septemberpracht, auf dem blaßblauen Himmel jagten einander Wolkenballons. Vor den klobig beschuhten Füßen des Jungen tanzten Sonnenkringel über den Sand, wurden von eiligen Schatten überdeckt, kamen aufstrahlend erneut zum Vorschein. Der Knabe hob den Blick nicht, wiegte seinen Kopf mit dem steifen schwarzen Hut, unter dem zwei kurze Schläfenlocken hervorlugten, sacht von einer Seite zur anderen und murmelte verblüfft:

»Nie gesehen im Leben, einmal licht, einmal dunkel.«

Nie gesehen? Einmal licht, einmal dunkel. Aber das kennen wir doch alle, solche Augenblicke gibt es in jedem Leben. Die einen möchte man festhalten, die anderen tunlichst schnell vergessen. Ich weiß nicht, weiß zum Glück nicht, ob der kleine Junge, der damals in Karlsbad erstaunt die Bewegtheit der Natur wahrnahm, jemals groß geworden ist. Ich weiß nicht, ob ihm das vergönnt war oder ob in späteren Jahren ein lückenlos dunkler Tag für ihn angebrochen ist, an dem ihm kein Engel beistand. Kein Schutzengel und auch kein Hausengel.

Letztere hat es damals allem Anschein nach noch gar nicht gegeben. Ein Hausengel wird einem nämlich nicht von einer himmlischen Obrigkeit zugeteilt, den muß man aus eigener Kraft mitschaffen. Sie darf einem allerdings nicht gewaltsam geraubt werden, damit man durchhalten kann, wenn es im Leben so kommt: Einmal licht, einmal dunkel.

Es ist noch gar nicht so lange her, daß mir eines Tages ganz unverhofft, ungewollt und richtig vergnügt bewußt wurde, daß ich solch einen Hausengel habe. Ich kann ihn weder sehen noch hören, ich merke ihn nur: Jetzt ist er da! Etwa an einem Morgen, an dem die Welt wie vernagelt zu sein scheint, hinter einer Wand mit vielen garstigen Nägeln. Auch der anbrechende Tag erweist sich als nicht gerade vielversprechend. Und da entzündet sich plötzlich tief im Innern des zögernden Menschen ein Fünkchen. Springt in den Kopf über, lockert das verworrene Gedankenknäuel, bahnt erst zaghaft, dann immer beherzter einem Entschluß den Weg. Dabei ist dann schon der Hausengel im Spiel. Unsichtbar, unfaßbar, jedoch nicht zu überhören: Tu etwas, flüstert er einem ein, warte nicht länger, wage den ersten Schritt.

Manchmal kann es dabei um ganz banale Dinge gehen. Etwa um die Unlust, ein lästiges, möglicherweise sogar unangenehmes Telefongespräch zu erledigen. Los, drängt der Hausengel dann, mach schon, bring es hinter dich. Und wenn man tut, was er empfiehlt, wenn dann die ganze Sache gar nicht so schlimm war, möchte man ihm gern danken. Aber wo steckt er denn? Zwischen den Pflanzen auf dem vollbesetzten Blumentischchen? An der Wand hinter dem Rahmen von Mirós farbenfreudiger Phantasie oder gar zwischen dem Stoß unerledigter Korrespondenz auf dem Schreibtisch?

Alles falsch. Mein Hausengel steckt in mir, ist mein Unruhegeist und der geduldige Zubringer guten Mutes. Auch in Lagen, die weder banal und schon gar nicht hoffnungsvoll sind.

Einmal licht, einmal dunkel. Wie schön wäre es, wenn es dafür ein Gleichgewicht gäbe!

Bei solchen Überlegungen kommen mir in letzter Zeit immer wieder Begebenheiten in den Sinn, die ich vor Jahren festgehalten habe, wahrscheinlich noch ohne das Beisein eines Hausengels oder ohne zu verstehen, daß es in uns so etwas gibt. Sie kommen stets von neuem in mir auf, weil sie Wendepunkte im Leben beinhalten, die nicht von außen, sondern mit Hilfe anderer Menschen aus ihrer inneren Tiefe entstanden sind. Also doch unter Mitwirkung von Hausengeln? Einer dieser Geschichten gab ich den Titel:

Die Schiffskarte

Draußen pfiff der Wind. Die Uhr auf dem Turm der nahen Kirche schlug siebenmal an. Ein neuer Tag begann. Aber der Mann in dem häßlichen Zimmer hatte keine Lust, die Augen zu öffnen. Er würde ja doch nur das angeschlagene Waschbecken mit dem gelblichen Boden sehen, den wackligen Schrank, der nur mit Hilfe einer Schnur zu schließen war, den Tisch mit den widerwärtigen Resten des gestrigen Abendbrotes, die unordentlich verstreuten Kleidungsstücke und den Koffer aus längst vergangenen Zeiten. Grand Hotel Pupp, Karlsbad, La belle Marquise, Bruxelles. Wahrlich, hier gab es keine belle, hier gab es überhaupt nichts Schönes zu sehen. Keine Marquise, keine Kurpromenade, nur die blaue Tapete mit den dicken roten Rosen ringsum.

Aufstehen oder nicht aufstehen, das ist die Frage.

Der Mann in dem häßlichen Zimmer wickelte sich noch etwas fester in die dünne Decke. Er versuchte jedoch nicht mehr einzuschlafen, kannte er doch solche vergeblichen Bemühungen nur allzugut. An diesem Morgen flackerte zudem ganz überraschend eine wärmende Erinnerung in ihm auf. Was war das nur gestern?

Unten am Meer ging die Sonne auf. Auch hinter seinen geschlossenen Augenlidern fühlte der Mann, wie sich das Rechteck des Fensters erhellte. Zwei Sonnenstrahlen werden jetzt auf den Fußboden fallen, auf der blauen Tapete über die dicken Rosen streichen, auf dem Rand des Wasserglases entlanglaufen und dann zu ihm herüberspringen. Zuerst auf die Messingkugel am Bettrand zu seinen Füßen, dann werden sie vorsichtig bis zu seinem unrasierten Kinn heraufklettern.

Er streckte sich. Was bleibt einem übrig, aufstehen muß man, auch wenn das Leben noch so unerfreulich ist. Aufstehen, um sich von neuem in das sinnlose Karussell der Marseiller Hysterie am Ende des Jahres 1941 zu stürzen.

»Verzeihen Sie, ich bin Dr. Michal Racek aus Brünn. Ich besitze ein Visum für die USA. Man hat mir dort auch eine Schiffskarte gekauft. Ist sie bereits eingetroffen?«

»Ich sagte Ihnen doch schon gestern, für Sie ist noch nichts da. Es ist ganz überflüssig, daß Sie jeden Tag vorbeikommen.«

»Verzeihen Sie, ich bin Dr. Michal Racek aus Brünn. Ich besitze ein Visum für die USA, aber meine Schiffskarte ist noch nicht bei der American Express Company eingetroffen. Deshalb sehe ich mich gezwungen, Sie nochmals um eine gewisse Unterstützung anzusuchen.«

»Schon wieder, Herr Doktor? Das wird nicht einfach sein. Sie müssen verstehen, daß Sie leider nicht der einzige Tschechoslowake sind, den wir unterstützen müssen.«

»Verzeihen Sie, ich bin Dr. Michal Racek aus Brünn. Ich habe ein Visum für die USA, aber meine Schiffskarte ist noch nicht eingetroffen. Das Tschechoslowakische Hilfszentrum hat mir deshalb eine finanzielle Unterstützung gewährt. Könnten Sie mir freundlicherweise die Aufenthaltsbewilligung noch um einige Tage verlängern?«

»Sehen Sie zu, so bald als möglich von hier fortzukommen. Andernfalls wären wir leider gezwungen, Ihnen einen Aufenthaltsort außerhalb von Marseille zuzuweisen.«

»Verzeihen Sie, ich bin Dr. Michal Racek aus Brünn ... Verzeihen Sie, daß ich überhaupt auf der Welt bin ... Verzeihen Sie ...«

Und wozu das alles? Wem liegt denn daran, ob ein gewisser Dr. Michal Racek aus Brünn, einst ein perspektiver Internist, Spezialist für Magenerkrankungen, überhaupt existiert? Wozu all die Mühe? Gewiß, er will nach Amerika auswandern, weil er es in der besetzten Heimat nicht aushalten konnte und weil ihn auch in Frankreich die braune Flut einholte, derentwegen er Brünn verlassen hat. Sein

Bruder hat ihm ein Visum beschafft, sein Bruder zahlt auch die Überfahrt, und die Schwägerin verübelt ihm das wahrscheinlich, weil sie natürlich annimmt, daß er ihnen das Geld niemals zurückerstatten wird. Von Martha hat er sich schon längst getrennt, das ist endgültig vorbei. Warum also, warum zum Teufel, liegt ihm so daran, aus Europa wegzukommen, sich nicht vom Krieg zerstampfen zu lassen?

Im Nebenzimmer plätscherte Wasser. Er hörte zwei bekannte Stimmen. Eine männliche und eine etwas verschreckte weibliche. Was sie einander sagten, konnte er nicht verstehen, wußte aber auch so, worüber sie sprachen. Der Mann war ein jüdischer Schauspieler aus Deutschland, seine Frau stand früher einmal gleichfalls auf der Bühne. Auch sie besaßen Visa für die USA und warteten auf das Eintreffen ihrer Schiffskarten. Inzwischen war der Mann in Les Milles interniert, einer Ziegelei in der Nähe von Marseille, und seine Frau im Hotel Bompard, das aber kein Hotel, sondern ein Interimsgefängnis der Polizeipräfektur für Ausländerinnen war. Ab und zu gestattete man dem Ehepaar großzügig, eine Nacht gemeinsam zu verbringen. Dann wurden die beiden für einige Stunden die Nachbarn Raceks. Jedesmal tröstete der Mann am Morgen seine verzagte Frau, daß es so nicht mehr lange dauern würde, daß sie wieder zusammen leben, daß sie gemeinsam ein neues Leben beginnen würden.

Einige Wochen lang kannte Michal Racek nur ihre Stimmen aus dem Nebenzimmer, bis er ihnen eines Tages im Korridor des Hotels begegnete: dem unansehnlichen mageren Mann und der zarten Frau. Ein älteres Ehepaar. Man stellte sich gegenseitig vor, und seither wechselten sie bei jeder Begegnung stets ein paar Worte. Vielleicht waren auch diese beiden Menschen mit ihrer Hoffnung schuld daran, daß er bis zum Verrücktwerden um seine Schiffskarte kämpfte. Nur weg von hier, je weiter, desto besser. Neu beginnen, ganz neu und vom Anfang an ...

Endlich öffnete er die Augen. Und wieder: Was war gestern eigentlich vorgefallen? Was wärmte ihn bis jetzt, beinahe wie die Erinnerung an einen unerwarteten Glücksfall. In Marseille und in diesen Tagen?

Er sprang aus dem Bett und lief zum Fenster. Draußen war es kalt, deshalb schloß er es schnell wieder. Aus dem Spiegel über dem angeschlagenen Waschbecken blickte ihn das unrasierte Gesicht eines Mannes an, weder alt noch jung, eines Menschen, der schon lange nicht gelacht hat und in dessen Augen sich tiefgehende Erlebnisse widerspiegelten.

Da hatte es einen verregneten Morgen gegeben, und am Eingang zur Fakultät standen Männer in den Braunhemden der SA. Hinter ihnen war eine leere Pförtnerloge und ein leerer Korridor mit einem Anschlag auf dem schwarzen Brett, den niemand mehr las.

Dann folgten einsame Wochen in Paris. Er mied alle Menschen. Die Emigrationsgeschäftigkeit war ihm zuwider. Manchmal hätte er vor Einsamkeit schreien können; die fremde Stadt verwirrte ihn, und er wußte nicht ein noch aus.

Ein Brief aus Brünn teilte ihm mit, daß neben anderen Universitätsprofessoren auch sein Vater verhaftet wurde. Kurz darauf traf eine Postkarte mit der Nachricht ein, daß seine Mutter diesen Schlag nicht überlebt hat. Und dann nichts mehr. Brünn hörte auf, der Ort zu sein, in dem er studierte, wo er Martha hatte, die Stadt, in der er seinen »ersten Magen« operierte. Brünn war nur mehr eine nähere Bezeichnung in Zeitungsnachrichten: »Im Kounic-Studentenheim in Brünn ... Inhaftiert auf dem Brünner Spielberg ...«

Der Krieg brach aus – und er war allein. Es gab Nächte ohne Licht in einer fremden Stadt und in Kellern fremder Häuser. »Melden Sie sich bei der Polizei!« – »Ich bin Dr. Michal Racek aus Brünn ...« – »Warum sind Sie noch nicht in der Armee?« – »Ich wollte ...«

Damals hat es begonnen.

Was wollte er eigentlich? Warum ist er aus Paris geflohen, warum hat er sich in den Gräben der Landstraßen versteckt, als Flieger der Wehrmacht das Bombardieren lebendiger Ziele übten? Warum konnte er, ein Arzt, die Erinnerung an jene Frau in der Nähe von Bordeaux nicht loswerden, die vielleicht einmal schön war und jetzt – er mußte immer wieder daran denken.

Schließlich landete er in Marseille. Hier konnte er den Menschen nicht mehr ausweichen. Er stand unter ihnen Schlange vor dem Konsulat, vor der Polizeipräfektur, vor der Schiffahrtsgesellschaft, überall. Er war fremd unter ihnen und doch genauso wie sie; von Angst besessen, in eine Falle geraten zu sein.

Nur weg von hier. Deshalb rasierte und wusch er sich, zog sich an, frühstückte, aß mittags und abends. Deshalb ließ er sich stets von neuem abfertigen, hinauswerfen und im besten Fall auf einen unbestimmten anderen Tag vertrösten.

Als er auf die Straße trat, schlug ihm derselbe üble Geruch entgegen wie jeden Morgen. Am Rande des Gehsteigs hockte ein rostbrauner Kater mit einem weißen Ohr. Vielleicht fischte er hier wie die Katze, nach der eine Pariser Gasse benannt war. Als sich ihm Dr. Racek näherte, sprang er auf und lief ihm lautlos entgegen. Michal bückte sich, um ihn zu streicheln. Kaum berührte seine Hand den warmen, seidenweichen Rücken des Tieres, fiel ihm plötzlich ganz deutlich ein, was gestern gewesen war.

Eine fröstelnd zusammengekauerte Mädchengestalt. Ein schäbiger brauner Mantel und braune Halbschuhe mit abgetretenen flachen Absätzen. Eine der kläglichen Erscheinungen, denen man in Marseille so häufig begegnen konnte. Aber dieses Mädchen hatte etwas Besonderes, fast Aufrührerisches an sich. So stand sonst niemand in dem dunklen Vorzimmer des Tschechoslowakischen Hilfszentrums. Hier duckten sich die Menschen unwillkürlich, als ob sie das schlechte Gewissen plagte, im nächsten Augenblick belästigen, drängen, auf die Nerven gehen zu müssen.

Nur diese eine stand ruhig da, sogar mit erhobenem Kopf.

Dr. Racek kam hinter den aufrechten Mädchenrücken im braunen Mantel zu stehen und konnte seine Augen nicht von ihm abwenden. Vielleicht spürte es das Mädchen. Auf einmal drehte es sich heftig um. Graue Augen in einem schmalen Gesicht. Ein zuerst ablehnender, beinahe ärgerlicher Blick. Doch mit einemmal wich die Härte, und die kleine Person betrachtete ihn eher forschend. Dann blitzte es in den grauen Augen auf, als ob sie in dem düsteren Wartezimmer einen Lichtstrahl aufgefangen hätten. Sie lachten ihn sogar an, und der breite weiche Mund half ihnen dabei.

In diesem Augenblick drang wirklich ein Streifen Licht in den Raum. Der Zahnarzt des Hilfszentrums hatte die Tür seiner Ordination geöffnet: »Der nächste, bitte!« Das Mädchen im braunen Mantel schritt schnell aus. In der Tür wandte es sich um: »Auf Wiedersehen!«

Das war alles. Aber Dr. Michal Racek konnte es nicht vergessen. Nach langen Monaten starrköpfiger Einsamkeit sah er heute zum erstenmal die Menschen auf der Straße. Verblüfft stellte er fest, daß junge Mädchen unbekümmert lachten, daß in Kinderwagen winzige, vielleicht eben erst geborene Geschöpfe sorglos schlummerten, daß in den Cafés Menschen saßen, die sich immer noch einen vormittäglichen Aperitif leisten konnten. Immer noch, durchaus wie immer.

Das alles sah er und sah es zugleich auch nicht. Seine Augen glitten ungeduldig über die Reihen der runden Tischchen und geflochtenen Stühle auf den Gehsteigen vor den Cafés und zwängten sich erwartungsvoll in das dichte Gedränge der Menschen auf den Straßen. Sie übersahen die spähenden Blicke der Polizeispitzel, die überall in der übervölkerten Stadt umherstrichen, wichen gereizt jeder Uniform aus, überflogen mechanisch die Schlagzeilen auf den ersten Seiten der feilgebotenen Zeitungen und suchten, suchten.

Die Büros der Schiffahrtsgesellschaft befanden sich auf der Cannebière, der Hauptstraße von Marseille, an ihrem unteren Ende, von wo aus schon das Meer zu sehen war. Allerdings nur ein schmutziger Zipfel davon, der von der hohen Eisenkonstruktion des Frachtentransporteurs und dem ganzen geräuschvollen alten Hafenviertel zusammengeschnürt wurde. Aber nur ein kleines Stück weiter draußen umspülten die Meereswellen bereits die felsige Insel Château d'If, wo einst der Graf von Monte Christo gefangen war. Und noch etwas weiter war die See bereits ganz ungefesselt und frei. Heute bleigrau und unheilvoll, morgen vielleicht schon wieder blau, als ob der Himmel der Erde zu Füßen gefallen wäre.

Ein Emigrantenfrühstück setzte sich manchmal aus einer Tasse tintenschwarzen Ersatzkaffees und einer Scheibe grauen Brotes zusammen. Manchmal nur aus diesem Stück Brot und ein andermal wieder nur aus dem heißen Getränk. Dr. Racek vergönnte sich an diesem Morgen beides. Er hatte das völlig unbegründete Gefühl, daß ein ganz ungewöhnlicher Tag angebrochen war, und versuchte, diese Vorahnung in das konkrete Gewand konkreter Möglichkeiten zu kleiden. Ganz sicher liegt im Hilfszentrum ein Brief für ihn. Er belastete sich nicht mit der Erwägung, wer ihm plötzlich geschrieben haben sollte. Es ist nicht ausgeschlossen, daß dort ein Brief für ihn liegt, das genügt. Oder man wird ihm auf einmal die Unterstützung für die nächsten vier Wochen auszahlen und dabei sagen: »So, Herr Doktor, jetzt haben Sie einen Monat Ruhe. Sollten Sie früher abreisen, rechnen Sie bitte bei uns ab!« Es kann jedoch auch etwas ganz anderes geschehen. Er wird das Büro der Schiffahrtsgesellschaft betreten und geradezu herzlich begrüßt werden: »Gut, daß Sie kommen, Herr Doktor. Wir haben für Sie schon alles vorbereitet, seien Sie nur so freundlich, und bestätigen Sie uns hier den Empfang des Tickets. Sie fahren am nächsten Mittwoch, stellen Sie sich bitte rechtzeitig im Hafen ein.«

Wohin sollte er sich an diesem außergewöhnlichen Morgen zuerst wenden? Er entschied sich für das Wichtigste und steuerte auf die Schiffahrtsgesellschaft zu.

Dort fand er heute eine verhältnismäßig kurze Menschenschlange vor. Der übliche Anblick: abgemagerte Männer, denen es gelungen war, unter dem Vorwand einer Ausreisemöglichkeit aus einem der französischen Internierungslager zu entkommen; jüdische Familien mit Kindern, die unablässig von ihren verschüchterten Eltern ermahnt wurden: »Sei still! Steh ordentlich! Du darfst den Herrn nicht anrempeln! Setzt euch schön in die Ecke!«

Als ob sie nicht schon in zu vielen Ecken gesessen hätten. Zuerst in Viehwagen, dann in dunklen Lagerbaracken und schließlich hier in den Nachtasylen und billigen schmutzigen Hotelzimmern des ersehnten Marseille. Vielleicht gab es unter ihnen den begabtesten Violinvirtuosen der Welt, vielleicht den künftigen Entdecker eines Heilmittels gegen Krebserkrankungen, vielleicht Filmschauspielerinnen von bezwingender Schönheit oder einfach Ehefrauen und Mütter mit goldenem Herzen. Es war ihnen nicht anzusehen, und niemand zerbrach sich darüber den Kopf. Sie waren jüdische Kinder, und in Marseille sagte man ihnen: »Seid froh, daß ihr nicht im Reich seid!« Und darum mußten sie still sein und dankbar und geduldig.

Dr. Racek reihte sich unter die Wartenden ein und versuchte abzuschätzen, wie lange er hier stehen würde, ehe die Reihe an ihn kam. Vor ihm waren zwei Männer, zwei Familien – das dauerte länger –, eine alte Frau, verlassen wie er, und etliche Spanienflüchtlinge. Das war anscheinend alles; vielleicht noch das Mädchen am Tisch in der Ecke.

Da durchzuckte es ihn wie ein elektrischer Schlag. Das gibt es nicht! Und doch. Dort in der Ecke stand das Mädchen im braunen Mantel.

Die Menschenschlange rückte ziemlich schnell vorwärts. Ein prüfender Blick des Fräuleins von der Schiffahrtsgesellschaft in die Verzeichnisse auf dem Pult vor ihm und ein kurzes: »Noch nichts. Der nächste, bitte!« nahm nicht viel Zeit in Anspruch.

»Der nächste, bitte! Treten Sie unaufgefordert vor!« Und im Rücken ein vorwurfsvolles: »Mensch, halten Sie uns nicht auf! Wir wollen auch an die Reihe kommen!«

»Dr. Michal Racek, Tschechoslowakei.«

»Raban, Rabinowitsch, Rádl. Noch nichts. Der nächste, bitte!«

Das Mädchen in der Ecke hatte sich inzwischen auf einen Stuhl fallen lassen. Was machte es dort? Auf wen wartete es?

»Guten Tag, Fräulein. Erkennen Sie Ihren Landsmann wieder?«

Sie blickte hoch, zögerte einen Augenblick, dann lachte sie ihn an. »Aber natürlich! Was haben Sie erreicht? Ist Ihre Schiffskarte angekommen?«

»Vorläufig noch nicht. Und Sie?«

»Ich?« Sie schüttelte den Kopf. »Auch noch nichts.«

»Und müssen Sie hier noch warten?«

An sich hatte er etwas ganz anderes sagen wollen. Eigentlich wollte er überhaupt nichts mehr sagen, und dabei brachte er nun dieses alberne Zeug hervor. Das Mädchen stand auf.

»Ich habe ein wenig in den Zeitschriften hier geblättert. Aber jetzt muß ich schon gehen. Auf Wiedersehen.«

Sie schritt eilig zur Tür. Diesmal wandte sie sich nicht um.

Drei Tage später begegnete er ihr von neuem. Sie wartete an der Endstation vor dem Theater auf die Straßenbahn. Weil es regnete, hatte sie den Mantelkragen hochgeschlagen. So sah sie ganz klein aus.

»Guten Tag«, sagte er leise und stellte sich neben sie.

Sie drehte sich um. Ihr Gesicht war naß. Sie erkannte ihn, das stand außer Zweifel, aber sie lachte ihn nicht an.

»Sie? Schon wieder?«

Es regnete. Alles war häßlich und grau.

»Wünschen Sie etwas?«

»Ich? Nein, wieso? Verzeihen Sie, ich wollte Sie nicht belästigen.«

Er machte kehrt und ging. Ein außergewöhnlicher Morgen ... Lächerlich! Es gab keine außergewöhnlichen Morgen. Es gab überhaupt nichts auf der Welt außer Regen und der Sinnlosigkeit des Lebens.

Verzeihen Sie, ich bin Dr. Michal Racek aus der Tschechoslowakei ... Auf dem Gehsteig war eine große Pfütze. Er wich ihr nicht aus. Warum auch?

»So. Jetzt habe ich auch noch nasse Füße. Besitzen Sie viele Schuhe, daß Sie mit ihnen so schonungslos umgehen können?«

Warum hatte sie die Haltestelle verlassen? Warum ging sie im Regen neben ihm?

»Hören Sie, ich wollte Sie nicht beleidigen. Sie haben mich ein bißchen überrascht, das ist alles. In dieser Stadt muß man vorsichtig sein. Aber wenn wir uns schon kennen, ich meine, wenn wir überall übereinander stolpern, muß es immer in einem Wartezimmer oder auf der Straße sein? Ich bin bis auf die Haut durchnäßt. Wollen wir nicht irgendwo etwas Warmes zu uns nehmen?«

»Ich möchte nicht, daß Sie ...«

»Lassen Sie das. In Marseille muß man auf seiner Hut sein, das wissen Sie wohl auch.«

Sie bogen um die Ecke und betraten ein kleines Café, in dem nur vier Tische standen. Er half ihr aus dem Mantel. Sie trug einen einfachen grauen Pullover, der für sie ein wenig zu groß war. Vielleicht war es ein Herrensweater. Er setzte sich ihr gegenüber und war so verwirrt, daß er kein Wort herausbrachte. Darum bestellte auch sie, als die Kellnerin an ihren Tisch kam:

»Zweimal Kaffee und Zwieback.«

»Zwieback?« stieß er erschrocken hervor. »Das geht nicht. Ich habe keine Brotmarken.«

»Macht nichts, Zwieback ist ›ohne‹ und hier sogar mit etwas Marmelade. Auch ›ohne‹. Ich kenne dieses Lokal.«

Eine Weile schwiegen sie beide. Das Mädchen betrachtete ihn mit seinen großen grauen Augen. In dem kleinen Café war es warm und still. Nur bei der glänzenden Espressomaschine stand ein Mann und unterhielt sich mit der jungen Kellnerin, die auf einem winzigen Kocher Wasser aufgestellt hatte. Wenn man doch ewig so dasitzen könnte!

»Verzeihen Sie«, sagte er plötzlich, »Dr. Michal Racek aus Brünn.«

»Freut mich sehr.« Ohne ihren Namen zu nennen, reichte sie ihm über den Tisch die Hand. »Sie sagen das, als würden Sie sich zu einer Sünde bekennen. Wahrscheinlich warten Sie hier, wie jeder in Marseille, auf Ihre Ausreise. Was ist Ihr Ziel, Herr Doktor?«

»Brünn. Das ist aber leider ausgeschlossen, und deshalb ist mir alles andere egal. Auch die USA. Und Sie?«

Er brachte es nicht fertig, sie mit »Fräulein« anzureden. Zu diesem Mädchen paßte das nicht recht. Sie war kein Fräulein, sie war ...

Michal Racek steckte sich mit zitternden Händen eine Zigarette an.

»Ich? Im Moment sieht es nach Lateinamerika aus. Ich habe aber keine besondere Lust dazu.«

Sie blickte auf seine unruhigen Hände und fügte fast mütterlich hinzu: »Und wie leben Sie hier? Sind Sie in Les Milles?«

»Ich bin in keinem Lager. Ich war überhaupt nicht interniert.«

Und dann zerbrach in ihm eine Barriere. Monatelang hatte er Menschen gescheut und war ihnen ausgewichen. Es hatte Augenblicke gegeben, da er sich auf den bombardierten Landstraßen im kopflosen Strom der Pariser Flüchtlinge absichtlich nicht deckte, weil er sterben wollte. Und nicht einmal das war ihm gelungen. Es hatte Tage gegeben, da er vom Morgen bis zum Abend und nochmals vom Morgen bis zum Abend mit niemandem ein einziges Wort gewechselt hatte. Noch schlimmer waren die Nächte, schwarze Schlünde der Verzweiflung, an deren Ende nur die Sackgasse eines weiteren sinnlosen Tages wartete.

Sie hörte ihm aufmerksam zu. Manchmal dachte er, sie werde ihn unterbrechen, aber das kam ihm wohl nur so vor. Als er endlich verstummte, sagte sie vorerst nichts. Erst nach einer Weile fragte sie:

»Warum erzählen Sie mir das alles? Warum gerade mir, Sie kennen mich doch gar nicht.«

»Warum? Weil Sie irgendwie anders sind, einem Menschen wie Sie bin ich in Marseille noch nicht begegnet.«

Sie strich eine widerspenstige Haarsträhne glatt und lachte in sein ratloses Gesicht.

»Nein? Na, vielleicht wirklich nicht.«

Über sich erzählte sie kaum etwas; nur daß sie einige Male verhaftet war und jetzt in Marseille lebte. Er erfuhr weder wo, noch mit wem. Sie sagte bloß: »... wir schlagen uns irgendwie durch« oder »... wenn man nicht allein ist, ist alles viel leichter«. Er wagte nicht zu fragen, was sie damit andeuten wollte, hatte eine unbestimmte Angst vor ihrer Antwort.

»Sie sollten etwas tun, Herr Doktor«, meinte sie abschließend. »Wenn ich so leben würde wie Sie, könnte ich es auch nicht aushalten.«

»Etwas tun?« Er starrte sie verblüfft an. »Hier und in dieser Lage? Was, um Himmels willen?«

Sie spielte mit dünnen, leicht gebräunten Fingern mit der Wachsleinwand, die den Tisch bedeckte. Dr. Racek überkam das Bedürfnis, die zarte und zugleich feste Hand anzufassen, sich an ihr festzuhalten. Aber er beherrschte sich. Auf keinen Fall wollte er das Mädchen erschrecken, wollte nichts verderben.

»Es hat aufgehört zu regnen«, bemerkte sie nach einem Blick aus dem Fenster, »höchste Zeit, daß ich gehe.«

Vor dem Café wollte sie sich von ihm verabschieden. »Ich wünsche Ihnen alles Gute und baldige Abfahrt, falls wir einander nicht mehr begegnen sollten.«

»Das kann doch nicht Ihr Ernst sein«, stieß er erschrocken hervor und faßte nun doch nach ihrer Hand. Sie fühlte, daß er zitterte. »Nur manchmal«, bat er, »nur wenn Sie wirklich nichts anderes zu tun haben. Ich werde ja ohnehin bald abfahren, gerade heute hat man mir angekündigt, daß meine Schiffskarte bereits jeden Tag da sein muß.«

Das war gelogen, weil er verhüten wollte, daß sie ihn in seine unerträgliche Einsamkeit zurückverbannte.

Er war außer sich vor Erregung, und so bemerkte er nicht, wie sich ihre Augen aus Mitgefühl verdunkelten.

»Also gut«, sagte sie weich, »vielleicht könnten wir ab und zu für eine Weile zusammenkommen. Sagen wir hier, bei Zwieback.«

Er holte tief Atem. Die Häuser in der Straße nahmen erneut ihre festen Umrisse an, der Wind war vom salzigen Duft des nahen Meeres durchtränkt, auf dem gegenüberliegenden Gehsteig küßte ein Mann ein Mädchen in buntem Kopftuch.

»Sie haben mir noch nicht gesagt, wie Sie heißen.«

»Wirklich? Entschuldigen Sie, Herr Doktor ...«

»Michal. Ich bin Michal Racek aus Brünn.«

»Also gut, Michal. Mich nennt man Darinka.«

Der Mensch braucht eigentlich nicht viel. Doktor Racek hatte auch weiterhin nur 220 Gramm oder zwei Scheiben Brot pro Tag, wohnte auch weiterhin in dem häßlichen Hotelzimmer mit dem fleckigen Spiegel und den dicken Rosen an der Wand, auch weiterhin vertröstete man ihn im Büro der Schiffahrtsgesellschaft und fertigte ihn gleichgültig im Tschechoslowakischen Hilfszentrum ab. Er wurde sogar zur Polizeipräfektur vorgeladen, wo ihn ein Beamter höflich, aber sehr eindeutig darauf aufmerksam machte, er müsse bis zum Monatsende abfahren, da andernfalls eine Internierung in Les Milles leider nicht zu umgehen wäre.

Als er die Präfektur verließ, wußte er jedoch, daß er in dem kleinen Café Darinka treffen werde, daß er ihr alles erzählen und sie ihn in ihrer beinahe heiteren Art beruhigen würde: »Nehmen Sie das nicht so tragisch, Michal, irgendwie werden Sie sich schon aus der Patsche ziehen. Ihre Schiffskarte muß doch jeden Tag eintreffen.«

Das stimmte. Das Ticket konnte wirklich schon jeden Tag da sein, wie ihm der Bruder in seinem letzten Brief versichert hatte. Dann wird sich die Lage von Grund auf ändern. Das Bitten und Beschwören wird aufhören, und falls bis dahin Darinkas Papiere aus Lateinamerika noch nicht da sein würden ...

»Darüber zerbrechen Sie sich nicht den Kopf«, hatte sie ihn ein wenig ungeduldig abgewiesen, als er einmal vorsichtig das Gespräch darauf lenkte, »ich gehe nicht verloren, weder hier noch dort.«

Diese Worte hatten etwas für sich. Es schien ihm geradezu unwahrscheinlich, wie sich dieses zarte Mädchen im Dschungel von Marseille zu bewegen verstand. Einmal, als sie miteinander auf der Straße gingen, wurde er beinahe ohnmächtig, weil ihm trotz aller Vorsicht die Lebensmittelmarken ausgegangen waren, so daß er schon den dritten Tag nur von einer Art Traubenzucker lebte, der frei verkauft wurde, mit Trauben kaum etwas gemein hatte und weder süß noch nahrhaft war. Hellbraune Würfel einer klebrigen Masse, welche die Zähne blau färbten. Zögernd, fast beschämt, gestand er das dem Mädchen. Darinka wurde böse. Warum hatte er ihr nichts gesagt? Hatte sie ihn nicht in das Café eingeführt, in dem es Zwieback mit Marmelade gab? Warum war er nicht hingegangen? Was sollten solche unsinnigen Trotzgesten? Übrigens kannte sie auch ein Gasthaus, in dem es ganz gute Fische ohne Marken gab. Einmal machte sie ihn auf eine Lieferung Zwiebeln auf dem Markt, ein andermal auf algerische Feigen in einem Laden im alten Hafenviertel aufmerksam.

»Wie machen Sie das, Darinka? Sie leben in dieser gräßlichen Stadt, als ob Sie hier zu Hause wären. Dabei hat doch nur eine einzige Sache Sinn: von hier fortzukommen. Alles andere ist Unsinn und Selbstbetrug.«

»So? Soll man vor Hunger vergehen, freiwillig auf alles verzichten und sich am Ende auch noch einsperren lassen? Nur warten und zusehen, wie die Nazis wüten und wie ihnen die hiesigen Kollaborateure zur die Hand gehen?« Sie war richtig erzürnt. »An welcher Universität haben Sie eigentlich studiert? In Brünn oder auf dem Mond?«

Er räusperte sich verlegen. »Ich habe an der Fakultät zu

den Linksgerichteten gehört, was man mir in meiner heutigen Verfassung wohl nicht gerade anmerkt. Vielleicht haben mich die Tage auf den fürchterlichen Fluchtstraßen fertiggemacht. Ich bin Arzt und beinahe verrückt geworden, als rings um mich gesunde Menschen starben. So bin ich nun einmal. Ich wollte, ich wäre so stark wie Sie, Darinka, und könnte auch mit allem so fertig werden.«

Die Wirkung seiner Worte bestürzte ihn. Ihr Mund verzog sich in jähem Schmerz. Sie hob schnell die Hand und versteckte ihr Gesicht.

»Darinka, um Himmels willen, was ist Ihnen?«

Er sprang auf, setzte sich neben sie und zog sie leicht an sich. »Ich wollte doch nicht ... ich weiß ja nicht ...«

Ein paar kurze Minuten rührte sie sich nicht. Dann seufzte sie und machte sich sanft von ihm los.

»Es ist schon wieder gut. Aber warum glauben Sie, daß nur Sie ...? Ich habe auch manchmal das Gefühl, daß ich einfach nicht mehr weiter kann.«

Mit einer Bewegung, die er schon gut kannte, strich sie ihre Haare glatt. Er zündete sich eine Zigarette an, ehe er fast bittend sagte: »Wenn ich Ihnen irgendwie helfen könnte, Darinka ...«

»Danke. Das ist wirklich nicht nötig. Ich komme ganz gut zurecht.«

»Sie sind wie eine Muschel«, versuchte Michal unglücklich zu scherzen, »unnachgiebig in sich verschlossen.«

Sie antwortete nicht, schaute ihm nur ins Gesicht. In diesem Blick war noch so viel Schmerz, daß er alles daransetzen wollte, um sie davon zu befreien.

»Sie haben mich nicht richtig verstanden«, sagte er entschlossen, »ich bin zwar nicht sonderlich geschickt, aber vielleicht könnte ich doch einen besseren Eindruck in Europa hinterlassen als bisher.«

»Wie soll ich das denn richtig verstehen, Michal?« Ihr Gesicht hellte sich allmählich auf. »Passen Sie auf, ich bin imstande, Sie beim Wort zu nehmen.«

»Ich bin doch kein kleines Kind. Das Schlimmste von

allem ist die Sinnlosigkeit meiner augenblicklichen Nichtexistenz.«

Jetzt blickte sie ihn, wie es ihm schien, fast ein wenig prüfend an, sagte jedoch nichts.

Noch am selben Abend brachte Darinka Michal Racek in ein Restaurant, in dem er noch nie gewesen war. Es lag am alten Hafen, und sie schritten ein Stück am Meer entlang. Ein scharfer Wind wehte. Unruhig eilten die Wellen zum Ufer und dann wieder zurück auf die zürnende See. Sie begegneten wenigen Menschen, nur Polizeistreifen stapften langsam durch die öden Straßen.

Darinka hängte sich bei ihm ein. Eine warme Welle der Freude durchlief Michal.

»Die sollen uns ruhig für ein Liebespaar halten«, sagte sie halblaut, ganz nahe an seinem Gesicht, »normale Menschen würden bei solchem Wetter kaum hier herumspazieren.«

Enttäuschung versetzte ihm einen bohrenden Stich, aber das Glück ihrer Nähe war stärker.

Vor einem Gebäude, dessen hohe verdunkelte Fenster andeuteten, daß hinter ihnen ein größeres Lokal sein mußte, blieb sie stehen.

»Wohin führen Sie mich, Darinka? Ich fürchte, daß ich für ein respektables Etablissement weder entsprechend elegant noch genügend finanzkräftig bin.«

Sie lachte. »Keine Angst, mein Freund. Ihr Äußeres entspricht genau der Marseiller Modelinie 1941.«

Es war in der Tat ein ziemlich elegantes Restaurant, das sie nun betraten. Kellner im schwarzen Frack, eine Garderobenfrau mit einem gestärkten Häubchen auf dem Haar. Dr. Racek kam sich vor wie in einer anderen, wie in der Welt längst vergangener Zeiten. Er half Darinka aus dem Mantel. Sie knöpfte ihren Herrensweater auf. Überrascht stellte er fest, daß sie darunter eine hellblaue Bluse mit einem gestickten Krägelchen trug, und konnte sich nicht erklären, warum ihn diese Entdeckung so freute. Darinka trat zum Spiegel und färbte sich ein wenig die Lippen.

Dabei betrachtete sie sich prüfend und fragte: »Zivilisiert?«

Michal Racek zog seine Krawatte fest und bestätigte: »Das will ich meinen.«

Sie betraten den Speiseraum. Darinka blickte sich um und steuerte auf einen Tisch im Hintergrund des nicht übermäßig großen Lokals zu.

Ein ungefähr vierzigjähriger Mann erhob sich. Als das Mädchen bei ihm anlangte, faßte er es an den Schultern und küßte es herzlich auf beide Wangen.

Dr. Racek wandte den Blick ab und blieb stehen.

»Fein, daß ich dich endlich wieder einmal sehe, Kurt«, sagte Darinka deutsch und fuhr dann französisch fort: »Ich habe meinen Landsmann mitgebracht, von dem ich dir erzählt habe. Macht euch bekannt, Dr. Michal Racek aus Brünn. Und das ist mein guter Freund Kurt.«

Michal Racek verneigte sich leicht. Mit einem Schlag fühlte er sich sehr elend. Was sollte er hier? Mein guter Freund Kurt! Und warum nicht? Was hatte das mit ihm zu tun? Die beiden schien etwas zu verbinden, von dem er keine Ahnung hatte, sonst würde sie doch der Mann nicht vor allen Menschen so selbstverständlich küssen. Aber warum mußte er dabeisein?

»Freut mich, Sie kennenzulernen, Herr Doktor.«

Schon gut, dachte Michal, aber deinen Namen verrätst du mir nicht.

»Was wollt ihr essen, meine Lieben?« Der Mann namens Kurt hatte gescheite helle Augen. Sie betrachteten den verdatterten Michal halb belustigt und halb verständnisvoll. Wenn er dagegen Darinka ansah, flammte eine sehnsüchtige und zugleich väterliche Zärtlichkeit in ihnen auf. »Sucht euch etwas Anständiges aus. Einmal können wir uns das erlauben. Auch würde ich gern auf den Herrn dort am Fenster einen guten Eindruck machen. – Du bist heute besonders hübsch, Darinka. Woher hast du die Bluse? Steht dir gut.«

»Gefällt sie dir? Anita hat sie mir hiergelassen, als sie

rüberging. – Nun, Michal, haben Sie schon etwas ausgesucht? Für mich bitte eine Bouillabaisse, Kurt.«

Als sie vorhin im alten Hafen der Polizeistreife fast in die Arme gelaufen waren, als sich Darinka bei ihm einhängte, hatte Michal Racek das sonderbare Gefühl, vor etwas Wichtigem zu stehen. Er wußte natürlich, daß es in Frankreich nicht nur Okkupanten und Kollaborateure gab. Es war ihm bisher allerdings nicht in den Sinn gekommen, daß das auch mit ihm etwas gemein haben könnte. Selbst als er dem Mädchen seine Hilfe anbot, hatte Michal keinen konkreten Entschluß gefaßt. Er ließ die Dinge auf sich zukommen, hatte bloß das unbestimmte Empfinden, an Darinkas Seite einem unbekannten Abenteuer entgegenzusteuern.

Und in Wirklichkeit ...

»Ich nehme auch eine Bouillabaisse«, sagte er schnell, um sein peinliches Schweigen zu unterbrechen.

»Also, Monsieur, dreimal Bouillabaisse, und bringen Sie uns dazu einen anständigen Chablis. Für die Dame zudem ein Glas Mineralwasser, nicht wahr, chérie? Und lassen Sie uns nicht lange warten.«

»Sehr wohl, Monsieur!« Der Kellner nahm die Speisekarte, verneigte sich und verschwand.

Darinka brach in Lachen aus. »Kurt«, sagte sie und legte ihm vertraulich die Hand auf den Arm, »aus dir wird noch ein perfekter Franzose.«

»Der Mensch paßt sich bekanntlich seiner Umgebung an. Aber ich habe euch noch nicht gesagt, wer der distinguierte Herr dort beim Fenster ist. Na, Darinka? Das wirst du nicht erraten: der Herr Polizeipräfekt persönlich. Ich habe herausgekriegt, daß er dieses Restaurant bevorzugt, und seitdem gehe auch ich hier ein und aus.«

»Übertreibst du nicht ein bißchen?« Darinka wurde unruhig.

»Keine Angst, Kleine. Wo der Wolf jagt, gibt es keine Füchse. Ein ungefährlicheres Lokal kannst du in der ganzen Stadt nicht finden.«

Sie sprachen abwechselnd deutsch und französisch.

Dr. Racek beherrschte beide Sprachen ganz gut. Dennoch schien es ihm, daß er überhaupt nichts verstand. Er konnte den leichten Ton ihrer Unterhaltung und die Ungezwungenheit ihres Benehmens nicht begreifen und schon gar nicht die besondere Beziehung zwischen ihnen, die in ihren Blicken zum Ausdruck kam, in einer Handbewegung, in der selbstverständlichen Vertrautheit.

»Wie steht es mit Ihrer Abreise, Herr Doktor? Haben Sie schon Ihre Schiffskarte? Darinka erzählte, Sie hätten damit Schwierigkeiten.«

»Die üblichen. Aber jetzt muß sie schon jeden Tag eintreffen.«

»Wir sollten Sie eigentlich beneiden, nicht, Darinka? Amerika, die freie Welt! Zum Glück sind wir nicht so schlecht.«

Solange der Kellner an ihrem Tisch zu tun hatte, behielt Kurt diesen leichten Plauderton bei. Dr. Racek begriff das allmählich. Er merkte auch den raschen Blick des Mannes zur Tür, wann immer neue Gäste erschienen. Es waren nicht viele, der Speisesaal leerte sich eher. Nur der Polizeipräfekt saß ruhig am Fenster und trank seinen dunkelroten Wein.

»Kurt, hast du etwas für mich?« fragte Darinka auf einmal in ihrer unvermittelten Art. »Dr. Racek ist bereit, uns ein wenig zu helfen, nicht wahr, Michal?«

Dr. Racek war nicht engherzig. Aber daß Darinka gerade einem Deutschen seine Hilfe antrug, war ihm doch ein bißchen unangenehm. Er wollte ja ihr helfen, vielleicht auch den eigenen Leuten.

Der Mann namens Kurt wurde ernst. Er richtete seine gescheiten Augen auf den jungen Arzt, als ob er ihn erst jetzt richtig wahrnähme.

»Darinka und ich kennen einander schon eine ganz ansehnliche Reihe von Jahren«, sagte er. »Drei davon habe ich in Ihrem schönen Prag gelebt. Damals hat sie uns deutschen Antifaschisten sehr geholfen. Jetzt geht es uns allen gleich, und wir helfen einander gegenseitig. Deshalb hat Sie Darinka auch zu mir gebracht.«

Konnte der Mann Gedanken lesen? Michal ahnte ja bloß, daß neben der gequälten Welt, in der er sich bisher im Kreis bewegte, neben der Welt des Schlangestehens und der Wartezimmer, noch eine andere bestand, von deren Existenz er zwar wußte, aber nur nebelhaft wie von etwas, das einen nichts angeht.

»Sie sind Arzt, Herr Doktor?«

»Ja. Ich bin Internist, oder besser gesagt, ich hoffe, es wieder einmal zu werden.«

»Daran müssen Sie gar nicht zweifeln. Niemand von uns wird ewig Emigrant bleiben.«

Darinka war ganz still. Michal Racek wurde langsam bewußt, daß sie sich in Gegenwart dieses Kurt wahrscheinlich ruhig und sicher fühlte. Sie war ihm bisher noch nie so anziehend erschienen. Das machte nicht nur die hellblaue Bluse. Ohne die abwehrende Härte und den Anschein von Sicherheit um jeden Preis wirkte sie noch mädchenhafter.

»Hast du Hans gesehen?« fragte Kurt.

»Ja. Es geht ihm ganz gut. Er hat kein Fieber mehr, und die Schmerzen im Rücken lassen langsam nach. Er ist nur schrecklich nervös.«

»Einer von Ihren Freunden ist krank? Vielleicht könnte ich ihm helfen.«

»Das ist sehr freundlich von Ihnen, Herr Doktor, aber in diesem Fall ist es zum Glück nicht mehr notwendig. Alles ist fertig, Darinka, Hans fährt nächste Woche ab. Inzwischen könntest du ihm nochmals ein paar Zeitungen bringen, damit er etwas zu tun hat, ehe es soweit ist. Wir haben gerade einige aus der Schweiz bekommen.«

Sie brauchen ihn nicht. Selbstverständlich. Können sie denn einem fremden Menschen vertrauen?

»Mach ich, aber nicht vor Donnerstag. Wir haben neue Ausbrecher aus den Lagern, Kurt, und nicht genug Quartiere. Ich renne deshalb den ganzen Tag herum. Im Tschechoslowakischen Hilfszentrum wollen sie uns für die Neuen keine Unterstützung geben, solange sie keine Papiere haben. Das sind endlose Diskussionen.«

»Du schaffst das schon, sei nur vorsichtig, ma petite. Am Dienstag mußt du dich mit Gaston treffen, er hat mich heute darum gebeten. Aber sieh dich vor, in den letzten Tagen sind die Polizeistreifen verstärkt worden, und in Marseille treiben sich ein paar nicht näher identifizierte Individuen herum. Du solltest nicht immer allein durch die Gegend laufen.«

Kurt sprach zu Darinka und sah dabei Michal Racek an. Unter diesem Blick faßte der endlich einen Entschluß.

»Vielleicht könnte ich Darinka begleiten«, sagte er und kam sich dabei wie ein kleiner Junge vor, der die Anerkennung eines bewunderten Lehrers zu gewinnen versucht. »Im Zentrum kennt man mich, und auf der Straße fällt ein Paar sicher weniger auf als ein einzeln herumstreifendes Mädchen.«

»Prima!« rief Kurt erfreut aus, als wäre ihm etwas Derartiges überhaupt nicht in den Sinn gekommen. »Damit nehmen Sie uns eine richtige Sorge ab. Sie haben Darinkas Vertrauen gewonnen und also auch das unsere. Ihre Abreise darf natürlich durch nichts gefährdet werden. Wenn Sie jedoch inzwischen mitunter Darinkas Beschützer sein wollen, werden wir Ihnen alle dankbar sein. Sie nimmt gern etwas mehr auf sich, als ihr zukommt, und macht das so geschickt, daß wir es meistens erst erkennen, wenn schon alles vorbei ist.«

»Laß das, Kurt, sonst werde ich böse.«

»Ich muß ihm doch sagen, wie du bist, wenn er deinen Kavalier spielen will, nicht wahr, Herr Doktor?« Kurt legte seinen Arm um Darinkas Schultern, und Michal begriff, daß die leichthin gesagten Worte eine wirkliche Sorge um das Mädchen verbargen.

Als Dr. Racek an jenem Abend zu später Stunde ins Bett ging, nahm er weder die Häßlichkeit des Zimmers noch das geflüsterte Gespräch von nebenan wahr. Zu viele Eindrücke beschäftigten ihn: Darinka, die unerwartet und heftig in sein Leben eingedrungen war, ihre zweite Welt, wie er das nannte, in die sie ihn heute zum erstenmal einen Blick werfen ließ; die interessante, durch ihr ausgeglichenes Selbstbewußtsein so fesselnde Persönlichkeit des Mannes namens Kurt – und all das Neue, mehr Geahnte als Erkannte, das diesen Kurt mit Darinka verband und Darinka mit irgendeinem Hans oder Gaston und anderen Männern und Frauen, die in Marseille lebten, durch dieselben Straßen gingen, vielleicht in denselben Menschenschlangen standen wie er, unauffällig, unerkannt, aber untereinander fest verbunden.

Michal Racek wußte natürlich wie jeder Mensch im damaligen Europa, daß es eine illegale Widerstandsbewegung gegen die Nazis gab. Noch in Brünn hatte er einen Roman über ein KZ gelesen und einen anderen über die unfaßbaren Taten deutscher Untergrundkämpfer. Beide Bücher hatten ihn eher bedrückt als gestärkt. Zu so etwas wäre er niemals imstande. Wie außergewöhnlich mußten die Menschen sein, die solches auf sich nahmen. Und da tauchte auf einmal neben ihm eine Darinka auf, die in nichts einer Jeanne d'Arc ähnelte und immer etwas mehr auf sich nahm, als sie sollte. Warum? Weil sie Kurt, Gaston und werweiß wen noch hinter sich spürte? Vielleicht. Und er irrt inzwischen allein ohne Halt und Sinn durch die Welt. Niemand macht sich besondere Sorgen um ihn, er fehlt niemandem, und es braucht ihn ja auch niemand.

Die dicken Rosen an der Wand grinsten von neuem auf ihn herab, im Spiegel über dem angeschlagenen Waschbecken hing ein Stück dunklen Himmels ohne Sterne, im Nebenzimmer knarrte ein Bett, und Michal Racek fiel ein, daß Darinka vor ihm noch nie einen tschechischen Namen erwähnt hatte, ab und zu nur einen deutschen oder französischen, die wahrscheinlich auch nicht die richtigen waren. Offensichtlich traute sie ihm nicht ganz. Verständlich, einem zufälligen Bekannten gegenüber, einem Menschen, der sie auf der Straße angesprochen hatte, der vielleicht nicht schlecht war, aber ohne Umriß und somit unverläßlich.

Warum gab sie sich also überhaupt mit ihm ab? Warum

hat sie ihn mit Kurt bekannt gemacht und ihn in ihren magischen Kreis eingeführt, von dem man, das fühlte er nach seiner ersten Berührung mit ihm, nur schwer wieder loskommen konnte?

Zwei Tage später teilte man Dr. Racek in der Schiffahrtsgesellschaft mit, aus New York sei eine telegrafische Voranzeige eingetroffen. Die Ausfertigung und Übergabe der Schiffskarte sei jetzt wirklich nur mehr eine Frage weniger Tage.

Vor zwei oder drei Wochen wäre das eine glückliche Stunde gewesen. Schluß mit dem Warten, Schluß mit all den Demütigungen und der uneinholbaren Unterbrechung im Leben. Jetzt stand Michal Racek vor dem platinblonden Fräulein und stotterte verwirrt:

»Und dann, ich meine, wenn Sie mir das Ticket aushändigen, dann werde ich gleich abreisen müssen?«

»Müssen?« Das Fräulein widmete ihm zum erstenmal ein freundliches, wiewohl durch Geschäftshöflichkeit ein wenig versteiftes Lächeln: »Keine Sorge, das geht dann sehr schnell, Herr Doktor. Mit der Karte ist automatisch die Reservierung eines Platzes auf einem der nächsten Schiffe verknüpft. Wir stehen Ihnen gern mit allen notwendigen Informationen zur Verfügung.«

Sie lächelte noch einmal, warf ihre tadellose Dauerwelle zurück und wandte sich dann mit dem gewohnten, stets leicht gereizten »Der nächste, bitte!« wieder den Wartenden zu.

So funktionierte das also. Ein Mensch mit einer telegrafischen Voranzeige und automatischen Reservierung gehörte schon halb zu denen auf der anderen Seite, zu den vom Glück Auserwählten. Er sollte sich freuen, sagte sich Dr. Racek, er sollte vor Freude tanzen. Das Leben beginnt von neuem!

»Was ist los, Michal?«

Sie saßen in dem kleinen Café, wo der Zwieback mit Marmelade zu haben war. Darinka steckte in ihrem grauen Herrensweater und sah darin schmal und beinahe noch mädchenhafter aus als in der hellblauen Bluse. Man mußte sie schützen, es war unmöglich, sie zu verlassen.

»Die Schiffahrtsgesellschaft hat eine Voranzeige erhalten. Mein Ticket wird in den nächsten Tagen hier sein. Heute haben sie mir das gesagt.«

Er blickte sie mit schmerzlicher Spannung an. So entging ihm ein leichtes Zucken in ihren Mundwinkeln nicht. In ihren Augen erlosch etwas.

»Das ist großartig, Michal! Ich gratuliere Ihnen, aber Sie werden uns fehlen.«

Uns! Warum sagte sie das? Er war doch kein Dummkopf, um sich einzubilden, daß seine Begleitung bei verschiedenen Aufträgen und Erledigungen, deren Inhalt ihm unbekannt war, dem Mädchen wirklich etwas bedeutete. Im Gegenteil. Sie halfen ihm, im luftleeren Raum des Wartens zu atmen.

»Darinka«, sagte er und ließ es nicht zu, daß sie ihren Blick abwandte, »Ihnen werde ich auch ein wenig fehlen?«

»Mich fragen Sie nicht, Michal, ich bitte Sie darum.«

»Doch, ich muß«, drängte er, »jetzt muß ich schon. Darinka, ich – ich brauche ja nicht zu fahren.«

Sie schloß die Augen und lehnte ein wenig den Kopf zurück. Er nahm ihre Hände in die seinen. Sie waren kalt. Da sagte sie sehr leise und müde:

»Fahren Sie nur, Michal, meinetwegen werden Sie doch nicht hierbleiben. Das wäre Wahnsinn. Sie werden mir fehlen, das ist wahr. Aber ich – ich kann Ihnen nie mehr geben als die Freundschaft, die Sie schon haben. Die nehmen Sie auch mit. Falls ich Sie verwirrt habe, dann verzeihen Sie mir bitte.«

Er ließ ihre Hände los. Selbstverständlich. Alles war in bester Ordnung. Ich bin Dr. Michal Racek aus Brünn. Verzeihen Sie bitte, daß ich in Ihr Leben getreten bin. Ich bleibe ja auch nur an der Schwelle, sozusagen zwischen Tür und Angel. Und in einigen Tagen verschwinde ich. Gott sei Dank, daß ich endlich von allem wegfahren kann.

»Michal!«

Er steckte sich eine Zigarette an. Das Flämmchen über dem Streichholz flackerte. Darinka blickte ihn traurig an, aber ihre Stimme war wieder fest, als sie sagte:

»Sie kommen weg, Michal, und werden Amerika kennenlernen. Das ist doch wunderbar. Und nach Hause zurückkehren werden Sie eines Tages als hervorragender Arzt. Ich könnte Sie beinahe beneiden, wirklich.«

»Beneiden? Sie mich? Das wäre absurd. Ehe ich Sie kennengelernt habe, bin ich wie ein verlassener Hund in Marseille herumgelaufen. In Amerika wird das nicht anders sein, eher noch schlimmer. Darüber mache ich mir keine Illusionen. Sie wissen wohl überhaupt nicht, wie verlassen man sich auf der Welt fühlen kann, Darinka.«

Sie schüttelte den Kopf. »Sie haben recht, Michal, das kenne ich kaum. Für solche Stunden rufe ich in mir meinen ganz privaten Hausengel zu Hilfe. Der kommt, wenn er merkt, daß man selbst den guten Willen hat, sich nicht von einer bösen inneren oder äußeren Gefahr unterkriegen zu lassen, ganz allein damit jedoch nicht fertig werden kann. Da hilft er dann und ebnet auch den Weg zu den Mitmenschen.« Sie hielt ein wenig inne. »Jetzt habe ich Ihnen ein bißchen von meiner kuriosen Privatphilosophie enthüllt. Auch Sie werden eines Tages begreifen, daß einem Alleinsein nur bis zu einem gewissen Grad aufgezwungen werden kann. Forschen Sie Ihrem Hausengel nach.« Und sie lachte leise, aber ganz vergnügt.

Das war wieder wie damals am Anfang. Das war der aufrechte Mädchenrücken in der Schlange der Wartenden. Das war das unausgesprochene Band zwischen Kurt, dem Deutschen, und Darinka aus Prag. Deshalb wirkte wahrscheinlich ein einfacher Händedruck und eine flüchtige Begegnung mit Gaston tagelang wie etwas Besonderes, Ermutigendes. Verfolgung, Krieg und gewaltsamer Tod waren unmenschlich und mußten deshalb bekämpft und letztendlich beseitigt werden. Dieser Wille (halfen hierbei die Hausengel?) ging von all den Menschen aus, denen er in den letzten Tagen an der Seite Darinkas begegnet war.

Auch deshalb zog ihn weiterhin so stark dieses grauäugige Mädchen an, das ihm gerade gesagt hatte, daß es ihn nicht braucht.

»Und wenn ich doch bliebe?«

»Sie sind unmöglich, Michal, und haben frische Luft nötig. Wir zahlen jetzt und gehen ein bißchen spazieren.«

Wieder einmal schritten sie durch die krummen Gassen des alten Hafenviertels. Er nahm ihren Arm, obwohl es diesmal nur ein »privater« Spaziergang war im Unterschied zu anderen, bei denen sie sich an den Händen hielten, um sich durch leichten Druck gegenseitig zu warnen: »Achtung, ein deutscher Offizier!« oder »Der Mensch dort drüben gefällt mir nicht!« An diesem Tag war Darinka mit niemandem verabredet, ihre große Handtasche hing schlaff am Riemen, und die ausgebeulten Manteltaschen standen nur aus Gewohnheit ab.

Auf dem Wasser schaukelten Fischerkähne. Sie konnten nicht mehr auf die See hinausfahren, weil niemand ihre Motore mit Treibstoff speiste, so wie allmählich auch niemand mehr die Marseiller Fischer mit wärmendem Rotwein versah.

Der Abend war über die Stadt hereingebrochen. Da und dort glitt ein schmaler Streifen Licht aus den verdunkelten Eingängen der Hafenkneipen. Die Straße lag in schwarzer Dunkelheit, nur die weißgestrichenen Ränder der Gehsteige glänzten matt, wenn ein Strahl des eilig von Wolke zu Wolke segelnden Mondes auf sie fiel.

»Eine gute Nacht zum Bombardieren!« seufzte Darinka.

Das Meer duftete, jäh und heftig. Die Barken begannen zu tanzen, trommelten leise gegen die Pflöcke, an die sie gebunden waren. Wellen jagten hastig bis an die Steinböschung des Hafens heran, schlugen auf sie ein, zerstoben und eilten wieder zurück, um draußen auf dem Meer andere Wellen zu umarmen oder den Mond, der in sie eintauchte.

»Eine schlechte Nacht zum Abschiednehmen!«

Darinka schüttelte wortlos den Kopf und wandte dem stillen Hafen den Rücken zu.

Langsam kehrten sie in die Stadt zurück, in noch engere Gassen, wo schon der Geruch von Menschen den Geruch des Meeres überdeckte. Es war ganz finster. Nur an einer Straßenecke blinzelte eine Lampe durch den blauen Tarnanstrich schläfrig auf das bucklige Pflaster. Ein rostbrauner Kater mit einem weißen Ohr rieb sich faul an ihrem kühlen Pfahl.

»Hier wohne ich«, sagte Michal mit einemmal.

Darinka blieb stehen. »Höchste Zeit, daß Sie wegfahren«, sagte sie mit ihrer hellen Mädchenstimme, »wie kann man überhaupt in einem so häßlichen Haus leben? Jetzt verstehe ich, woher Ihre düsteren Stimmungen kommen.«

Er begleitete sie zu ihrer Straßenbahnhaltestelle. Einmal hatte er sie gefragt, wo sie wohne. »Sehr, sehr weit«, hatte sie damals geantwortet, »allein würden Sie nie dorthin finden. Aber einmal müssen Sie bestimmt zu uns kommen.«

Zu uns? Wohnte sie mit mehreren Menschen zusammen oder nur mit einem einzigen? Hatte sie ihn deshalb noch nie eingeladen, niemals mitgenommen? Auch jetzt war das wohl nur so hingesagt.

Am nächsten Tag begegnete Michal Racek auf dem Weg zur Schiffahrtsgesellschaft Kurt. Er sah anders aus als an jenem Abend im Restaurant. Jünger, unternehmungslustig. Vielleicht rief diesen Eindruck der graue Velourshut hervor, der ihm nachlässig fast im Nacken saß, oder die kühn gestreifte, über dem Pullover baumelnde Krawatte. Auch der fröhliche, beinahe ein wenig ausgelassene Ausdruck in den Augen war auffallend.

»Bonjour, mon ami«, begrüßte er Michal. »Guten Tag, mein Freund. Darf ich Sie beglückwünschen? Ich höre, Sie lichten die Anker.«

»Danke, aber wünschen Sie mir lieber etwas Gutes. Ich weiß nicht warum, aber ich habe überhaupt nicht das Gefühl, daß mich ein großes Glück erreicht hat.«

»Wissen Sie, wie Sie mir vorkommen?« fiel ihm Kurt fröhlich ins Wort. »Wie jener Mann, der verbissen einer schönen Frau nachstellt, die ihn immer wieder abweist. Er aber sehnt sich nach ihr und gibt nicht nach. Als sie ihn dann schließlich anlacht, als sie ihn sogar erhört, hat unser Mann keine Freude mehr daran. Die ist ihm bei dem langen Warten verlorengegangen. Ist es nicht auch ein bißchen so mit Ihnen und mylady America?«

»Sie machen sich über mich lustig.«

»Wieso? Weil ich es nicht als ein Unglück ansehe, daß endlich gelungen ist, worum Sie sich so lange bemüht haben?«

»Und Sie, Kurt, Sie wären an meiner Stelle glücklich?«

»Das weiß ich nicht. Das würde von vielerlei Umständen abhängen. Wenn ich eine Aufgabe vor mir hätte, ein festes Ziel ...«

»Was seid ihr nur für Menschen! Darinka genauso wie Sie. Ich bin doch kein Kind. Ich weiß doch, daß ihr bis zum Hals in Gefahr steckt, aber man könnte glauben, daß ihr alle Sicherheit und alle Ruhe auf dieser Welt für euch gepachtet habt. Als ob euch nichts geschehen könnte, als ob das Leben gerade jetzt wer weiß wie herrlich und gut wäre!«

Als Antwort auf diesen Ausbruch faßte Kurt den jungen Arzt unter und sagte ihm auf der übervölkerten Cannebière, wo zwischen nervösen Flüchtlingen Spitzel und Erpresser aller Schattierungen herumschnüffelten:

»Wir hassen Krieg und Faschismus und wollen beides nicht dulden, koste es, was es koste. Das Leben ist für uns immer gut, weil wir ihm einen Sinn gegeben haben.«

Das verschlug Michal Racek den Atem.

»Sie wundern sich?« fuhr Kurt fort. »Dabei kennen Sie diese Art von Menschen bestimmt aus der Literatur. Konnten Sie sich nicht vorstellen, daß sie auf der Straße herumlaufen, daß auch so eine kleine Person wie Darinka zu diesem Schlag gehört oder daß sich unsereins manchmal sogar eine neue Krawatte kaufen muß? – Sind Sie in Eile? Nein? Dann lassen Sie sich von mir zu einem Aperitif einladen. Mittlerweile ist es zwölf Uhr, und jeder richtige Franzose weiß, was sich zu dieser Stunde gehört.«

Er steuerte mit dem verwirrten Michal auf das nächste Café zu. Die runden Tischchen in seiner Glasveranda waren spärlich besetzt. Sie nahmen in einer Ecke Platz, die teilweise von einem großen Oleander verdeckt war. Plötzlich erkannte Michal Racek, wodurch sich Kurt seit ihrem vorangegangenen Zusammentreffen so verändert hatte. In der Zwischenzeit hatte er sich einen dichten schwarzen Schnurrbart wachsen lassen, der seine ganze Oberlippe bedeckte.

Eine vollbusige Kellnerin brachte ihnen zwei hohe Gläser mit einer transparenten grünen Flüssigkeit.

»Bien merci, Mademoiselle.«

Sie lächelte, und Kurt widmete ihr einen kurzen und beredten Blick, auf den sie kokett reagierte.

»Na, Doktor?« wandte er sich dann wieder Michal zu. »Wollen wir auf Ihre glückliche Landung in der Neuen Welt anstoßen, oder haben Sie einen noch dringenderen Wunsch?«

»Ich komme Ihnen wahrscheinlich lächerlich vor, nicht wahr? Ein Mensch, der nicht weiß, was er will.«

»Sie kommen mir überhaupt nicht lächerlich vor«, Kurt wurde sofort ernst. »Mir wäre zweifellos auch miserabel zumute, wenn ich aus Europa fortmüßte, ohne daß mir jemand sagen könnte, wann ich wieder zurückkehren kann. Aber überlegen wir vernünftig: Der unbesetzte Teil Frankreichs wird sich nicht lange halten, das ist klar, und dann beginnt hier derselbe Irrsinn, vor dem Sie schon zu Hause ausgerückt sind.«

Es war gewiß nicht so gemeint, aber Michal Racek hörte aus diesen Worten einen indirekten Vorwurf heraus.

»Ich konnte es nicht aushalten«, verteidigte er sich, »konnte dort nicht atmen, und die Vorstellung, daß sie mich in ihre Armee jagen und zwingen könnten, am Ende ihre Soldaten zu kurieren ...«

Er stockte, war sich mit einemmal bewußt, daß er doch mit einem Deutschen sprach.

»Verzeihen Sie.«

Kurt steckte sich gerade eine seiner ungezählten Zigaretten an, nahm genießerisch einen tiefen Zug, nippte an seinem Glas und erwiderte erst dann:

»Sie brauchen sich nicht zu entschuldigen, lieber Doktor. Der Unterschied beruht nur darin, daß Sie Deutsche nicht kurieren wollen, und das ist unter den gegebenen Umständen schließlich begreiflich, und daß meine Freunde und ich es als unsere Pflicht ansehen, unsere deutschen Landsleute von einer gefährlicheren Krankheit zu heilen als einer solchen, für die Ihre ärztliche Kunst ausreicht. So ist es. Ich habe, wie ich Ihnen schon sagte, übrigens lange in Prag gelebt. Es waren schöne Jahre, obwohl ich im Exil war. Aus dieser Zeit kenne ich auch Darinka und eine ganze Reihe Ihrer Mitbürger. Prachtvolle Menschen. Auf die stützen Sie sich, wenn ich Ihnen raten darf, dann wird vielleicht alles einfacher und leichter sein.«

»Manchmal ist das auch eine Frage der Gelegenheit. Glauben Sie mir ...«

»Ich glaube Ihnen«, unterbrach ihn Kurt und sah ihn ernst an. »Sie dürfen uns nicht verargen, daß wir vorsichtig sind. Vorsicht ist nicht Mißtrauen. Wir haben es mit einem schonungslosen Feind zu tun, und selbst wenn wir einen Freund kennenlernen, müssen wir behutsam vorgehen. Das sind ungeschriebene, aber unumstößliche Gesetze. – Aber verzeihen Sie, Sie wollten wohl noch etwas sagen.«

»Ja.« Michal Racek hatte plötzlich den Wunsch, sich gerade diesem Menschen anzuvertrauen. Vielleicht war es seine Ruhe, vielleicht das sonderbare Gefühl, daß dieser Mann mit dem grauen Velourshut, der kühn gestreiften Krawatte und dem dichten schwarzen Schnurrbart eine Welt für sich vertrat, jene Männer und Frauen, die versuchten, Menschen von Krankheiten zu kurieren, für die die ärztliche Kunst nicht ausreicht.

»Können Sie verstehen, Kurt, daß ich nach all den Schikanen und der ganzen Warterei jetzt am liebsten überhaupt nicht wegfahren möchte? Gestern habe ich das Darinka gesagt, und sie hat mich überredet, keine Dummheiten zu machen. Ich spreche nun zu Ihnen ganz offen: Natürlich möchte ich nicht von ihr wegfahren, obwohl – obwohl es nichts gibt, das mich dazu berechtigen würde. Aber das ist nicht alles. Bisher war ich gräßlich allein. Das ist eine Bitternis, die Sie kaum kennen. Und ich will mich ihr nicht mehr aussetzen. Weder hier noch in Amerika. Ein leeres Leben ist überhaupt kein Leben, das habe ich in den letzten Wochen begriffen. All dies klingt wahrscheinlich sehr verworren, aber vielleicht können Sie mich verstehen. Ich habe das Gefühl, als ob ich vor einer Tür stünde und weiß, daß sie sich eines Tages öffnen wird und daß ich dort dann Freunde finden kann. Und da soll ich jetzt wegfahren und in meine Einsamkeit zurückkehren, nur um meine leere Existenz zu retten?«

Kurt nahm den Hut ab und legte ihn auf den Stuhl neben sich. Er strich sich mehrmals über den Kopf, ehe er sagte:

»Denken Sie daran, daß Sie Arzt sind, lieber Doktor. Ich will Sie nicht beeinflussen, dazu habe ich kein Recht. Entscheiden müssen Sie sich selbst. Und Darinka – das kann ich verstehen. Sie ist ein ungewöhnliches Mädchen. Aber, verzeihen Sie, sogar das sollte nicht den Ausschlag geben, warum, haben Sie vorhin selbst angedeutet. Es ist kein unwichtiger Schritt, vor dem Sie stehen, ich bin jedoch sicher, daß Sie den richtigen Entschluß fassen werden.«

Es war lange nach Mittag, als sie sich trennten. Vor den Büros der Schiffahrtsgesellschaft waren die Rolläden herabgelassen. Michal Racek schritt langsam durch die Stadt, die sich in den ersten Strahlen einer blassen Sonne wärmte. Als er vor mehr als einem Monat hergekommen war, kannte er hier niemanden. Jetzt begegnete er Menschen, deren Namen er nicht wußte, von denen er jedoch ein Kapitel ihres Schicksals erfahren hat. Die beiden Alten dort drüben stammen gleich ihm aus der Tschechoslowakei, haben einen Sohn in Amerika und warten auf ein Schiff. Sie hoffen, gemeinsam mit dem Herrn Doktor reisen zu können. Auf einer Bank im kleinen Park vor dem Rathaus saß eine schlanke Frau. Von hinten sah sie jung aus, ihr Gesicht verriet ihr wirkliches Alter und zugleich großes Leid: Sie war die Witwe eines Apothekers aus Hamburg, der in der »Kristallnacht« an seiner nichtarischen Herkunft zugrunde gegangen war. Sie hatten ihren einzigen, von einer unheilbaren Geisteskrankheit befallenen Sohn vorsorglich in einer Anstalt in Belgien untergebracht. Die Invasion und der Vormarsch der Wehrmacht verschlug die Mutter nach Frankreich, der Sohn blieb zurück. Jetzt beschwor sie in Marseille jeden: »Sie können sich doch nicht an armen Kranken vergreifen, nicht wahr? Belgien ist schließlich nicht Deutschland!« Den weißhaarigen kommunistischen Schriftsteller aus Österreich hatten die französischen Behörden einige Tage nach Kriegsausbruch verhaftet und in einem Lager interniert. Seine Frau und beide Kinder blieben in Paris. Eine Bombe fiel auf das Haus, in dem sie wohnten, und erschlug die Frau. Fremde Menschen nahmen sich der Kinder an. Ihr Vater wurde nach langer Haft in die Ziegelei Les Milles überführt und wartete nun, daß ihm das Rote Kreuz seine Kinder brachte. Der blinde Offizier der spanischen republikanischen Armee hatte ein Visum für Mexiko. Ein teuflischer Irrtum verschuldete, daß seine Frau und sein siebenjähriges Töchterchen keine Reisedokumente erhielten. Ohne sie fuhr er nicht ab.

Manche Kapitel dieses wahren Romans hatte Michal Racek in den langen Stunden des Wartens erfahren. Die Menschen waren mitteilsam, offenbar nicht mehr imstande, ihre Bürde allein zu tragen. Auch Darinka hatte allerhand erzählt: »Einer unserer Freunde hat im Norden – im besetzten Teil Frankreichs – seine Frau und ein kleines Kind. Wir müssen sie herüberbringen.« Wie? Darüber wußte er nichts. Er begleitete Darinka zu einer Zusammenkunft mit Gaston oder einem Raoul oder Pavel – wer weiß, wie sie alle wirklich hießen –, hörte mehr oder weniger verständliche Abrisse ihrer Gespräche, und ein andermal deutete Darinka an: »Die Interbrigadisten werden aus den französischen Lagern nach Afrika deportiert. Wir versuchen, etwas dagegen zu unternehmen.« Was? Abermals wußte er nichts. Er staunte bloß über die selbstbewußte Ruhe dieser Handvoll Menschen inmitten der fiebrigen Menge, die jeden Augenblick von einer anderen Panik und alarmierenden Nachricht geschüttelt wurde.

Vom niedrigen Rathausturm schlug es zwei Uhr. Michal Racek begab sich zur Schiffahrtsgesellschaft.

»Gut, daß Sie kommen, monsieur le docteur, wir haben Sie schon erwartet. Hier bitte.«

Das platinblonde Fräulein holte aus einem Schubfach ein Bündel Papiere hervor. Michal Racek mußte mehrmals unterschreiben, danach übersiedelte ein Teil der Papiere in seine Brusttasche, der andere kehrte in das Schubfach zurück.

»Danke, das ist alles. Glückliche Reise, monsieur le docteur.«

Ein Murmeln ließ sich in der Menschenmenge hinter ihm vernehmen. Eine Frau lief auf ihn zu, packte ihn an der Hand und redete in gebrochenem Deutsch-Polnisch auf ihn ein:

»Herr Doktor, bitte, wenn Sie Amerika kommen. Sie müssen schreiben meine Schwester in Chicago, Gott wird Sie helfen ...«

»Verzeihen Sie«, flüsterte er und machte sich behutsam aus der krampfhaften Umklammerung ihrer Hände frei.

Auf der Straße atmete er tief auf. Endlich. Endlich wird er wieder ein freier Mensch sein. Natürlich fährt er ab. Keine einzige überflüssige Stunde wird er sich mehr dem erniedrigenden Gehetztsein, der verrückten Hysterie, dem unwürdigen, widerwärtigen Angstgefühl aussetzen.

Er holte seine Papiere hervor und betrachtete sie beinahe hungrig. Dabei fiel ihm ein, daß er sich in der Eile nicht erkundigt hatte, wann sein Schiff eigentlich abfuhr. Er blätterte in dem Heftchen mit gelben, rosa und hellgrünen Blättern. Da war es: »Date of departure – Abfahrtsdatum.«

Sein Herz setzte aus. Das war ja – das war doch schon übermorgen.

»Bis spätestens 15 Uhr mit sämtlichen Papieren an Bord

zu erscheinen ...« Mit anderen Worten: heute nachmittag, morgen und noch ein Vormittag. Und übermorgen? Schon übermorgen? Und Darinka? Bei dem Gedanken an sie verlosch seine Freude über das Entrinnen vollends. Darinka! Wie konnte er sie verlassen? Und vielleicht nie wiedersehen? Für heute waren sie nicht verabredet, erst für morgen vormittag. Aber morgen trennten ihn nur mehr einige Stunden von der Abreise ...

Er blieb mitten auf der Straße stehen und stöhnte auf wie in unerträglichem Schmerz. Niemand beachtete es. In jener Zeit war Schmerz eine alltägliche Erscheinung geworden. Die Menschen hatten sich an ihn gewöhnt wie an die Glühlampen ohne Licht, an das Essen, das niemanden satt machte, wie an Fieber bei einer Krankheit. Ein gefährliches Übel, das wieder verschwindet, wenn man sich dagegen wehrt. Und so wehrten sie sich und warteten.

Michal Racek kehrte in sein Hotel zurück. Als ihm auf der Treppe der bekannte Geruch aus den ungelüfteten dunklen Korridoren entgegenschlug, meldete sich abermals die Freude: nur noch zwei Nächte. Nur noch zwei Nächte wirst du den Kopf ins Kissen vergraben, um das Flüstern im Nebenzimmer nicht zu hören. Nur noch zweimal werden dich am Morgen die dicken Rosen von der Wand herab angrinsen und dann ...

Und dann?

Er warf seinen ganzen Besitz aus dem Koffer und breitete ihn auf dem Bett aus. Von den fünf Hemden, die er erstaunlicherweise noch besaß, waren nur zwei sauber und gebügelt. Seine Socken befanden sich durchwegs in desolatem Zustand, beide Krawatten waren verdrückt. Den Mantel hatte er auf der Flucht durch Frankreich verloren. Er lief in Marseille in seinem einzigen Anzug und einem Pullover herum. Und so wollte er neu beginnen? Wiederum: »Verzeihen Sie, ich bin Dr. Michal Racek aus der Tschechoslowakei ...«

Er schüttelte sich vor Grauen.

Er wird nirgends hinfahren, wird zu Kurt gehen und ihm

sagen: Ich habe mir alles überlegt und habe mich entschieden. Ich bleibe hier und werde so leben wie ihr.

Und Kurt wird lachen und fragen: Wie stellen Sie sich das eigentlich vor, lieber Freund? Ahnen Sie überhaupt, wie wir leben? Und was werden Sie tun? Sie wissen immer noch nicht, was Sie wollen. Wie könnten wir Ihnen da vertrauen?

Abermals stöhnte er, diesmal so laut, daß man es im Nebenzimmer hören mußte. Aber dort war es heute still. Vielleicht hatte der Mann keinen Urlaub aus der Ziegelei Les Milles bekommen, vielleicht seine Frau keinen Durchlaßschein aus dem Hotel Bompard, wo sie interniert war. Oder vielleicht sind ihre Schiffskarten auch schon eingetroffen, und die beiden laufen zusammen durch die Stadt, außer sich vor Glück.

In einer jähen Aufwallung von Verzweiflung fegte Michal Racek sein ganzes Hab und Gut auf den Boden, warf sich aufs Bett und blieb dort bewegungslos liegen. Er ist und bleibt allein. Niemand vermißt ihn, und niemand braucht ihn – dort wie hier, hier wie dort.

Lange lag er so, schlief auch kurz ein. Als er zu sich kam, dämmerte es draußen bereits. Er hatte einen ganzen Nachmittag vertan, ein Viertel der Zeit, die ihm noch in Marseille übrigblieb. Er drehte sich auf den Rücken und blickte zur Zimmerdecke, um die dicken Rosen nicht zu sehen, die zu dieser Stunde besonders gehässig zu grinsen schienen. Jemand klopfte an der Tür.

Michal Racek stand auf, angelte im Finstern nach seinen Schuhen und knipste die Nachttischlampe an, deren einst rosa und jetzt nur noch farbloser Schirm seltsame Lichtstreifen in einen Winkel des Zimmers warf. Die beiden von nebenan sind also doch eingetroffen. Wahrscheinlich hat der Mann wieder einmal vergessen, Streichhölzer zu kaufen. Er wird ihm sagen müssen, daß er schon seine Schiffskarte hat, wird sich von ihm beglückwünschen lassen müssen. Mißmutig schloß er auf.

In der Tür stand Darinka.

Nur einen Augenblick, nur einen Herzschlag lang blieb Michal bewegungslos. Dann schloß er sie ungestüm in seine Arme. Zuerst wehrte sie sich ein wenig, mit einemmal gab sie nach. Er suchte ihren Mund, da schob sie ihn sacht von sich.

»Nicht, Michal, bitte nicht!«

»Warum, Darinka, warum? Du bist doch gekommen. Du bist zu mir gekommen.«

Sie streichelte sein Gesicht. Er ergriff ihre Hand und küßte jeden Finger, das schmale Handgelenk.

»Laß das, Michal, ich bitte dich. Es wird für uns beide nur schlimmer. Ich bin – ich bin gekommen, um dich um etwas zu bitten, das nicht bis morgen warten konnte.«

Seine Arme wurden bleischwer und sanken langsam herab. Er ist hoffnungslos töricht und lächerlich. Er wandte ihr den Rücken zu und sagte beinahe böse: »Und was brauchen Sie?«

Stille. Nur der Wasserhahn tropfte, und nebenan schloß jemand vorsichtig die Tür auf. Dann knarrte ein Stuhl. Darinka hatte sich auf ihn fallen lassen. Michal wußte es, ohne sich umzudrehen, fühlte, daß ihre grauen Augen auf ihm ruhten.

»Komm her zu mir, Michal.«

Sie sagte es sehr leise, und in ihrer Stimme waren Tränen. Das konnte er nicht ertragen.

»Verzeih, Darinka, ich weiß, daß ich ein Narr bin. Weine nur um Himmels willen nicht.«

Sie nahm seine Hand und legte ihr feuchtes Gesicht hinein.

»Was denkst du eigentlich über mich, Michal? Ich bin doch auch nicht aus Holz, und dich habe ich liebgewonnen. Aber zu Hause in Prag ist jemand geblieben – wie soll ich es dir nur sagen –, ein Stück von mir ist dort geblieben. Vor kurzem kam die Nachricht, daß er verhaftet wurde. Und ich lebe hier, und manchmal scheint es mir, daß ich es gar nicht bin, so sehr bin ich in Gedanken dort, bei ihm. Kannst du das verstehen?«

Sie ließ seine Hand los, stand auf und strich mit ihrer vertrauten Bewegung die Haare glatt. Dann sagte sie mit einer anderen, fast schon mit ihrer gewöhnlichen Stimme.

»Was ist hier los? Ziehst du um?«

»Nein, nein.« Auch Michal Racek hatte sich wieder in der Gewalt. »Ich wollte bloß endlich einmal ein bißchen Ordnung machen. Schau dich lieber nicht um. – Und jetzt sag mir bitte, was du von mir brauchst.«

»Einer unserer Freunde ist krank. Er erbricht alles und hat gräßliche Magenschmerzen. Ich wollte dich bitten, ihn zu untersuchen.«

»Ich besitze fast gar keine Instrumente, keine Medikamente. Kann ihm nicht sehr nützen.«

»Uns geht es vor allem darum, daß du ihn siehst und uns dann vielleicht raten kannst, was wir mit ihm anfangen sollen.«

»Das geht.«

Dr. Racek holte aus dem Schrank ein schwarzes Etui mit einigen Instrumenten hervor. Sonderbar, er hatte dabei dasselbe Gefühl wie einst vor seiner ersten entscheidenden Diagnose, nämlich daß ihm die ganze Welt, nicht nur sein Professor damals und nun dieses grauäugige Mädchen, ein überraschendes Vertrauen zeigen. Und das war stärker als seine Enttäuschung.

Als sie auf die Straße traten, blinzelte an der Ecke die blau angepinselte Lampe. Er zog Darinkas Arm durch den seinen, und sie glich ihren Schritt protestlos dem seinen an.

»Wohin führst du mich eigentlich?« fragte er.

»Abwarten und Tee trinken«, sagte Darinka beinahe fröhlich. Sie war ihm dankbar und fühlte sich seltsam geborgen in seiner Nähe. »Jetzt wirst du bald sehen, wo ich wohne.«

Ihre Schritte hallten gleichmäßig durch die leere Gasse. Ehe sie auf die Hauptstraße einbogen, bemerkte Darinka noch: »Ich bin froh, daß du zu uns kommst, Michal.«

An der Endstation beim Theater stiegen sie in eine der gelben Marseiller Straßenbahnen ein.

»Hier habe ich dich zum erstenmal angesprochen«, sagte Michal.

»Ich weiß«, antwortete Darinka, »damals hat es fürchterlich geregnet.«

Dann schwiegen sie. Die Straßenbahn ratterte schnell durch die dunkle Stadt. Michal Racek fühlte in seiner Brusttasche ein hartes Viereck – das Heftchen mit den Tickets für das Schiff, das übermorgen abfuhr. Er wird Darinka nichts davon sagen.

Sie ließen die letzten Straßen hinter sich. Jetzt leuchteten die Schienenstränge zwischen Gärten und Feldern. Hinter einer bauschigen Wolke kam der Mond hervor. Er setzte sich über die Verdunkelungsvorschriften hinweg und überflutete Sträucher, Bäume und die Dächer von Treibhäusern mit blauweißem Licht.

»Ich mag den Mond nicht«, flüsterte Darinka, »er ist kalt und böse.«

Ihr Gesicht hatte der Mond in eine durchsichtige Muschel verwandelt, auf der der Mund zitterte und die Augen brannten. Michal Racek biß sich auf die Lippen, um sich nicht über den zitternden Mädchenmund zu beugen. Er fühlte, daß in Darinka etwas vorging, und konnte sich nicht erklären, was. Er zog sie leicht an sich. Sie ließ es geschehen, schmiegte sich sogar an ihn.

»Ist dir nicht kalt, Darinka?«

»Ach wo. Mir ist wunderbar. Ich möchte die ganze Nacht so fahren. Nur so. Ohne Ziel und überhaupt ohne alles.«

»Und ich?«

»Du würdest mit mir fahren, Michal, hier in dieser Straßenbahn, in die der Mond gar nicht hereinkönnte.«

War das wirklich Darinka, das tapfere und hoffnungslos vernünftige Mädchen?

Felder, Treibhäuser, da und dort ein Haus, da und dort ein Baum und irgendwo weit weg das ferne Krachen von Bomben, die dem Hafen von Marseille galten.

Sie schwiegen, nur ihre Hände hatten einander gefunden.

»Wir sind schon gleich da«, sagte Darinka endlich, »jetzt wirst du meine Familie kennenlernen, Michal.«

»Deine Familie?«

»Ja. Du wirst schon sehen.«

Der Schaffner klingelte mit Nachdruck. Endstation. Sie halfen einer alten Frau, zwei zugedeckte Körbe aus dem Wagen zu heben. In einem piepste schläfrig ein Huhn. Dann stiegen sie selbst aus.

Draußen war es kalt und windig. Herber, gesunder Dorfgeruch lag in der Luft.

»Ich wußte gar nicht, daß die Straßenbahn so weit fährt«, wunderte sich Michal. »Das ist doch nicht mehr Marseille.«

»Nein. Wir sind in La Valentine, und dort hinten auf dem Hang liegt Saint Julien.«

Darinka schritt rasch auf einem Feldweg aus. Michal Racek ging hinter ihr und prägte sich unwillkürlich das Bild ein, das er so mochte: den federnden Gang, den aufrechten Rücken, den leicht zurückgeworfenen Kopf.

»Wir sind schon fast da. Schau scharf nach rechts. Siehst du ein Haus? Das ist es.«

Ein paar Minuten später standen sie vor einem niedrigen, sorgfältig verdunkelten Bau. Weit und breit gab es kein anderes Gebäude.

»So, Michal, das ist unsere Burg. Komm schnell hinein, damit kein Licht herausfällt. Hier sieht man alles verdammt weit.«

Darinka öffnete die schmale Haustür nur einen Spaltbreit und zog Michal hinter sich. Sie betraten einen kleinen, dürftig von einer Glühlampe an der Zimmerdecke erhellten Raum. Links sah man in eine Küche, aus der eine schöne junge Frau zu ihnen trat.

»Endlich!« rief sie aus. »Wir warten schon so auf Sie, Herr Doktor.«

»Das ist Miriam«, stellte sie Darinka vor. »Wie fühlt sich Diego?«

»Er sagt nichts, aber bestimmt hat er große Schmerzen,

ist ganz weiß im Gesicht. Kommen Sie bitte, Herr Doktor.«

Miriam, Diego. Und er hatte angenommen, Darinka würde ihn zu Tschechen führen.

»Ist der Arzt schon da?« Aus einer Tür gegenüber der Küche blickte ein mageres Mädchen hervor. Es sprach deutsch. »Na, Gott sei Dank, Darinka, war schon höchste Zeit.«

»Das ist Lotte«, sagte Darinka, »und der Vollbart hinter ihr ist ihr Mann Pavel, ein Tscheche. Komm schnell, ehe sich hier unser ganzer Völkerbund versammelt. Dein Patient ist Brasilianer, aber er spricht ganz gut französisch.«

»Guten Abend, Herr Doktor! Schön, daß Sie gekommen sind.«

Endlich ein bekanntes Gesicht. Den blonden Mirek mit den blauen Augen eines erstaunten Kindes kannte Michal Racek von seinen Botengängen mit Darinka. Sie schüttelten einander die Hände. Bereits auf der Treppe nach oben bemerkte Mirek:

»Diego ist ein ganz ungewöhnlicher Mensch, Doktor. Wir müssen ihm helfen.« Damit öffnete er die Tür zu einem kleinen Zimmer.

Auf dem Fußboden lagen Matratzen und Decken, der Kranke war in einer Ecke auf ein Sofa gebettet. Sonst gab es in dem Zimmer nur noch zwei kleinere Koffer und einen Lehnstuhl, aus dem eine abgebrochene Sprungfeder hervorlugte. Auf dem Fensterbrett standen in einem Wasserkrug zwei dunkle Rosen.

»Cómo te va, Diego? Aquí te traigo el doctor.« Mirek brachte es fertig, erstaunlich rücksichtsvoll, mit fast zarter Stimme zu sprechen. »Wie geht es dir, Diego? Hier bringe ich dir den Doktor.«

Michal Racek trat zu dem Sofa. Vor ihm lag ein vielleicht vierzig-, vielleicht aber erst dreißigjähriger Mann mit einem schmalen, scharf geschnittenen Gesicht, leicht hervorstehenden Backenknochen und einer Adlernase. Er hatte eine auffallend hohe Stirn, glänzend schwarzes Haar, und in seinen Augen war großer Schmerz zu lesen. Er hob müde eine magere, bronzefarbene Hand und versuchte zu lächeln.

Träume ich? fuhr es Michal durch den Kopf. Ein Indianer!

»Bon soir, docteur!« Eine tiefe, auch im Flüsterton kraftvolle Stimme.

»Bon soir.« Michal Racek mußte gegen die Stimmung ankämpfen, die ihn gleich beim Betreten des Hauses befallen hatte. Aber jetzt war Romantik nicht am Platz. Vor ihm lag ein Kranker, und man hatte ihn gerufen, damit er ihm helfe. Er holte aus dem Etui seine Instrumente hervor und untersuchte seinen ungewöhnlichen Patienten sorgfältig und gründlich, fand auf dem abgemagerten Körper schnell die schmerzhafte Stelle. Er prüfte die Temperatur, das Herz und den Blutdruck. Die Diagnose war ziemlich eindeutig.

»Offenbar ein Magengeschwür«, flüsterte Dr. Racek Mirek zu, der in angstvoller Spannung jede seiner Bewegungen beobachtete. »Das Herz ist soweit in Ordnung, aber er ist sehr schwach. Zum Glück habe ich ein schmerzstillendes Medikament bei mir. Das gebe ich ihm erst einmal, und dann können wir besprechen, was weiter geschehen soll. Eine unmittelbare Krise ist kaum zu befürchten. Könnte ich ein wenig abgekochtes Wasser bekommen?«

Mirek nickte und verschwand. Michal bereitete seine Injektionsspritze vor, dann setzte er sich in den kaputten Lehnstuhl und wartete.

»Sie sind Tscheche, Doktor?« fragte der Kranke mit einemmal im Flüsterton französisch, ohne die Augen zu öffnen.

»Ja. Darinka hat mich zu Ihnen gebracht.«

Der Mann schwieg. Erst nach ein paar Minuten fuhr er fort: »Ich habe nicht gehört, was Sie Mirek gesagt haben, bitte Sie aber um eins: Verlangen Sie nicht, daß man mich in ein Krankenhaus bringt oder etwas Ähnliches. Das wäre viel zu schwierig. Trotzdem würden es meine Freunde tun, und das will ich auf keinen Fall. Ich werde auch hier gesund, wenn Sie mir dabei ein bißchen helfen. Versprechen Sie mir nur, von meinen Freunden nichts Unmögliches zu fordern.«

Er verstummte erschöpft. Auf seiner Stirn standen Schweißperlen.

»Sie dürfen nicht so viel reden. Und haben Sie keine Angst«, beruhigte ihn Michal. »Wir werden schon einen Ausweg finden.«

»Ist es ein Magengeschwür?« flüsterte der Kranke.

»Ja. Aller Wahrscheinlichkeit nach.«

»Bestimmt, Doktor, ich habe das schon lange.«

»Schon aus Brasilien?«

»Ja. Seit dem Aufstand.«

Schon lange, seit dem Aufstand. Wie sollte er das verstehen? Wie lange und was für ein Aufstand? Warum hat er stattgefunden? Michal Racek wurde unruhig. Er war doch gekommen, um Darinka zu helfen, was hatte das mit einem Aufstand wer weiß wo und wer weiß warum gemein? Wer waren überhaupt die verschiedenartigen Menschen, die dieses Haus bewohnten? Er war an seiner Verlassenheit beinahe zugrunde gegangen, und hier, am Rande von Marseille, gab es eine Gemeinschaft, offenbar einen Hafen, in dem diese Männer und Frauen, auch Darinka, einander eine relative, jedoch fühlbare Sicherheit gewährten, ungeachtet der Gefahr, die hier geradezu in der Luft lag, gegenwärtig in jedem Blick. Aber er, Michal, war ja nur ein Außenseiter mit einem Ticket nach den USA in der Brusttasche.

Der Kranke auf dem schmalen Sofa stöhnte. Doktor Racek riß sich zusammen. Er war Arzt, konnte in dieser Stunde endlich wieder einmal Arzt sein. Das allein war entscheidend.

Die Tür ging leise auf, und Miriam trat ein, gefolgt von Mirek. Der trug ein bedecktes Gefäß mit heißem Wasser. Behutsam stellte er es auf den Fußboden. Miriam ging zum Sofa. Sie beugte sich über den Kranken, legte ihm die Hand auf die Stirn und flüsterte ihm etwas zu. Diego öffnete die Augen und brachte ein beruhigendes Lächeln zustande.

»Todo va bien, Miriam«, sagte er leise. »Alles ist in Ordnung.«

Sie faßte nach seiner fiebrigen Hand und blieb bei ihm stehen. Selbst als die Nadel des Arztes in seinen Arm eindrang, ließ sie die Hand nicht los.

»Jetzt werden Sie schlafen«, sagte Michal Racek, als er fertig war. »In einer Weile sehe ich wieder nach Ihnen.«

»Muchas gracias.«

Sie drückten einander die Hand. Miriam rührte sich nicht. Als Michal die Tür hinter sich zuzog, spürte er plötzlich den Duft der dunklen Rosen.

Über die knarrende Treppe gelangte er in das Zimmer gegenüber der Küche. Bei seinem Eintritt stockte dort die Unterhaltung, und alle blickten ihn an.

»Nun?«

Er hatte nicht so viele Menschen erwartet. Lotte und Pavel waren da, Darinka, ein älterer Mann mit gefurchter Stirn, drei jüngere und eine Frau unbestimmten Alters mit einem auffallend blassen Gesicht. Sie war es, die noch einmal, schon ein wenig ungeduldig und sehr angstvoll fragte:

»Na, Mirek, wie steht es mit Diego?«

»Der Doktor hat ihm eine Injektion gegeben, damit die Schmerzen aufhören. Hoffentlich schläft er jetzt ein. Miriam ist bei ihm geblieben.«

Michal Racek spürte, daß nun er etwas sagen mußte. Dabei war ihm ganz seltsam zumute. Er hatte mit einemmal das Gefühl, jetzt überhaupt nicht im Marseille der Schiffahrtsgesellschaft, der Flüchtlinge, der Angst und der Polizeipräfektur zu sein, sondern jäh in einer anderen Welt, von der die alltäglichen Marseiller keine Ahnung hatte. Auch Darinka war hier anders. Es schien ihm plötzlich beinahe ungehörig, daß er sie küssen wollte, unwahrscheinlich, daß er mit ihr in dem kleinen Café Zwieback mit Marmelade aß, daß sie gemeinsam durch das Hafenviertel gestreift waren.

Sie schien seine Verlegenheit zu spüren, denn plötzlich sagte sie:

»Was hast du festgestellt, Michal? – Doktor Racek ist nämlich Magenspezialist.«

»Allem Anschein nach handelt es sich um ein Magengeschwür. Euer Kranker braucht absolute Ruhe und strenge Diät. Falls keine Verschlechterung eintritt, muß er vorläufig nicht in ein Krankenhaus.«

»Na, Gott sei Dank! Das hätte uns gerade noch gefehlt. Aber was für eine Diät braucht er? Mädchen, könnt ihr das schaffen?«

»Du hast aber Fragen, Pavel«, erregte sich die kleine Deutsche, die seine Frau war. »Natürlich schaffen wir das, nicht Vera?«

Die Frau mit dem blassen Gesicht nickte. »Selbstverständlich. Sie müssen uns nur sagen, was Diego braucht, Herr Doktor, und wir werden es schon besorgen. – Jetzt aber kochen wir Ihnen erst einmal einen Tee, damit Sie sich etwas erwärmen. Es ist ja hundekalt hier.«

Sie stand auf und ging hinaus, ehe Michal einwenden konnte, daß er nichts brauchte und daß ihm auch überhaupt nicht kalt sei. Lotte sprang auf und holte Tassen, von denen jede offensichtlich anderer Herkunft war.

»Soll ich euch helfen?« rief ihr der Mann mit der gefurchten Stirn nach.

»Wasser braucht man doch nicht zu schälen«, klang es aus der Küche zurück.

»Jussek ist nämlich unser Fachmann für Kartoffelschälen«, erläuterte Darinka und fügte hinzu: »Möchtest du Michal nicht etwas näher mit unserer Mannschaft bekannt machen, Mirek?«

»Aber natürlich, verzeihen Sie! Aus mir wird nie ein gesellschaftsfähiger Mensch. Also, wo soll ich beginnen? Neben Ihnen sitzt Jussek, sozusagen Ihr Kollege, ein Augenarzt aus Krakau; Darinka kennen Sie, Pavel vielleicht auch schon. Unsere ›drei Musketiere‹ heißen Václav, Milan und Jan, nebenbei Ihre Landsleute. In der Küche regiert Vera aus Bessarabien, im Nebenberuf Zahnärztin. Deshalb haben wir sie auch zu unserem Verpflegungskommissar ernannt, das kam uns irgendwie logisch vor.«

Michal Racek ging von einem zum anderen und reichte jedem die Hand. Dabei bemerkte er, daß es neben dem großen Tisch und etlichen verschiedenartigen Stühlen auch hier mehrere zusammengerollte Matratzen gab, auf denen man tagsüber ganz bequem sitzen konnte. Nachts bedeckten sie wahrscheinlich den ganzen Fußboden. Unwillkürlich mußte er an sein Zimmer mit einem richtigen Bett und der hoffnungslosen Verlassenheit denken. Das war eine so beklemmende Vorstellung, daß er sich zusammennehmen mußte, um nicht zu bitten: Schickt mich dorthin nicht mehr zurück, laßt mich hier bei euch! Aber es gelang ihm, diesen unsinnigen Wunsch zu unterdrücken.

Als die Mädchen den Tee brachten, der »zwar nicht echt, dafür aber heiß und gesund« war, wie Mirek versicherte, schlüpfte Miriam ins Zimmer und berichtete erleichtert: »Er schläft.«

Alle blickten Michal anerkennend an. Da entschloß er sich zu der Frage, die ihn die ganze Zeit beschäftigte:

»Wie ist euer phantastisches Zusammensein in diesem Haus zustande gekommen?«

»Keine schlechte Gesellschaft, wie?« Mirek musterte zufrieden seine Gefährten und erklärte: »Einige von uns waren auf seiten der spanischen Republik in den Internationalen Brigaden. Deshalb ist Spanisch neben unperfektem Französisch unsere gemeinsame Hauptsprache. Ein paar andere sind emeritierte Zuchthäusler oder KZ-Häftlinge. Zu denen zählen zum Beispiel Darinka und hier Pastor Jan. Kurz, lauter sogenannte gefährliche und zugleich gefährdete Elemente.«

»Und dieses Haus?«

»Requiriert«, sagte Pastor Jan lachend. »Es stand leer, war nur von Mäusen bewohnt. Die haben wir an die frische Luft in der freien Natur umgesiedelt.«

»Und ...« Mehr wagte Michal Racek jedoch nicht zu fragen. Er stieß nur mit einem Seufzer hervor: »Es wird euch sicher ein bißchen komisch vorkommen, aber man könnte euch beinahe beneiden, selbst um eure Sorgen, einfach um das Ganze.«

»Dann aber auch um unsere Aufgaben«, fiel ihm der polnische Augenarzt Jussek streng ins Wort, »die bilden nämlich die Basis unseres Zusammenseins.«

»Selbstverständlich«, stimmte ihm Michal erschrocken zu, »das kann ich natürlich verstehen.«

»Klar«, eilte ihm Mirek zu Hilfe, »Sie haben ja auch schon Verschiedenes davon kennengelernt.«

Doktor Jussek zog erstaunt die Augenbrauen hoch, konnte für den Gast offensichtlich dennoch keine Sympathie aufbringen, sagte aber nichts mehr, zumal Vera in diesem Augenblick eine Schüssel mit etwas Kleingebäck auf den Tisch stellte, was allgemeine Begeisterung hervorrief.

»Wirst du uns das auch nicht morgen von der Brotration abziehen?« erkundigte sich Pavel vorsichtig.

»Keine Angst. Die waren ›ohne‹. Weil ich der kleinen Denise von der Bäckerin einen losen Zahn gezogen habe.«

Michal suchte mit den Augen Darinka. Sie saß still auf einer der Matratzen. Als sie seinen Blick auffing, nickte sie ihm kaum merklich zu. Das wärmte ihn, gleichzeitig entging ihm der gespannte Ausdruck auf ihrem Gesicht nicht. Worauf wartete sie? Oder erwartete sie etwas von ihm?

»Ich will nach meinem Patienten sehen«, sagte er und stand auf.

»Nicht notwendig.« Miriam hielt ihn zurück. »Ich war gerade wieder oben. Er schläft wirklich ganz ruhig. So hat er schon lange nicht geschlafen.«

So hat er schon lange nicht geschlafen. Sie mußte ihn wohl sehr lieben, wenn es auch durch einen so gewöhnlichen Satz durchklingen konnte. So wie Darinkas: »... und ich lebe hier, und vielleicht bin ich es gar nicht ...«

»Es ist schon spät. Ich habe noch eine Ampulle, die ich hierlassen kann, falls sie noch nötig wäre. Vielleicht könnte die Frau Kollegin oder ...«

»Warum haben Sie es so eilig? Die letzte Straßenbahn fährt erst um halb eins. Wir würden Sie gern für die Nacht bei uns behalten, aber das Haus ist leider voll besetzt. Bleiben Sie wenigstens noch eine Weile.«

»Danke, sehr gern.«

Schon wollte Michal Racek gestehen, daß er sich hier auch auf den nackten Fußboden legen würde, nur um nicht in das Zimmer mit den dicken Rosen an der Wand zurückkehren zu müssen, da bellte in der nächsten Umgebung ein Hund. Alle horchten auf.

»Ich schau mal nach.« Václav, einer der »drei Musketiere«, lief hinaus. Die Unterhaltung im Zimmer ging weiter, allerdings leiser, alle waren auf der Hut. Darinka erhob sich von ihrer Matratze, trat neben Michal und fragte:

»Nun? Gefällt es dir bei uns?«

Er nickte wortlos, hätte sich um nichts in der Welt zu seinem unbestimmten Gefühl einer gewissen Überrumpelung bekennen können. Warum hatte ihn Darinka mit keinem Wort auf die immerhin riskante Begegnung mit der ganzen Gruppe vorbereitet? Hatte sie immer noch kein volles Vertrauen zu ihm? Er hatte ihr freilich auch nicht gesagt, daß er jetzt wirklich wegfahren sollte. Sogar schon übermorgen ... Wird er übermorgen wegfahren? Aber falls nicht ...

Auf dem Korridor wurden Stimmen laut. Mirek eilte hinaus. Im nächsten Augenblick kehrte er zurück und brachte Kurt und einen hochgewachsenen Mann mit, den Michal Racek schon unter dem Namen Gaston kennengelernt hatte. Es gab eine allgemeine, ziemlich geräuschvolle Begrüßung.

»Freunde!« Der kleine Doktor Jussek pochte wütend auf den Tisch. »Und Diego? Ein bißchen Rücksicht, wenn ich bitten darf. Ich kann euch wirklich nicht verstehen.«

Sofort wurden alle stiller, man merkte ihnen freilich an, daß ihnen die ständige Schulmeisterei ihres Krakauer Freundes beträchtlich auf die Nerven fiel. Kurt ging auf Michal zu.

»Ich bin Ihnen sehr dankbar, daß Sie sich Diegos angenommen haben, Doktor. Er verdient es weiß Gott, daß wir uns um ihn kümmern, sogut es geht.«

»Ich hatte keine Ahnung, zu wem ich gerufen werde, als mich Darinka hierherführte.«

»Schön, daß Sie trotzdem gekommen sind. Wenn ich Ihnen aber jetzt sage, daß Diego vor ein paar Jahren in Brasilien einen Aufstand ärmster Indianer gegen ihre brutalen Gutsherren angeführt hat, daß er sich dann mit ihnen im Dschungel verbergen mußte und auf schwierigen Wegen nach Europa gekommen ist, um sich in Spanien am Kampf gegen Franco zu beteiligen, dann werden Sie bestimmt verstehen, daß Sie einen zumindest ungewöhnlichen Patienten behandeln.«

»Von Ihnen erfahre ich immer ungewöhnliche Dinge.«

»Das scheint Ihnen nur so, Doktor. Und gibt es bei Ihnen etwas Neues?«

»Meine Schiffskarte ist eingetroffen.«

»Ach?« Kurt blickte ihn forschend an. »Darf ich Sie beglückwünschen?«

Michal Racek hielt seinem Blick stand. »Vorläufig beglückwünschen Sie mich noch zu gar nichts. Und sagen Sie bitte niemandem etwas davon. Ich bin mit mir selbst noch nicht im reinen.«

»Keine Sorge.«

»Konspirative Gespräche? Störe ich nicht?« Unbemerkt war Darinka zu ihnen getreten. Sie wickelte sich fröstelnd in ihren losen Herrensweater, aber ihre Augen brannten mehr denn je.

»Du störst nie, ma petite.« Kurt legte ihr zärtlich den Arm um die Schultern. »Hast du schon mit Gaston gesprochen?«

»Ja.«

Anscheinend wollte Kurt noch etwas sagen, statt dessen beugte er sich plötzlich zu Darinka nieder und küßte sie aufs Haar. Michal Racek wurde unruhig. Auf einmal fürchtete er, etwas Unwiederbringliches zu versäumen, bekam Angst, daß die Tür, die sich vor ihm ein wenig geöffnet hatte, von neuem zufallen, ein für allemal zufallen könnte.

Er lief hinauf zu seinem Kranken. Diego lag ruhig auf dem Sofa und schlief. Doktor Racek fühlte seinen Puls, der war jetzt etwas besser. Dann blickte er lange in das Gesicht seines Patienten. Wie sonderbar. Vor einigen Stunden wollte er beinahe an der Unsinnigkeit seines Lebens verzweifeln, und nun hatte man ihm einen so außergewöhnlichen Menschen anvertraut.

Er schaltete die mit einem großen Taschentuch abgeschirmte Glühlampe aus, trat zum Fenster und schob ein wenig die Decke beiseite, mit der es verhängt war. Zuerst sah er nichts als undurchdringliche Finsternis. Allmählich entdeckte er da und dort einen zitternden Stern und erkannte die Umrisse eines großen Baumes, der unmittelbar vor dem Haus stand und es mit seinem schwarzen Schatten schützte. Vielleicht auch ein Hausengel, ging es ihm durch den Kopf. Aber nein, den durfte man ja nicht erträumen, wie ihm Darinka erklärt hatte, den mußte man erwirken.

Er blickte auf seine Uhr. Bald war es Mitternacht. Noch ein Tag, und dann wird es für ihn keine Darinka mehr geben und keinen Kurt, auch dieses seltsame Haus wird entschwinden. Warum zog ihn diese andere Welt in seiner bisherigen trostlosen so an? Weil sie sich gegen die Trostlosigkeit stemmte?

Lange stand er in dem stillen Zimmer am Fenster und ließ seinen Gedanken freien Lauf. Er war in Brünn und im Flüchtlingsstrom auf den französischen Landstraßen; in seinem häßlichen Marseiller Zimmer und in einem unbekannten Operationssaal. Dann wieder auf einem großen Schiff, oder er strich durch die Gassen einer fremden Stadt. Er war mit Darinka und dann wieder allein. Er behandelte Diego und durchstreifte das Marseiller Hafenviertel. Er zog in eine leere Wohnung ein und saß schließlich wiederum unten an dem großen Tisch, und draußen vor dem verhängten Fenster war eine Welt, deren feindseliger Gleichgültigkeit er langsam zu widerstehen versuchte.

Endlich ließ er die Decke herabfallen und schlich auf den Zehenspitzen aus dem Zimmer. Im Korridor unter der Treppe stand Darinka.

»Jetzt mußt du schon gehen, Michal, sonst versäumst du die letzte Straßenbahn. Ich begleite dich.«

Er verabschiedete sich von allen und versprach: »Morgen abend komme ich wieder vorbei.«

Nur Kurt schenkte dem besondere Beachtung.

Draußen umfing sie Kälte und Dunkelheit. Sie faßten einander unter und schritten schweigend über den Feldweg, über den ein eisiger Wind wehte.

»Du solltest umkehren, Darinka«, sagte Michal, »es ist sehr kalt.« Dabei ließ er jedoch ihre Hand nicht los und verlangsamte nur ein wenig den Schritt.

Darinka blieb stehen. In der Finsternis schimmerte ihr helles Gesicht, eine transparente Muschel mit brennenden Lichtern.

»Wir sehen uns heute zum letztenmal, Michal.«

Er taumelte wie unter einem Schlag. »Warum?« Und eine Welle unerträglicher Bitternis durchfuhr ihn.

Sie wollen ihn nicht, verjagen ihn an der Schwelle der geöffneten Tür. Er gehört nicht zu ihnen, gehört zu niemandem.

»Ich gehe morgen von hier weg«, sagte Darinka still. »Im besetzten Teil Frankreichs muß jemand abgelöst werden. Ich übernehme seine Arbeit.«

Jetzt bemächtigte sich seiner Angst, Angst um die kleine Person in zweifellos großer Gefahr.

Er nahm sie in seine Arme und zog sie fest an sich. Nach einer Weile sagte er:

»Ich weiß nicht, warum das sein muß, und kann dagegen nichts tun. Aber ich weiß, daß du zurückkommen wirst, Darinka, und ich werde hierbleiben und auf dich warten.«

Er sagte das mit so überraschender Sicherheit, mit so jäher Freude in der Stimme, daß das Mädchen in seinen Armen erbebte. Sie verbarg ihr Gesicht an seiner Schulter und hob es erst nach ein paar Atemzügen wieder.

»Bleib hier, Michal, wenn du dich dazu entschlossen hast. Aber auf mich warte nicht zu sehr«, bat sie mit leiser Stimme. Sie schlang beide Arme um seinen Hals, küßte ihn, legte für einen Augenblick ihr Gesicht an das seine, machte sich dann jäh los und lief schnell davon.

Michal Racek ging ihr nicht nach. Langsam setzte er seinen Weg zur Straßenbahnhaltestelle fort. Als er dort ankam, warf er ein Heftchen mit gelben, rosa und hellgrünen Blättern in den verbeulten Abfallkorb. Dann stieg er in den leeren Wagen ein und sagte dem erstaunten Schaffner:

»Eine unheimliche Nacht. Aber morgen wird es schon besser sein, und ich werde umziehen. – Haben Sie auch einen Hausengel?«

Das halbe Gesicht

Als Hanna aus dem Auto stieg, das sie in den kleinen Badeort gebracht hatte, und sich ein wenig zögernd, ein wenig besorgt, zugleich aber auch neugierig umblickte, sah sie Grasflächen, blühendes Buschwerk und hohe respekteinflößende alte Bäume. Dazwischen schien Ruhe in der Sommerluft zu flimmern. Ein Kurpark, der Erholung versprach.

Das stattliche Gebäude, das sie kurz darauf betrat, war das Kurhaus, in dem sie nun einen ganzen Monat verbringen sollte, um ihr ein bißchen angegriffenes Herz wieder auf die notwendigen vollen Touren zu schalten.

In der etwas düsteren, braun getäfelten und mit bequemen Möbeln ausgestatteten Empfangshalle wimmelte es von Menschen. Manche hatten kleinere oder größere Koffer bei sich, die waren gerade angekommen oder sollten gerade abfahren.

Eine Frau schleppte einen fast völlig gelähmten Mann durch die Menge. Hinter diesem Paar eilte ein älteres mageres Männchen gleich den beiden zum Aufzug. Hanna fiel die seltsame Kopfhaltung dieses Menschen auf. Sein Gesicht zuckte von einer Seite zur anderen, sonderbar unruhig, wie aufgescheucht. Man bekam es nie ganz zu sehen.

Kümmere dich erst einmal um deine eigenen Angelegenheiten, ermahnte sich Hanna und wandte sich wieder dem Empfangszeremoniell zu. Du bist, wie dir empfohlen wurde, zur Erholung hergekommen, und auch die Menschen ringsum sind Patienten. Manchen von ihnen sieht man eben ihr Gebrechen an. Ähnlichen Überlegungen konnte sie jedoch nicht weiter nachhängen, denn in diesem Augenblick wurde sie von einem Knäuel wild schnatternder älterer Damen beiseite gedrängt, die ungeduldig in das Innere des Gebäudes eilten.

»Das ist die erste Schicht für das Mittagessen«, erklärte die freundliche Empfangsdame, als das Ungestüm der hungrigen Kostgängerinnen Hanna an einigen Wartenden vorbei unvermittelt zu ihrem Pult heranschob.

Gleich darauf bekam sie ein Zimmer zugeteilt und wurde informiert, daß sie früh, mittags und abends zur zweiten Schicht im Speisesaal erscheinen solle. Dort werde man ihr einen Platz zuweisen.

Hanna war erleichtert, nicht mit der Gruppe der so resolut vorwärtsstürmenden Eßbegierigen ihre Mahlzeiten einnehmen zu müssen.

Das Zimmer, in dem sie nun einzog, war nicht schlecht. Sein Fenster ging in den schönen Kurpark, man blickte auf Baumkronen, ein ganz kleines Amphitheater, noch mehr Baumkronen und ein Stück Himmel. Nachdem sie auf einer Konsole ihre Bücher, einen kleinen Wecker und ein winziges Rundfunkgerät installiert hatte, sah sie sich in ihrer derzeitigen Behausung fast zufrieden um. Hier konnte sie gut und gern ein paar geruhsame Wochen verbringen, die dem Herz bekommen mußten. Als sie ihre Kleider im Schrank unterbrachte, fiel ihr mit einemmal auf, daß es in dem Zimmer weder ein Telefon noch eine Klingel gab. Der Kontakt für letztere hing, offenbar herausgerissen, traurig von der Wand. Ihr stets gegenwärtiger Hausengel flüsterte ihr sofort beruhigend zu, daß sie ja diese beiden Einrichtungen gar nicht benötigen werde; sie war doch zur Erholung hergekommen und nicht in Erwartung eines Rezidivs. Dennoch meldete sie diesen Mangel der freundlichen Empfangsdame in der braungetäfelten Halle. Die lächelte liebenswürdig und versicherte, darüber schon lange Bescheid zu wissen. Hanna solle ruhig bleiben und sich vor allem keine Sorgen machen. Da gab es nichts anderes, als diesen Rat zu befolgen. Sie blieb ruhig und schob eventuelle Befürchtungen im Zusammenhang mit der Kontaktlosigkeit ihres Zimmers als offensichtlich überflüssig beiseite. Schlimmstenfalls hatte sie ja ihren Hausengel.

Die erste Mahlzeit Hannas im Kurhaus war das Abendessen am Ende ihres Ankunftstages. Im Korridor vor dem Speisesaal wartete eine dichtgedrängte, zum Teil plaudernde, zum Teil schon recht ungeduldige Menge vor der noch geschlossenen großen Glastür. Hanna wurde nicht zur Kenntnis genommen und konnte ungehindert ihre Mitpatienten, Mitbewohner und Mitspeisenden betrachten. Manche sahen schon frisch und erholt aus, andere schleppten sich mühsam heran. In einer Ecke stand zur Wand gekehrt das magere Männchen mit der seltsamen Kopfhaltung.

Als die Tür schließlich aufging, strömten alle ihrem gewohnten Platz zu. Hanna blieb an der Schwelle stehen. Eine gefällige Empfangsdame eilte herbei und führte sie zu einem leeren Tisch, der für vier Personen gedeckt war.

»Hier wird für die Dauer Ihres Kuraufenthaltes Ihr Platz sein«, belehrte sie die junge Frau. »Bitte merken Sie sich die Tischnummer.«

Nach einer Weile erschien ein älteres Ehepaar, grüßte kurz und belegte zwei der leeren Stühle. Dann kam noch eine auch nicht mehr ganz junge Kurpatientin und setzte sich auf den letzten freien Stuhl. Nun war man komplett, und Hanna hielt es für angebracht, sich ihren drei Tischgenossen, die anscheinend schon länger gemeinsam an diesem Platz saßen, vorzustellen.

»Guten Abend. Ich heiße Hanna Rendlová.«

Sie nickten ihr kaum zu, stellten sich ihrerseits nicht vor und setzten ihr lebhaftes Gespräch sogleich wieder fort. Es ging dabei um die beste Art, Schweinsgrieben zuzubereiten. Hanna war Luft. Sie versuchte, nicht zuzuhören, denn selbst das nur in begeisterte Worte gefaßte Gebrutzel des Specks bekam ihr ganz und gar nicht.

Sie blickte sich um. Am Nebentisch saß eine Frau, die zwei Krücken an ihren Stuhl gelehnt hatte. Etwas weiter entdeckte sie das magere Männchen, diesmal mit gesenktem Kopf, zwischen zwei laut und selbstgefällig von Lachen geschüttelten Männern. Ihre Konversation konnte man nicht überhören. Der eine bemerkte gerade gemütlich: »Ach wissen Sie, der Mann war Jude, aber sehr anständig.« Hanna zuckte kaum merklich zusammen. Atemlos, weil eigentlich schon verspätet, rauschte eine Blondine in den Raum. Sie trug ein himmelblaues Kleid mit einer großen Sonnenblume im Stoffmuster, die, von der Hüfte ausgehend, gerade ihr nicht unbeträchtliches Hinterteil schmückte. In Miami Beach wäre dieser Aufzug kaum aufgefallen, aber hier?

Sei nicht so kritisch, flüsterte der Hausengel Hanna zu, deinen Tischgenossen paßt an dir offenbar auch allerhand nicht. Das war in der Tat schwer zu übersehen.

Am nächsten Morgen, nach der Einführungsvisite bei einem Arzt, der sich, wie ihr schien, beinahe mehr für ihre verschiedenen Aktivitäten interessierte als für ihren auffrischungsbedürftigen Gesundheitszustand, dann aber doch ein recht umfangreiches Programm in ihren Patientenpaß kritzelte, mußte sie für die Zeitplanung eine Dame mit Computer in der »Prozeduren-Aufschlüsselung« aufsuchen. Das entpuppte sich als eine beinahe erschreckende Erfahrung. Die ganze Angelegenheit verlief fast wortlos. Mit Fingerdruck der jungen Dame wurde ein Apparat eingeschaltet, der ein bißchen zischte und dann ein langes Verzeichnis von Hannas Kurpflichten ausspuckte. Eingeschüchtert nahm sie zwei vollbedruckte Blätter in Empfang und las die erste Zeile:

»6 Uhr früh Kohlensäurebad.«

»Warum so bald?« fragte sie entsetzt.

»Die Zeitangaben des Computers sind präzis und müssen eingehalten werden«, lautete die tiefgekühlte Antwort.

Hanna schwankte verunsichert aus der Prozeduren-Aufschlüsselung und stieß in ihrer Verwirrung beinahe mit der Sonnenblume auf himmelblauem Hintergrund zusammen.

Schau dich um, flüsterte ihr der Hausengel zu, alle haben hier einen Zeitplan und sehen ganz zufrieden aus. Wir werden das auch schaffen, du solltest den ganzen Betrieb nicht zu ernst nehmen.

Also gut, sagte sich Hanna. Der Himmel war blau, die Sonne schien, und so beschloß sie, vor der nächsten Mahlzeit ein wenig nähere Bekanntschaft mit dem Kurpark zu schließen.

In der großen Anlage war es still, ein paar Eichhörnchen huschten über den gepflegten Rasen, Vögel hüpften vertraulich um die zahlreichen, durchweg vollbesetzten weißen Bänke. Eine Krankenschwester bemühte sich, den fast völlig gelähmten Mann erneut das Gehen zu lehren. Hinter einer Hecke verborgen, zog eine Frau begierig den Rauch einer Zigarette ein. Rauchen war hier streng verboten.

Hanna sah sich nach einem freien Sitzplatz um. Nach einer kleinen Wanderung fand sie zwei nebeneinander gereihte Bänke unter einem blühenden Rhododendron. Auf der einen Bank saß ein Mann, die andere war leer. Wunderbar, freute sie sich und eilte hin. Als sie näher kam, prallte sie beinahe ein wenig zurück. Vor ihr saß ein Mensch mit einem halben Gesicht. Ein Auge war fast ganz weg, die Stirn auf einer Seite ausgehöhlt, die Wange häßlich vernarbt, der Mund verunstaltet. Der Mann wandte sich abrupt ab.

Jetzt wußte sie, warum das magere Männchen eine seltsame Kopfhaltung hatte und die Bank neben ihm leer blieb. Sein Anblick war in der Tat beklemmend.

Hanna riß sich zusammen und steuerte auf die leere Bank zu, von wo aus sie nur die intakte Gesichtshälfte zu sehen bekam.

»So ein schöner Tag«, bemerkte sie, unbeholfen ein Gespräch versuchend.

Der Mann schwieg, nickte nur.

»Ich bin erst vor kurzem angekommen«, fuhr sie entschlossen fort. »Sie sind schon länger da? Ich hoffe, hier kann man sich wirklich erholen. Oder irre ich?«

Er legte den Kopf zur Seite, zog die Schultern hoch und murmelte:

»Es ist ganz gut hier, nur zu viele Leute. Ich muß schon gehen. Auf Wiedersehen.«

Damit stand er auf und ging. Hanna sah ihm verstört nach. Aber nun hatte sie die beiden Bänke ganz für sich. Sie streckte und dehnte sich und schloß ein wenig die

Augen. Auf dem Kiesweg raschelte es leise. Als sie daraufhin die Augen wieder aufschlug, sah sie die Frau mit den beiden Krücken vom Nebentisch langsam herankommen.

»Darf ich mich zu Ihnen setzen?«

»Aber gern.«

Erst schwiegen sie beide, lauschten dem Brummton einer emsigen Hummel, beobachteten zwei Spatzen, die in einer nahen Pfütze planschten. Allmählich, fast tropfenweise, kam zwischen den beiden Frauen ein Gespräch zustande.

»Sind Sie schon lange hier?« Die übliche Eröffnungsfrage.

»Nein. Erst einen Tag. Und Sie?«

»Schon die zweite Woche. Aber erst jetzt beginne ich mich allmählich besser zu fühlen.«

Hannas Gesprächspartnerin war von Beruf Postbotin, lief in einer Kleinstadt jahrelang mit ihrer Last bergauf, bergab. Ja gewiß, sie war mit einer Tasche auf Rädern ausgestattet, aber manchmal mußte man ein größeres oder auch schweres Kuvert oder ein dickes Päckchen unter den Arm nehmen; ganz jung war sie auch nicht mehr, und eines Tages ist sie zusammengebrochen. Ermüdetes Herz, lautete die Diagnose. All das erzählte sie sachlich und ohne den geringsten Anflug von Jammer oder Selbstmitleid.

»So bin ich also hier gelandet, und wenn alles gutgeht, möchte ich bei der Heimreise die Krücken im Koffer verstauen. Das mußte ich meinem Mann versprechen.«

»Die Krücken?«

»Na ja, die hat mir die Arthrose verschafft.«

Hanna hörte dem ruhigen Erzählen der Frau zu und schämte sich ein bißchen, bei ihrer Ankunft so nervös und ungeduldig gewesen zu sein.

»Ehe Sie zu mir auf diese Bank kamen«, sagte sie nach einer Weile, »saß ein böse verunstalteter Mann hier. Wissen Sie vielleicht, was dem Armen zugestoßen ist?«

»Ach, der Mann mit dem halben Gesicht«, rief die Frau aus. »Der Unglückliche war in einer Marmeladenfabrik beschäftigt, und eines Tages ist dort ein Kessel explodiert, und ihn hat es erwischt. Ich habe mich drüben ein bißchen gesonnt und habe gesehen, daß Sie sich zu ihm gesetzt haben. Da war ich froh, weil ihm die Menschen meistens ausweichen. Es ist ja auch kein schöner Anblick, der Mann weiß das natürlich und muß schrecklich verzweifelt sein.«

»Kann ihm die Kur hier helfen?«

»Ja doch. Er hat ein angegriffenes Herz, was nicht erstaunlich ist. Aber sein Gesicht bleibt schon so. Angeblich ist da nichts zu machen, weil zu viel ganz weg ist.«

Am Abend in ihrem Zimmer ohne Telefon und Klingel, aber mit einem großen Spiegel an der Wand, betrachtete sich Hanna eingehend. Um die Augen zeigten sich kleine Fältchen, um den Mund schon schärfere, auf der Stirn stand eine unübersehbare Furche. Aber noch war, was sie da sah, nicht zum Wegschauen. Es war ein ganzes Gesicht mit lebendigen Augen und einem Mund, der gern lachte. Mit einem nur halben Gesicht mußte das Leben sehr schwierig sein.

Die Atmosphäre an ihrem Tisch in dem großen Speisesaal änderte sich ohne Hannas Zutun merklich. Von einem Tag zum anderen wurde sie von ihren Eßkollegen nicht nur zur Kenntnis genommen, sondern beinahe liebevoll umsorgt. Sie war zweifellos die Älteste in der Runde, aber das war sie ja vom Anfang an.

»Möchten Sie noch ein wenig Suppe?« hieß es. »Kann ich Ihnen eine Scheibe Brot holen? – Soll ich fragen, warum Ihr Tee noch nicht da ist?«

Was war geschehen? Nichts Besonderes. Neben der Griebenkonversation, die mit gewissen Unterbrechungen stets von neuem weitergeführt wurde, ergaben sich auch andere Gesprächsthemen, in die sich Hanna eines Tages ungefragt und unaufgefordert eingeschaltet hatte. Sie erkundigte sich nach dem Beruf ihrer Tischgenossen, nach ihren Krankheiten – das war ein bevorzugter Gesprächsstoff –, wo sie zu Hause waren, und sie lobte sogar die Gesundheitsdiät, die hier verabreicht und an den Nebentischen laut bemängelt wurde. Gerade damit gelang es ihr, das Eis zu brechen.

Die gutherzige Frau zu ihrer Rechten schimpfte über die

Unbescheidenheit der Menschen im allgemeinen und der hiesigen Kurpatienten im besonderen. Das ältere Ehepaar – ein Bergarbeiter im Ruhestand mit Gattin – berichtete eingehend über das häusliche rationelle Speiseprogramm (wobei die Grieben ausnahmsweise unerwähnt blieben), und alle drei erboste das Gehabe vieler Gäste. Besonders die schnatternde Damengruppe und das himmelblaue Kleid mit der großen Sonnenblume an delikater Stelle erregten ihre Empörung.

»Sie sind Gott sei Dank anders«, sagte Hannas Tischnachbarin harmlos, »Sie sind überhaupt anders.«

»Ja? Wie denn?«

Die Frau wurde verlegen. »So«, flüsterte sie beinahe und errötete leicht, »eben anders. Aber das ist ja gut.«

Wie hieß es doch am ersten Abend? »... aber sehr anständig.« Diesmal lautete es: Aber das ist ja gut.

Hanna suchte mit den Augen den Mann mit dem halben Gesicht. War auch er »anders«? Er löffelte gerade in seinem Kompottschüsselchen, schob es, als es leer war, von sich, stand auf und eilte, wie immer mit gesenktem Kopf, aus dem Saal. Sein Anderssein war wohl besonders hart.

Wie stand es mit seinem Hausengel? Die Menschen, die vor seinem zerstörten Gesicht zurückschreckten, waren nicht böse, keiner von ihnen trug Schuld an seinem Unglück. Oder doch? Jeder entsetzte Blick vertiefte ja sein Anderssein, verstieß ihn aus der selbstverständlichen Gemeinschaft »normaler« menschlicher Wesen.

Im übrigen konnte »anders« recht verschiedenartig sein. Eine dunklere Hautfarbe oder schräggestellte Augen; ein andermal eine weiße Hautfarbe und helle Augen; oder ein mißratener Wuchs, ein auffallendes Gebrechen. Die Zugehörigkeit zu einer anderen als der dominierenden Rasse, eine unterschiedliche Denkweise ...

»Vergessen Sie nicht, den Apfel und die Banane mitzunehmen«, ermahnte die Frau des Bergarbeiters Hanna, hielt ihr den Teller mit dem Obst hin und unterbrach damit ihre niederdrückenden Überlegungen.

»Ach ja, danke.«

Schon im Weggehen hörte sie noch das freundliche »Auf Wiedersehen«, das ihr ihre Tischgenossen nachriefen.

Die Prozeduren, denen man sich bei der Kur unterziehen mußte, waren vielfältig, zeitlich anspruchsvoll, zum Teil durchaus angenehm, zum Teil ein bißchen lästig und anstrengend. Nie zuvor hatte Hanna Tag für Tag so viele dicke, dünne, ästhetisch erfreuliche, aber auch unerfreuliche, ganz oder zumindest teilweise nackte weibliche Gestalten um sich wimmeln gesehen. Das allein war schon ermüdend, aber eine nicht uninteressante Erfahrung. Beim Warten in einem nicht gerade einladend wirkenden Korridor wurden Bekanntschaften angebahnt, jeder schwatzte mit jedem. Dort traf Hanna auch die einstige Postbotin wieder.

»Wann werfen Sie Ihre Krücken weg?«

Die Frau lachte. »Noch nicht, aber vielleicht schon bald.«

Einmal kauerte das magere Männchen mit dem halben Gesicht auf einer der Wartebänke. Hanna setzte sich neben ihn.

»Frauen sitzen gegenüber«, sagte er leise.

»Ist doch egal«, antwortete sie. »Wie geht es Ihnen? Schlägt die Kur an?«

In der intakten Gesichtshälfte wandte sich ihr ein erstauntes Auge zu.

»Danke. Aber warum ...«

In diesem Augenblick wurde er zur Massage aufgerufen.

Der Kurort liegt in einer schönen Landschaft. Am Horizont wölben sich sanfte Hügel, die Wälder ringsum sind gesund und frei von Unrat, werden nicht von Touristen heimgesucht. Die Patienten, die hier ihre vorgeschriebenen Spaziergänge absolvieren, bewegen sich folgsam auf den gleichfalls vorgeschriebenen Pfaden, ängstlich die Dauer kontrollierend, die sie dabei verbringen sollen. Eine Anweisung gibt auch vor, niemand dürfe allein außerhalb des Kurparks spazieren, was vor allem bei Herzkranken eine verständliche Maßnahme darstellt.

Hanna zog – mit einem Wölkchen schlechten Gewissens im Kopf – immer allein los. Du wirst doch auf mich aufpassen, beschwor sie ihren Hausengel, hast es schon so oft getan, zumal hier alle gut zu mir sind, wir müssen uns gegen nichts und niemanden wehren. Vorgeschrieben ist nur Erholung, so etwas hatten wir noch nicht. Ganz einfach ist das freilich auch nicht mit all den Pflichten und der Einhaltung des strengen Zeitplans. Von einem Computer kann man allerdings auch kaum Verständnis dafür erwarten, daß man auf keinen Fall zwei Amseln am Waldrand nicht stören durfte, die mitten auf dem Weg einen heftigen Disput führten und dann plötzlich zu liebevollem Geflatter und Gezwitscher übergingen. Daß man zu dem Sträußchen weißer Gänseblümchen und goldgelber Dotterblumen dringend noch ein paar blaue Glocken pflücken mußte, selbst wenn das die vorgeschriebene Spazierstunde beträchtlich überschritt. Für so etwas konnte der in der Zeitplanung surrende Rechner natürlich kein Verständnis aufbringen, aber Hanna genoß Wald und Wiesen, erholte sich dabei geradezu vorschriftsmäßig, und der hübsche Blumenschmuck, den sie von ihren Wanderungen mitbrachte, bekam auch ihrem Zimmer ohne Telefon und Klingel.

Die Sonntage in dem Kurort hoben sich durch einen besonderen Programmpunkt vom Rest der Woche ab. Im kleinen Amphitheater vor Hannas Fenster gab es ein Mittagskonzert unter freiem Himmel. Blasmusik schmetterte fröhlich und laut durch die heiße Sommerluft, volkstümliche Sänger und Sängerinnen hatten hier ein dankbares Publikum, das sich gern zum Mitsingen hinreißen ließ und nicht mit langanhaltendem Beifall sparte.

Mit Ausnahme der Ambulanzwagen, die wiederholt diskret und schnell einen schwer erkrankten Patienten ins nächstgelegene Bezirkskrankenhaus transportierten oder gar einen jäh Verschiedenen wegbrachten, war hier alles darauf ausgerichtet, in gleichmäßigem Rhythmus und ohne Störfälle und Aufregung zu funktionieren. Und doch.

Es kam ein Abend, da Hanna wie gewöhnlich zu relativ

früher Stunde mit einem Buch in ihrem Zimmer ohne Telefon und Klingel im Bett lag, durch das offene Fenster strömte Grasduft und frische Luft herein, und sie glaubte beinahe zu fühlen, wie sich die Schlacken täglicher Sorgen, persönlicher und allgemeiner Ängste von ihr lösten. So ein Erholungsaufenthalt hat schon etwas für sich, sinnierte sie und wunderte sich, immerhin etwas verspätet zu solcher Erkenntnis gekommen zu sein.

In diesem Augenblick zerriß ein durchdringender Laut die sommerliche Nachtstille. Die Stimme einer Sirene heulte auf, einmal und noch einmal. Dann trat geradezu atemlos eine kurze Pause ein, ehe der grelle Warnruf von neuem die nächtliche Stille zerschnitt.

Mit einem Satz war Hanna am Fenster. Doch vor ihren Augen lag nur der schwarzblaue Nachtsamt, da und dort glitzerte ein fernes Sternchen. Keine Bomben, keine Flammen, keine fliehenden Menschen, wie sie es, von jähem Entsetzen geschüttelt, beinahe erwartet hatte. Irgendwo knirschte eine Straße unter schweren Rädern. Hanna legte ihre Hände auf das noch sonnenwarme Fensterbrett. Die Berührung des rauhen Holzes tat ihr wohl. Da lehnte sie auch den Kopf an den Fensterrahmen, versuchte, die erneut eingetretene Stille einzuatmen, die wirren Bilder aus dem Kopf zu verdrängen. Sirenen sind Katastrophen, sind Flugalarm, sind Krieg, und Krieg ist Vernichtung. Wenn Sirenen heulen, weinen Menschen. Wenn Sirenen laut werden, ist der Tod nahe. Gewaltsamer Tod.

Von draußen drang kein Laut mehr in das stille Zimmer, nur das Rauschen in den Baumkronen, das schlaftrunkene Piepsen eines Vogels.

Hanna kehrte in ihr Bett zurück, legte beide Hände auf die weiche Decke, blickte mit weit offenen Augen in die Finsternis und bemühte sich, nur das wahrzunehmen, was wirklich hier war: den Tisch, das Bücherbrett an der Wand, den Lehnsessel mit dem schadhaften orangefarbenen Bezug.

Allein die wachgerüttelten Erinnerungen ließen sich nicht so leicht verdrängen. Marseille und das Jaulen der

Sirenen, vermischt mit dem tiefen Brummen schwerer deutscher Bomber, wenn sie, von Norden kommend, die Stadt und vor allem den Hafen anflogen. Damals war Krieg.

Aber auch in tiefem Frieden, mitten im Sommer des Jahres 1968, hatten in Prag Sirenen ihre gellenden Stimmen erschallen lassen, als Panzer der bis gestern Verbündeten in die schlafenden Straßen eindrangen.

Besonders unheimlich und bedrohend ist das Auf und Ab des Sirenengeheuls, wenn es im Gefängnis über den Menschen hereinbricht. Auch das hatte sie erlebt, in Paris und später, fassungslos, weil bis dahin unvorstellbar, sogar in ihrem heimatlichen Prag. Wird die Zellentür aufgehen, ehe das Gebäude einstürzt? Was bedeutete das unheimliche Jaulen ohne Kriegsgefahr? Was sollte es verdecken?

Hanna hatte zudem auch ein Sirenenerlebnis durchaus anderer Art, das in ihr tief und, wie sie wußte, unauslöschlich verankert war. Nach jahrelangem Zögern und einem unbestimmten Angstgefühl hatte sie sich eines Tages entschlossen, nach Israel zu fahren, dem Staat der geretteten und überlebenden Juden aus aller Welt. Ihre gesamte Familie hatte der Holocaust dahingerafft, und sie fürchtete sich vor dem Besuch der Gedenkstätte Yad Vashem in Jerusalem und wußte zugleich, daß sie hingehen mußte und es sogar schon längst hätte tun sollen.

Über der Stadt aus weißem Gestein, über den Fächerpalmen, den Synagogen, Kirchen und der goldenen Kuppel der dominierenden größten Moschee, über dem verwirrenden Nebeneinander (statt eines ausgewogenen Miteinander) von Juden, Christen und Arabern wölbte sich ein makellos tiefblauer Himmel, strahlte, wärmte und blendete überschwenglich die allen zugedachte Sonne. In den Gärten blühten Rhododendron und Bougainvilleen, in den engen Gassen der Altstadt mit den unzähligen kleinen Läden stand der köstliche Duft der feilgebotenen Gewürze. Ein Jubeltag.

In der Nähe des Eingangs von Yad Vashem befindet sich die Gedenkstätte der toten Kinder. Man betritt einen völlig finsteren Raum, in dessen Mitte eine einzige Kerze brennt.

Als sie sich ein wenig an die Dunkelheit gewöhnt hatte, entdeckte Hanna, daß der Schein dieses einzigen Lichtchens, von unsichtbaren Spiegeln zurückgeworfen, da und dort in der Finsternis flackert, schüchtern, zitternd, wie die kurzen Leben der umgebrachten Kleinen, derer man hier gedenkt und deren Namen in endloser Folge von einer ruhigen Männerstimme in die Stille verlesen werden.

Auf einmal wankte Hanna, es gab hier jedoch nichts, an dem man sich festhalten konnte.

Ein Zufall wollte es, daß der nächste Tag gerade der war, an dem in Israel jedes Jahr der im Holocaust Ermordeten gedacht wird. Um zehn Uhr morgens erhoben sämtliche Sirenen im Staat ihre anklagenden Stimmen. In derselben Sekunde stand das ganze Land still. Die Busse und Autos auf den Straßen, die Maschinen in den Betrieben, die Menschen, wo immer sie sich befanden. Gedenkt unserer unschuldigen Toten! Ein Trauertag.

Hanna stand auf einer Straße Jerusalems neben anderen bewegungslosen Menschen, fühlte sich bleischwer, hätte sich gar nicht rühren können. Ein paar Schritte weiter gab es einen Kinderspielplatz. Dort standen schweigend, fast kerzengerade, die kleinen Jungen und Mädchen, deren Namen nie mehr in einer Gedenkstätte zum Verlesen kommen dürfen.

Auf den erstarrten Straßen mußten viele Männer und Frauen sicher daran denken, daß sie in jenen schwarzen Jahren in keine Parkanlage eintreten, zu Hause keinen Hund, ja selbst keinen kleinen Kanarienvogel haben durften, daß ihnen das Betreten von Kino und Theater, ja auch nur einer Straßenbahn verboten war. Sie waren zu Abschaum deklariert worden, zu Abfall, der industriell und technisch reibungslos liquidiert werden mußte. Und das ist auch millionenfach geschehen.

In den Minuten trauernden Gedenkens im verstummten Staat Israel werden alljährlich all die in den Gasöfen vernichteten Wesen zurückgeholt in die Gemeinschaft der Menschen auf dieser Welt.

Hanna merkte kaum, daß ihr Gesicht tränennaß war; Mutter, dachte sie, immer wieder Mutter, und auch daß die herzzerreißende Stille gleichfalls ihren beiden Schwestern galt und ihrem kleinen Neffen. Dann riefen die Sirenen die Menschen ins alltägliche Leben zurück.

Genug. Hanna atmete tief die Stille im Kurpark und in ihrem Zimmer ein, hob beide Hände, dehnte und streckte sich, wurde allmählich ruhig und flüsterte sich schon im Eindämmern beschwichtigend zu: Spiel bitte einmal Sandmännchen, Hausengel, hilf mir, vernünftig zu sein. Man kann ja nicht vergessen, und deshalb sollte man von einer ländlichen Sirene nicht gleich die schicksalschwersten Bilder heraufbeschwören lassen. Wahrscheinlich brennt es irgendwo, und Leute wurden zum Löschen zusammengerufen. Ich aber bin zur Erholung hier und soll schlafen. Also wünsche und gewähr mir bitte eine gute Nacht!

Beim Frühstück am nächsten Morgen wußten schon alle, daß unweit in einem Dorf zwei Häuser in Brand geraten waren, noch dazu zwei historisch wertvolle Bauernhäuser. Freiwillige Feuerwehrleute aus der ganzen Umgebung hatten sich stundenlang um ihre Rettung bemüht, aber der Sommer war sehr trocken und das Feuer verheerend. Einige Gäste beklagten sich aufgebracht über die unliebsame Störung der Nachtruhe, andere hatten die ganze Aufregung verschlafen. Zu ihnen gehörte die Frau im himmelblauen Kleid mit der großen Sonnenblume und auch die einstige Postbotin, die lachend verkündete: »Jetzt weiß ich wenigstens, daß ich mich schon erholt habe!«

Der Mann mit dem halben Gesicht schwieg wie immer, und Hanna beschloß, demnächst unbedingt mit ihm ein richtiges Gespräch in Gang zu bringen.

Eine Gelegenheit hierzu bot sich bald. Ihre, wie sich im Laufe der Zeit herausstellte, recht gutherzige Tischnachbarin machte sie darauf aufmerksam, daß in dem winzigen Ort, der eigentlich nur aus einer kurzen Hauptstraße ohne Nebenstraßen oder gar einem Ringplatz bestand, am Ende eines unauffälligen Seitenwegs ganz überraschend eine kleine Konditorei mit guten hausgebackenen Kuchen zu finden war.

»Kann man dort auch einen richtigen Kaffee bekommen?« erkundigte sich Hanna hoffnungsvoll, denn die Brühe mit dieser anmaßenden Bezeichnung, die in dem Sanatorium an manchen Tagen in großen Kannen auf den Frühstückstischen stand, war zweifelhafter Herkunft und schmeckte unbeschreiblich.

»Sogar guten und heißen«, sagte die Frau, denn das besagte Frühstücksgetränk war überdies meistens nur mäßig warm.

Der ungepflasterte Weg zu dem verheißenen Kaffee- und Kuchengenuß zwischen schmucken Familienhäusern in hübschen Gärten war allein schon ein Vergnügen. Überall leuchteten Blumenbeete, und stattliche Obstbäume ließen ihre reichbeladenen Äste vielerorts über den Zaun hängen. Blau angehauchte Pflaumen purzelten einem geradezu vor die Füße. Hanna bückte sich, um ein paar der saftigen Früchte zu verkosten und bemerkte dabei, daß vor ihr jemand hockte, der offenbar dieselbe Absicht hatte. Sie blickte genauer hin – der Mann mit dem halben Gesicht!

»Guten Tag«, rief sie, »schmecken wunderbar, nicht?«

Das magere Männchen fuhr zusammen und richtete sich erschrocken auf. Dabei ließ es eine Handvoll Pflaumen auf die Erde rollen.

»Das macht nichts«, sagte Hanna lachend, als sie seine Bestürzung sah, »es gibt ihrer ja genug hier. Übrigens soll es im letzten Haus, dort, wo der Feldweg beginnt, eine Konditorei mit echtem Kaffee und guten Kuchen geben. Waren Sie schon dort?«

Der Mann schüttelte den Kopf.

»Fein, ich auch nicht«, fuhr sie munter fort, »dann wollen wir uns diese Einrichtung jetzt zusammen ansehen. Sie begleiten mich doch?«

Wieder schüttelte er den Kopf. »Verzeihen Sie«, sagte er leise mit abgewandtem Gesicht, »das geht nicht. Sicher ist es dort auch voll besetzt.«

Hanna ging langsam um ihn herum, blieb an der entstellten Seite seines Gesichtes stehen und blickte in sein ungleiches Augenpaar.

»Sie tun mir einen Gefallen, wenn Sie mitkommen. Ich gehe ungern allein in ein Lokal. Und voll soll es zu dieser Stunde dort auch nicht sein.«

Er sagte nichts, wechselte die Seite, aber als sie sich in Bewegung setzte, trottete er schweigend neben ihr her.

»Ich heiße Hanna Rendlová«, sagte sie nach ein paar Schritten und hielt ihm ihre Hand hin.

»Pokorny, Rudolf.« Es folgte ein schneller, flüchtiger Händedruck. Den Rest des Weges legten sie wortlos zurück.

Vor dem letzten frischverputzten kleinen Haus in der kurzen Straße standen einige fröhlich rot angestrichene Korbstühle und Tischchen. An einem saßen zwei Frauen, die anderen waren unbesetzt.

»Da sind wir also«, Hanna blickte zufrieden um sich, »und Platz gibt es mehr, als wir brauchen.«

Der Mann war stehengeblieben. Man sah ihm seine Ratlosigkeit an.

»Wollen wir uns hierher setzen?« Hanna steuerte auf ein Tischchen zu, das ein wenig im Hintergrund stand. »Belegen Sie bitte diese Ecke, ich gehe inzwischen hinein und hole uns etwas Gutes.«

»Aber ...« Der Mann blieb stehen, ließ sich dann plötzlich auf einen der Korbsessel fallen, war offenbar völlig aus dem Geleise geworfen.

Hanna legte ihre Sonnenbrille auf das Tischchen vor ihm und begab sich in den Laden, auf dessen Pult eine Schüssel mit Obst- und Käsekuchen verführerisch duftete. Als sie Kaffee bestellte, mischte sich noch sein langentbehrtes herbes Aroma dazu. Es dauerte einige Minuten, ehe zwei Tassen mit dem frischen heißen Getränk gefüllt werden konnten.

Wird der Mann noch da sein, oder wird sie nur mehr die Sonnenbrille auf dem Tischchen finden, überlegte sie unruhig. Eigentlich hatte sie ihn doch gezwungen mitzukommen, und er hatte es bloß nicht gewagt, ihre Bitte abzuschlagen. Sehr fair hat sie nicht gerade gehandelt – oder war alles ganz anders, und er empfand ihr Vorgehen als taktlos, als unangenehme Zudringlichkeit? Jetzt fühlte sie sich ganz schön unsicher.

Als sie mit den dampfenden Kaffeetassen und zwei beladenen Kuchentellern in der Tür erschien, erhob sich der Mann, ging ihr zu ihrer Überraschung entgegen und nahm ihr die Teller ab. Zum erstenmal wandte er dabei sein Gesicht nicht zur Seite. Erst als sie sich niedersetzten, rückte er seinen Korbstuhl wieder so zurecht, daß sie seine normale Gesichtshälfte neben sich hatte.

»Greifen Sie zu«, forderte ihn Hanna auf, glücklich, daß er nicht davongelaufen war, »hoffentlich schmecken die Kuchen so gut, wie sie aussehen. – Sind Sie zum erstenmal zur Kur hier, Herr Pokorny?«

»Ja. Das heißt, hier. Zur Kur war ich schon wiederholt. Ganz sinnlos.«

»Ich mußte herkommen, weil mich mein Herz ein wenig im Stich gelassen hat«, sagte Hanna. »War vorher noch nie an so einem Ort. Was sind Ihre Beschwerden?«

Er hob verblüfft den wie immer gesenkten Kopf, richtete das Auge und die beinahe leere Augenhöhle auf sie und erklärte fast unwirsch: »Das sieht man doch: verkrüppelt, ein halbes Gesicht, kaputte Nerven. Nur die können vielleicht ein bißchen repariert werden. Hat aber sowieso keinen Sinn.«

Auf der ungepflasterten Straße fuhr langsam ein Auto heran und hielt vor der Konditorei. Eine Krankenschwester und seine Frau zerrten den fast völlig gelähmten Mann geradezu aus dem Wagen. Gestützt auf die beiden, legte er mühsam die wenigen Schritte bis zum nächststehenden Tischchen zurück.

»Und der dort?« fragte Hanna leise. »Der sich nicht bewegen und auch nicht sprechen kann?«

Rudolf Pokorny schaute vor sich hin, rührte in seiner Tasse, hob den Kopf nicht und murmelte:

»Was wollen Sie von mir? Warum kümmern Sie sich um mich? Im allgemeinen weichen mir die Leute aus, mein Anblick widert sie an. Manchmal sagen sie es auch ganz laut.«

Hanna lehnte sich zurück und blickte in das dunstige Blau über der Wiese am Ende des Weges. Sie schwieg einen Augenblick, ehe sie sagte:

»Ich bin Jüdin.«

Der Mann zuckte zusammen, hob nun den Kopf, richtete seine beiden Augen auf sie, das geschundene und das gesunde, und stieß ratlos hervor:

»Warum sagen Sie mir das?«

»Damit Sie mir glauben, daß ich weiß, was Unglück ist, auch daß man es allein fast nicht ertragen kann. Menschen brauchen Mitmenschen. – Ich habe mir dazu noch einen Hausengel angeschafft.«

»Einen was?«

In diesem Moment stieß der fast völlig gelähmte Mann ein paar gutturale Laute hervor, die in der sonnigen Stille wie das Krächzen eines verwundeten Vogels klangen. Seine Frau und die Krankenschwester konnten ihn offenbar verstehen, lachten sogar ein wenig.

»Er versucht zu sprechen«, in Hannas Stimme schwang Bewunderung.

»Einen Hausengel kann übrigens jeder haben. Er ist eine Stütze, die man in sich selbst aufbaut.«

Rudolf Pokorny starrte in seine Kaffeetasse. Er wollte verstehen, was die Frau da sagte, aber so hatte noch nie jemand mit ihm gesprochen. Erst ihre sonderbare Mitteilung, daß sie Jüdin ist, davon redet doch sonst niemand. Und jetzt noch diese Geschichte von einem Hausengel.

»Ich weiß nicht«, er rutschte unruhig auf seinem Stuhl hin und her. »Solche Reden sind nichts für mich.« Er legte eine Pause ein und fuhr dann zu seiner eigenen Überraschung fort: »Als mir der Unfall in der Fabrik passiert ist, hat mir niemand geholfen. Viele haben weggeschaut, sind davongelaufen. Auch später war es meistens ähnlich. Die

Leute machen oft Bemerkungen, garstige, daß ich mich nicht zeigen sollte und so.«

Nach diesen langen Sätzen verstummte er, seufzte und fügte dann noch hinzu: »Sie sind schön. Aber wenn Sie, verzeihen Sie, wenn Sie Jüdin sind, dann begreifen Sie vielleicht, wovon ich rede. So etwas sagt ja auch nicht jeder nur so von sich.«

Jetzt schwieg Hanna, sah mit einemmal wieder die auf dem Jerusalemer Spielplatz still dastehenden Kinder vor sich, hätte dem unglücklichen Mann gern auch davon erzählt, brachte es aber nicht fertig. So legte sie nur ihre Hand auf den Ärmel seiner Jacke.

»Ich wollte Ihnen damit bloß zu verstehen geben, warum ich weiß, was Unglück ist und Ungerechtigkeit und böse Dummheit. Sie hat es schwer getroffen, aber damit sind Sie doch nicht schlechter, nicht weniger Mensch geworden. Ich und meinesgleichen, wir bekommen ungeachtet des furchtbaren Geschehens im letzten großen Krieg immer noch Empörendes zu hören. Schlecht sind, die so etwas sagen, nicht die, gegen die es gerichtet ist.«

Der Mann mit dem halben Gesicht stützte auf einmal seinen Kopf in beide Hände, schüttelte sich ein wenig und bemerkte dann verwundert: »Der Kuchen war sehr gut, schon lange hat mir nichts so geschmeckt. Und wie wir miteinander reden, das ist, ich weiß nicht, das ist so, als ob es in mir plötzlich ganz hell geworden wäre. Bleiben Sie gesund, liebe Frau, und hören Sie weg, wenn jemand giftigen Unsinn verzapft. Ich ... ich gehe jetzt. Auf Wiedersehen.«

Er stand langsam auf, verneigte sich ungeschickt, stieß dabei fast seinen Korbstuhl um und schlurfte, ohne sich umzusehen, zwischen den Tischchen davon.

Hanna blickte ihm besorgt nach. War es ihr gelungen, ihn wenigstens ein klein wenig aus seiner Niedergeschlagenheit zu lösen, oder hat sie ihn nur noch mehr beunruhigt? Wäre es nicht gescheiter gewesen, ihn in Frieden zu lassen, vielleicht nur mit einem freundlichen Gruß zu erfreuen? Mußte sie ihn auch noch mit ihrem Hausengel verwirren?

Einige Tage später begegnete sie beim abendlichen Spaziergang im Kurpark der einstigen Postbotin, die dort, nur mehr auf eine Krücke gestützt, langsam auf und ab promenierte. Auf dem Rasen vor ihnen ragten drei mächtige Nadelbäume hoch in den Himmel.

»Haben Sie das auch schon ausprobiert?« fragte die Frau Hanna.

»Ausprobiert? Was denn?«

»Es heißt, man soll die Stämme dieser Bäume ganz fest umfangen, damit ihre Energie und Kraft in unsere ramponierten Körper übergeht. Schauen Sie schnell hin, gerade versucht das jemand.« Hanna blickte hin und erkannte zu ihrer Verblüffung die Dame im himmelblauen Kleid, die sich in sonderbarer Umarmung so kräftig an die rissige Baumrinde anschmiegte, daß die Sonnenblume an delikater Stelle dabei wie auf Meereswogen hin und her schwankte.

»Das wird ja eine tolle Portion Energie geben«, die einstige Postbotin lachte, »fast zuviel für einen Kuraufenthalt. Sollten wir es nicht auch versuchen? Gestern beim Wirbelbad zeigten Sie ein ganz müdes Gesicht. Also los, holen Sie sich eine Zulage Energie von der Mutter Natur.«

»Nein, danke«, auch Hanna mußte lachen, »ich glaube, ich komme ganz gut mit der mir zugedachten Dosis aus. Wenn etwas fehlt, steuert es mir mein Hausengel bei.«

»Sie haben einen Hausengel? Jede Woche oder nur einmal im Monat?«

»Nein, nein. Damit meine ich keine Hausgehilfin, das ist so eine Einrichtung in mir selbst.«

»Sie sind eine Träumerin, das habe ich schon bald gemerkt. Kommt Sie auch billiger als ein Hausgeist. Es ist unwahrscheinlich, was heute für eine Hilfe im Haushalt verlangt wird.«

Die Dame in Himmelblau beendete ihre Baumanbetung und eilte grußlos an den beiden Frauen vorbei.

»Der würde auch ein ganzer Urwald nichts nützen«, bemerkte die einstige Postbotin trocken, »selbst wenn sie rundum mit Sonnenblumen bedeckt wäre. Gestern hat sie dem armen Mann, Sie wissen schon, wen ich meine, die Tür des Aufzugs vor der Nase zugeschlagen. Kann angeblich so einen Anblick nicht ertragen.«

»Die soll beim Fernsehen sein«, hatte man Hanna einmal beim Mittagessen zugeflüstert, als die Blondine an ihrem Tisch vorbeirauschte. Das klang beinahe ehrfürchtig und sogar ein bißchen wie eine Erklärung, wenn nicht gar Entschuldigung für ihr auffallendes Auftreten. Aber die Bemerkung der Postbotin hatte Hanna einen Stich ins Herz versetzt. Rudolf Pokorny war also auch hier elender Gefühllosigkeit ausgesetzt.

Die für den Kuraufenthalt bemessene Zeit verging schneller, als Hanna befürchtet hatte. Man eilte von Prozedur zu Prozedur, mußte pünktlich zu den Mahlzeiten erscheinen und gewöhnte sich, ohne es groß zu merken, an die tägliche Routine.

An einem der ersten Sonntage im Sanatorium gab es für sie allerdings eine Überraschung. Zum Frühstück erschien der weibliche Teil der Gäste in feierlich eleganter Aufmachung im Speisesaal, auch der männliche trug statt der üblichen sportlichen Kurzhosen und Jacken Hosen mit strammen Bügelfalten, Hemden mit Krawatten und Jackett. Hanna unterschied sich mit ihrem bunten Rock und der hellen Bluse nicht von den übrigen Tagen und war wieder einmal »anders«. Sie gehörte freilich auch zu den wenigen, die nicht in die nahe Kirche eilten.

Ihre gutherzige Tischnachbarin führte im Laufe der Woche im Speisesaal fast jedesmal ein neues Kleidungsstück vor. Als Hanna ein besonders elegantes Kleid bewunderte, sagte die Frau:

»Sie müssen wissen, ich lebe in einem kleinen Ort. Der Laden, in dem ich einholen gehe, befindet sich nur ein paar Häuser weiter von meiner Wohnung, am Ende unserer Straße. Ich bin Rentnerin, sitze meistens zu Hause oder auf dem Balkon, und seit mein Mann gestorben ist, gehe ich nicht einmal mehr ins Kino, habe ja auch meine Fernsehkiste. Und so schleppe ich meine ganze Garderobe mit zur Kur, will noch ein bißchen nett aussehen, wenn ich unter die Leute komme.«

»Sie wollen sich doch nicht etwa entschuldigen?« sagte Hanna lachend. »Ich finde es prima, daß ich eine so hübsch aussehende Tischnachbarin habe.«

Daß ihr die Frau mit dem wahrscheinlich ungewollten Geständnis ihrer Einsamkeit aufrichtig leid tat, gab sie nicht zu erkennen.

Schließlich näherte sich der Tag ihrer Abreise. Hanna dachte ans Packen, dabei bedauerte sie plötzlich beinahe, das Zimmer ohne Telefon und Klingel aufzugeben. Trotz dieser Mängel hatte sie sich hier wohl gefühlt.

Zwischen dem letzten Wirbelbad und der letzten Massage hatte sie noch einen ihrer »Lieblingsmärsche« eingeplant. Die begannen in der einzigen Straße des Ortes, die aber nur ganz kurz war: eine Papierhandlung, ein Lebensmittelgeschäft, ein Zeitungskiosk, eine Bierkneipe, eine Gastwirtschaft »voll belegt«, wie eine Tafel vor dem Hauseingang verkündete. Und dann nur mehr Wiesen zu beiden Seiten, ein naher Wald, ein beträchtliches Stück weiter Heckenrosen mit laut summendem Bienengeschwirr, im Straßengraben ein stattlicher Ameisenhaufen. Ein Wegweiser wies in die Richtung des Dorfes, in dem in jener Nacht die zwei historisch wertvollen Bauernhäuser gebrannt hatten. Hanna schlug ein gutes Tempo an und freute sich, daß der Kuraufenthalt mit dem lückenlos geplanten Computerprogramm offenbar nicht vergeblich war, daß ihr Herz mit ihr Schritt hielt.

An einer Stelle kam der Wald zwischen den sanft gewellten Wiesen bis an die Landstraße heran. Dort stand eine Bank, von der man weit in die Gegend blicken konnte. Hier legte Hanna immer eine Marschpause ein. Neben der Bank ragte ein verwitterter Stein aus dem Gras, den sie ursprünglich für den verwahrlosten Sockel eines inzwischen abhanden gekommenen Kreuzes gehalten hatte. Aber nach vier Wochen in dem Kurhaus wußte sie nun besser Bescheid. Dieser Stein war …

Etwas raschelte am Waldrand. Zweige knackten, eine Lerche flog aufgescheucht laut trillernd in unerreichbare Höhe. Hanna sah gespannt, auch ein wenig beunruhigt, wie jemand behutsam das niedrige Geäst auseinanderschob. Dann zeigten sich Männerbeine, sie bekam Herzklopfen und mußte daran denken, daß man sie gewarnt hatte, nicht allein in der Gegend und schon gar nicht im Wald herumzustreifen. Der Mann, der sich vorsichtig aus dem Nadelgehölz herausarbeitete, war anscheinend nicht von großer Gestalt, zweifellos jedoch von erheblicher Ausdauer. Sie sah nur seinen Rücken und die kräftig arbeitenden Arme. Jetzt bogen die das letzte Gestrüpp beiseite, der Mann wandte sich um ...

»Herr Pokorny!« rief Hanna erleichtert. »Ich hatte schon Angst, ob mich da nicht jemand überfallen will.«

Der Mann blieb, gleichfalls überrascht, verlegen stehen.

»Verzeihen Sie, daß ich Sie erschreckt habe. Ich habe hier noch nie jemanden getroffen.«

»Da gibt es doch nichts zu verzeihen. Wollen Sie sich nicht ein wenig setzen?« Sie rückte auf der Bank beiseite. »Platz genug.«

»Danke. Nur für ein paar Minuten.«

Um sich zu setzen, mußte Rudolf Pokorny den sonderbaren Stein umgehen. Dabei achtete er ängstlich darauf, ihn nicht zu berühren oder gar umzustoßen, was übrigens kaum möglich war.

»Wissen Sie, was der bedeutet?« fragte Hanna.

»Dieser Stein?«

»Ja. Ich wußte es auch nicht, dachte, daß hier früher einmal ein Kreuz errichtet war, wie das an Stellen getan wird, wo jemand vom Blitz getroffen wurde oder sonst irgendwie ums Leben gekommen ist. Aber man hat mir erzählt, daß in dieser Gegend Versöhnungssteine zu finden sind. Eine Besonderheit, die man nur selten antrifft.«

»Versöhnungssteine?«

»Sonderbar, nicht? Jedenfalls wird es so erzählt. Wenn sich in diesem Landstrich in alten Zeiten jemand etwas sehr

Schlimmes zuschulden kommen ließ, etwa eine Brandstiftung oder gar einen Totschlag, kam er vor ein Dorfgericht, und wenn er bis dahin unbescholten war und die Tat eher als ein Unglück denn als Verbrechen angesehen wurde, mußte er, um in der Gemeinschaft weiterleben zu können, einen Versöhnungsstein aufstellen. Manchmal mußte er auch eine besondere Kleidung tragen, damit man ihn als Missetäter erkannte. Das Ganze klingt kurios, aber so irgendwie hat man es mir erklärt und auch ein Buch darüber gezeigt. Mir gefällt diese Legende. Die Versöhnungssteine wurden oft auch schlicht verziert, mit einem Kreuz oder sonst einem symbolischen Zeichen. Einer steht übrigens am Rande des Kurparks.«

Der Mann mit dem halben Gesicht holte aus der Rocktasche eine Drahtbrille hervor, setzte sie auf und betrachtete den Stein zu seinen Füßen.

»Da ist kein Kreuz darauf«, sagte er, »nur ein Halbkreis oder Bogen. Auch kein Name.«

»Namen durften nicht festgehalten werden«, bemerkte Hanna. »Aber vielleicht ist dieses Stück hier am Rande des Waldes gar kein Versöhnungsstein, wer weiß. – Ich muß jetzt gehen, ich fahre nämlich morgen weg. Gehen Sie auch schon zurück, Herr Pokorny?«

»Sie fahren morgen weg? Schon nach Hause?«

Blickte er erschrocken auf? Aus seinem verunstalteten Gesicht konnte das Hanna nicht ablesen.

»Ja. Mein Kuraufenthalt ist zu Ende. Falls wir uns nicht mehr sehen sollten, Herr Pokorny, wünsche ich Ihnen alles erdenklich Gute. Vielleicht begegnen wir einander wieder einmal irgendwo.«

Der Mann blieb sitzen, senkte nur noch tiefer den Kopf und murmelte:

»Wo denn? Wie denn? Ist doch alles Unsinn. Leben Sie wohl.«

Hanna kehrte in das Kurhaus zurück. Am nächsten Tag trug sie ihre Sachen endgültig aus dem Zimmer ohne Telefon und Klingel, brachte sie in der braun getäfelten Empfangshalle unter und ging in den Speisesaal zu ihrem letzten Mittagessen vor der Abreise. Das Knäuel wild schnatternder Damen war am Vortag abgefahren, überhaupt lichteten sich am Ende des Sommers die bis dahin dichtbesetzten Tischreihen merklich. Die himmelblaue Dame war noch da, an diesem Tag jedoch, wohl wegen des schon kühleren Morgens, führte sie ein elegantes, blütenweißes Flanellkostüm mit einer künstlichen Orchidee im Knopfloch vor.

»Aufgeblasen wie immer«, schimpfte die gutherzige Frau an Hannas Tisch. »Sie werden mir fehlen in meiner letzten Woche, die ich noch hier sein muß. Wissen Sie, wen man mir jetzt statt Ihrer zugeteilt hat? Eine Lehrerin!«

»Das ist doch nicht schlecht«, warf Hanna begütigend ein, »da haben Sie wenigstens jemanden zum Plaudern.«

»Sie haben sie noch nicht gesehen«, seufzte die Frau, »die wird mich bestenfalls belehren. Langweilig scheint sie auch zu sein, ein Stück Holz wirkt munterer.«

»Na, na, Sie werden die wenigen Tage schon mit ihr zurechtkommen. An mich mußten Sie sich ja auch erst gewöhnen.«

Da legte die Frau ihre kleine Hand mit dem massiven Ehering auf Hannas Arm und sagte:

»Das war anders. Ich war verlegen oder dumm, Gott weiß. Und dann habe ich mich auf jede Mahlzeit mit Ihnen gefreut, besonders als wir an dem Tisch allein geblieben sind. Das habe ich auch meinen Söhnen gesagt, als sie mich hier besucht haben. Und Sie müssen mir Ihre Adresse geben, ja?«

Hanna versprach es und sah sich in dem Saal um. Rudolf Pokornys Platz war leer. Sollte er auch schon abgefahren sein, ohne das bei ihrem letzten Zusammentreffen auch nur erwähnt zu haben?

Nach dem Essen mußte Hanna nur noch darauf warten, von Freunden mit einem Auto abgeholt und nach Hause gebracht zu werden. Sie ließ sich in einem der bequemen gepolsterten Stühle in der Empfangshalle nieder, beobachtete das Auf und Ab der Menschen, erkannte zwischen den längst vertrauten Personen die nervösen oder gar ängstlichen Gesichter der Neuankömmlinge, mußte über sich selbst lachen, weil sie sich geradezu wie ein erfahrener Kurgast vorkam. Als eine Krankenschwester und seine Frau den gelähmten, aber doch schon ein bißchen beweglicheren Mann zu seinem täglichen Spaziergang durch die Halle bugsierten und als er neben ihrem Sessel die Reisetasche sah, blieb er plötzlich stehen, wandte den Kopf in Hannas Richtung, verzog sein intelligentes Gesicht zu dem Versuch eines Lächelns und stieß ein paar gutturale Grußlaute hervor.

Hanna sprang auf und lief auf ihn zu.

»Ich wünsche Ihnen und Ihrer Frau alles Gute«, rief sie. »Machen Sie weiter solche Fortschritte, ich freue mich, Ihnen begegnet zu sein.«

Der Mann rührte sich nicht von der Stelle, blickte sie nur immer noch lächelnd an. Die Frau löste ihren Arm aus dem seinen, umarmte Hanna und flüsterte:

»Vielen Dank für diese Worte. Wirklich.«

Dann strebten die drei dem Ausgang zu. Ein bißchen erregt ließ sich Hanna abermals auf ihren Stuhl fallen.

Der Aufzug surrte unentwegt, brachte die neuen Gäste zu ihren Zimmern, die schon einheimischen zum Nachmittagsspaziergang im Park.

In einer Gruppe dieser Aufzugsfahrgäste entdeckte Hanna die einstige Postbotin. Sie stützte sich mit einer Hand auf ihre Krücke, in der anderen hielt sie einen kleinen Strauß aus Wiesenblumen. Sie sah sich um, erblickte Hanna und rief:

»Da sind Sie. Ich habe Sie schon in Ihrem Zimmer gesucht, hatte Angst, daß ich Sie nicht mehr erwische.«

Ganz tüchtig humpelte sie zu ihr hin, reichte ihr den Blumenstrauß und sagte:

»Soll ich Ihnen von Rudolf übergeben.«

»Von Rudolf?«

»Na, von dem Pokorny mit dem armen Gesicht.«

Als sie Hannas erstaunte Augen bemerkte, fragte sie:

»Kann ich mich ein bißchen zu Ihnen setzen?« Dabei ließ sie sich schon gemächlich nieder.

»Sie mußten hier Ihren Kaffee in der Konditorei haben«, sagte sie, »ich spendiere mir am Abend gern ein Bier ›Beim grünen Krug‹. Unser Freund mit dem halben Gesicht war auch manchmal da, hat aber immer weggeschaut. Gestern ging er auf einmal geradenwegs zu meinem Tisch, teilte mir mit, daß er Pokorny heißt, und ob er sich bei mir niedersetzen darf. Ich glaubte, nicht richtig zu hören. Und dann sitzt er neben mir und schweigt. Mann, sagte ich nach einer Weile, was ist denn los? Ich fresse Sie doch nicht.«

Hanna hörte aufmerksam zu, wurde dabei unruhig, konnte sich nicht erklären warum. Jeden Augenblick sah sie nervös zur Tür, wollte nicht gerade jetzt abgeholt werden. In der Empfangshalle war es schwül, ein Gewitter schien im Anzug zu sein. Die einstige Postbotin holte ein Taschentuch hervor, wischte sich über Stirn und Nacken und fuhr dann wieder in ihrer etwas langatmigen Erzählung fort:

»Der Pokorny schwieg weiter. Auf einmal schaute er mich richtig an, ich meine, mit seinen beiden Augen oder dem, was da noch ist, und sagt, daß er uns zwei gesehen hat, wie wir miteinander im Park spazierten und redeten. Und daß Sie auch mit ihm geredet haben. Na also, Rudolf, ich darauf, da hast du ja zwei Frauen, die sich ganz gern mit dir unterhalten. Er brummte etwas, und dann brachte er ein paar verrückte Gedanken hervor, sprach von einem Hausengel und von Versöhnungssteinen und daß er jetzt endlich wieder mehr Licht im Kopf hat.«

»Das hat er gesagt?«

»Ja, genau so. Ich dachte, er spinnt, hat vielleicht ein Bier zuviel getrunken. Da druckste er mit einemmal ein bißchen herum und ob er mich um etwas bitten darf. Ich sagte, Mensch, Rudolf, mach doch keine solchen Geschichten, was gibt's. Und er darauf, daß er weiß, Sie fahren heute weg, und ob ich Ihnen ein paar Blümchen von ihm bringen würde, soll aber ja nicht sagen, daß sie von ihm sind.«

Sie reichte Hanna den schon ein klein wenig strapazierten Blumenstrauß.

»Danke«, flüsterte die, weil sie sich in diesem Moment nicht ganz auf ihre Stimme verlassen konnte.

»Was denn? Sie werden doch nicht etwa heulen?« meinte die einstige Postbotin und holte vorsichtshalber selbst von neuem ihr Taschentuch aus ihrem Beutel.

Da mußten sie beide lachen. In diesem Augenblick ging die Tür der Empfangshalle auf, ein Mann und eine Frau blickten sich suchend um, Hanna sprang auf und rief:

»Hier bin ich. Ich komme schon, fein, daß ihr da seid.«

In eine Hand nahm sie ihre Reisetasche, in die andere den kleinen Blumenstrauß.

Die einstige Postbotin erhob sich gleichfalls, ließ ihre Krücke auf dem Sessel und umfing Hanna kräftig mit beiden Armen.

»Dem Rudolf bestell ich einen Gruß. Aber mir haben Sie kaum etwas von ihren Hausengeln und nichts von Versöhnungssteinen erzählt.« Sie lächelte verschmitzt. »Das müssen Sie das nächste Mal nachholen. Bleiben Sie schön gesund, und auch sonst wünsche ich Ihnen nur Gutes.«

Wie sagte es doch der kleine Junge auf dem Karlsbader Promenadenweg? Einmal licht, einmal dunkel. Er ahnte wohl kaum, daß er damit eine einfache und unumstößliche Wahrheit aussprach.

Inhalt

Zu Hause in Prag – manchmal auch anderswo 5

Mein Hausengel 105
  Die Schiffskarte 110
  Das halbe Gesicht 161

Lenka Reinerová

Das Traumcafé
einer Pragerin
Erzählungen

269 Seiten
Band 1168
ISBN 3-7466-1168-7

»Irgendwo in dem schleierhaften blaugrauen Dunst über den von Grünspan bezogenen Kuppeln Prags gibt es ein Café mit vielen Tischchen, und von jedem kann man hinunterblicken in unsere Stadt.« Dort sitzen sie alle, die sie einst kannte, und erinnern sich mit ihr: Egon Erwin Kisch, Max Brod, Theodor Balk, Anna Seghers. In dieser wie in den anderen Erzählungen beschreibt Lenka Reinerová, eine der letzten Zeitzeuginnen der Emigration, Stationen ihres Lebens – das Prag der dreißiger Jahre, das Exil in Frankreich und Mexiko, den Stalinismus in den Fünfzigern und jüngste Erfahrungen. Trotz aller bitteren, furchtbaren Geschehnisse sind es menschen- und lebensfreundliche Erinnerungen, weise und wehmütig.

A^tV
Aufbau Taschenbuch Verlag